ANNI BÜRKL

Puppentanz

VERHEXT Am sommerlichen Altausseer See ist ein umstrittenes Bauprojekt im Naturschutzgebiet geplant. Ein schicker Kulturpalast mit Hotelbetrieb soll entstehen, inklusive neuer Schiffsanlegestelle und Hubschrauberlandeplatz. Teelady Berenike Roither, deren Salon für Tee und Literatur endlich wieder gut läuft, kämpft mit vielen anderen Ausseern dagegen. Wer dahinter steckt, bleibt lange wie im Nebel verborgen. Man beschließt, mit besonderen Mitteln dagegen zu kämpfen. Der Lehrer Gustav Erdinger plant für eine Protestaktion zum Kaiser-Geburtstag mit dem Paragleiter über Bad Ischl zu fliegen. Doch dann stürzt er mit seinem Paragleiter in den Kaiserpark und ist sofort tot. Alle sprechen von einem tragischen Unfall. Doch genügend Leute hätten ein Motiv, den Lehrer auszuschalten. Dann passiert ein weiterer vermeintlicher Unfall mit einem Kajak in der Traun. Als dann auch noch immer wieder unheimliche, mit Nadeln gespickte Puppen auftauchen, die den Toten ähnlich sehen und an Voodoo erinnern, wird klar, dass hier etwas ganz und gar nicht mit rechten Dingen zugeht.

Anni Bürkl, Jahrgang 1970, lebt und arbeitet als freie Journalistin, Autorin und Ghostwriter in Wien. Im Ausseerland, wo sie sich im Sommer gerne aufhält, schreibt sie am liebsten. 2003 wurde sie mit dem Theodor-Körner-Förderungspreis ausgezeichnet. 2010 erhielt sie das Krimi-Stipendium »Trio Mortale« der Stadt Wiesbaden.

Besuchen Sie die Autorin auf ihrer Homepage www.annibuerkl.at

Bisherige Veröffentlichungen im Gmeiner-Verlag:
Schweigegold (2015)
Göttinensturz (2013)
Narrentanz (2012)
Ausgetanzt (2010)
Schwarztee (2009)

ANNI BÜRKL

Puppentanz

Kriminalroman

GMEINER SPANNUNG

Besuchen Sie uns im Internet:
www.gmeiner-verlag.de

Im Ehnried 5, 88605 Meßkirch
Telefon 07575/2095-0
info@gmeiner-verlag.de

1. Auflage 2016

Lektorat: Claudia Senghaas, Kirchardt
Herstellung: Mirjam Hecht
Umschlaggestaltung: U.O.R.G. Lutz Eberle, Stuttgart
unter Verwendung eines Fotos von: © janoka82/Fotolia.com
Druck: CPI books GmbH, Leck
Printed in Germany
ISBN 978-3-8392-1917-1

Personen und Handlung sind frei erfunden.
Ähnlichkeiten mit lebenden oder toten Personen
sind rein zufällig und nicht beabsichtigt.

WAS BISHER GESCHAH

Die Wiener Eventmanagerin Berenike Roither ist ein unabhängiges Leben gewöhnt. Doch nach einem Burn Out ist sie ins Ausseerland gezogen und hat dort ein neues Leben mit ihrem Salon für Tee und Literatur begonnen. Verdächtige Todesfälle säumen seit ihrem ersten Sommer in Altaussee ihren Weg.

Als bei der ersten von ihr veranstalteten Lesung ein Journalist tot in ihrem Lokal sitzt und Berenike selbst unter Tatverdacht gerät, beginnt sie mit Ermittlungen. Bereits in diesem ersten Mordfall (»Schwarztee«, 2009) trifft sie auf den offiziell für die Aufklärung zuständigen Kriminalpolizisten Jonas Lichtenegger, mit dem sie bald auch privat mehr verbindet.

Im zweiten Fall (»Ausgetanzt«, 2010) stirbt Berenikes Tanzlehrerin in Hallstatt, der Torso drapiert in einem Friseursalon. Berenike ermittelt selbst, weil sie der Polizei aufgrund ihrer Vorgeschichte nicht unbedingt vertraut. Es kommt zu Spannungen zwischen Jonas und ihr.

Ein dritter Fall (»Narrentanz«, 2012) bringt in einem eisigen Winter im Salzkammergut Ermittlungen zu Missbrauch im katholischen Umfeld.

Ein Missverständnis führt bei Mordfällen, die mit dem Thema Tracht und Tradition zusammenhängen (»Göttinnensturz«, 2013), zu einem schmerzhaften Bruch zwischen Jonas und Berenike.

Als Berenikes persönlichster Fall (»Schweigegold«, 2015) sie auf den Spuren ihrer Familiengeschichte in das Labyrinth von Prags Gassen führt, finden Berenike und Jonas wieder zusammen.

1

Nähe Bath, England

»Und das willst du wirklich alles mitnehmen?«

Berenike stand vor einer Ansammlung aus Tassen mit Rosenmuster, Teekannen, Tischdecken, Kerzenleuchtern und noch mehr. Sie strahlte ihren Freund Jonas an. »Und ob ich das will! Das und noch viel mehr. Es sind doch nur zehn Tee-Sets und sieben Kannen. Außerdem habe ich das alles nur bestellt, es wird mir daheim in Altaussee zugestellt. Ich muss also nichts davon selbst schleppen. Ist doch super, oder?«

Jonas nickte leicht, seine Miene war hier in seinem Heimatort ganz Engländer. Keine Spur vom steirischen Chefinspektor der Kriminalpolizei, der durchaus mal die Geduld verlor. Aber das hier war eben Urlaub, wenn auch ein spezieller.

»Es war eine wundervolle Idee, hierherzukommen.« Berenike stellte sich auf die Zehenspitzen und küsste ihn auf die Wange. »Und außerdem – ich darf dich an deine Worte erinnern: Ich darf so viel kaufen, wie ich will, hast du gesagt, wenn ich dich nach England zu deiner Familie begleite.«

»Das habe ich, ja. Aber ich glaube, ich habe nur von Tee gesprochen, nicht von Geschirr.« Er grinste resigniert und seufzte übertrieben. »Wie unvorsichtig von mir. Mit einer Teelady bleibt mir wirklich nichts erspart.«

»Hej!« Berenike boxte ihn scherzhaft in die Seite. »Du bist nicht der alte Kaiser Franz Josef.«

»Eigentlich schade.«

»Gar nicht. Dann müsste ich Sisi sein und würde ständig hungern. Das hatte ich lang genug im Leben, ehrlich.«

»Darauf ein paar Scones, würde ich sagen.« Jonas verbeugte sich leicht. »Darf ich bitten?«

»Einverstanden.«

»Meine Mutter bereitet sicher schon was vor.«

Rose House in den Cotswolds war gut besucht an diesem Augusttag. Die Gegend mit den sanften Hügeln und den kleinen alten Häuschen sah aus wie in einem Miss-Marple-Krimi, genügend schrullige ältere Damen waren ebenso vorhanden. Dazwischen standen alte Herrenhäuser wie dieses. Und das Angebot hier war sagenhaft. Berenike schwelgte: Regalweise Teesorten, in denen sie gustieren konnte, das schönste Teeporzellan, das sie je gesehen hatte. Hauchdünn, mit Rosenmuster oder Efeuranken. Damen mit großen Hüten und pinkfarbenen Kleidern spazierten herum und unterhielten sich leise. An einem großen Tisch konnte man Tee verkosten, auf einem anderen lagen Stoffmuster und Einrichtungsmagazine. Berenike setzte sich und begann in einer Zeitschrift über Home Decor zu blättern. Es war, als könnte man in dem alten Herrenhaus gleich dableiben und hier zu leben anfangen.

Jonas nahm neben ihr Platz und grinste sie an. »Ich hab gewusst, dass es dir gefällt.«

»Allein schon der Duft der Teesorten! Könnte es nur immer so weitergehen.« Berenike seufzte. Was für ein Urlaub! Ihr erster seit Jahren. Sie machten Besichtigungen, besuchten Freunde von Jonas und alte Bekannte aus

Berenikes Zeit, als sie selbst in England gearbeitet hatte. Dazu englische Gärten in ihrer ganzen Schönheit und die Familie von Jonas, bei der sie die meiste Zeit verwöhnt wurden. Fast – bis auf die Momente, wo Jonas Fragen zu früher stellte, zur Vergangenheit der Familie, vor allem seiner Mutter, die als jüdisches Kind aus Österreich hatte fliehen können. Über diese Zeit wollten seine Eltern partout nicht reden. Die beiden alten Leutchen schwiegen, und Jonas starrte enttäuscht die Blümchentapete an der Wand an. Seine Mutter wurde 80, es war klar, dass sie nicht mehr viel Zeit für Gespräche hatten. Und Jonas lebte so weit weg in Österreich. Berenike verstand ihn so gut, hatte doch auch ihr eigener Vater als jüdisches Kind in Wien nur versteckt überlebt – und seine ganze Familie verloren. Sie hatte gar niemanden, den sie zu diesem Teil ihres Erbes fragen konnte, ihr Vater wusste nichts, er war zu klein gewesen.

»In Aussee ist es doch auch schön.« Jonas legte eine Hand auf ihre.

»Eh.«

Eh.

»Nur allein ist es halt …«

»Ich weiß. Du fliegst ja nur voraus, Nike.« Seine Hand wanderte zu ihrem Knie. Eine der rosa gekleideten Ladys zog eine Augenbraue hoch. »Meine Auszeit ist auch bald zu Ende. Dann sind wir wieder vereint zu Hause.«

»Zu Hause, ja.« Sie nickte nachdenklich und schlug die Zeitschrift wieder zu. Wo war ihr Zuhause? Sie fühlte sich, als hätte sie überall Wurzeln und Zugehörigkeiten – hier in England, in ihrer Wahlheimat Altaussee, in Wien, ja sogar in Prag, der Heimat ihrer Großmutter, die sie erst vor kurzem kennengelernt hatte. Überall – oder nirgends.

»Weißt du schon, wann du zurückfliegen willst?«, fragte sie. Jonas hatte sich ein offenes Ticket gekauft, bei dem das Rückreisedatum noch nicht fixiert war. Wegen der Gespräche, die er sich immer noch erhoffte, vor allem mit seiner Mutter.

»Nicht genau, Nike. Ich möchte, dass sich meine Eltern öffnen.« Er seufzte tief. »Ist das denn so schwer?«

»Vermutlich schon. Ich habe es selbst gerade erlebt, du weißt ja, auf der Fahrt nach Prag.«

»Und ich hätte dich dabei fast verloren, Nike.«

»Aber jetzt haben wir uns wieder.« Sie hatte Tränen in den Augen. Dass man einmal dermaßen an jemandem hängen konnte. Sich so abhängig machen konnte. Von der Gegenwart eines anderen Menschen abhängig sein konnte, um glücklich zu sein. Eines einzigen Menschen. Das hätte sie sich nie gedacht. Aber die Dinge hatten sich verändert. Sehr sogar.

Irgendwo weiter weg klapperte Geschirr. Berenikes Magen knurrte, als würde er von dem Geräusch an Nahrungsaufnahme erinnert.

»Komm, Nike.« Er streichelte zart über ihre Wange. »Lass uns den Park genießen.« Jonas stand auf und nahm ihre Hand. Eine sehr britische Dame mit zartlila gefärbtem Haar sah es und kräuselte die hellrosa geschminkten Lippen.

Sie verließen die Verkaufsräumlichkeiten und promenierten verschlungene Kieswege entlang. Ihre Schritte knirschten auf den hellen Steinchen, zwei Enten kamen geflogen und schnatterten fröhlich. Kein Mensch war außer ihnen hier draußen unterwegs. Vor ihnen tat sich eine abfallende tiefgrüne Wiese auf, an deren Ende ein kleiner Teich lag. Die beiden Enten landeten darin. Eine Brücke, die wie eine romantische Ruine aussah, führte über das Wasser. Das Gras sah saftig grün aus, nirgends wucherte Unkraut.

»Wie schön es hier ist! Diese Idylle.« Berenike sah sich bewundernd um und atmete tief die feuchte Luft ein. Am Himmel wechselten Wolken und Sonne. »Alles passt so gut zusammen. Die Symmetrien, einfach alles.«

»Das ist englische Gartenkunst. Meine Eltern stehen drauf. Nur hat es für sie finanziell nie zu so einem herrschaftlichen Wohnsitz gereicht.«

»In Aussee ist es auch grün, aber anders. Wilder.«

»Wild und stürmisch, genau.« Jonas blieb stehen und zog sie an sich. »So wie du. Du passt genau da hin, Nike.«

»Na, und du vielleicht nicht.« Sie prustete laut auf vor Lachen.

»Ich bin nur anpassungsfähig, meine Liebe.«

Gemächlich erreichten sie einen kleinen Pavillon, der als Tearoom diente. Weiße Gartenmöbel standen einladend vor dem Eingang, eine schwarze Tafel kündete von Scones und Soup of the day.

»Hier fehlt nur noch Agatha Christie«, sagte Berenike.

»Und ein Mord. Das wird schwierig in dieser Idylle.«

»Ist ja die Miss Marple da, die das verhindert. Also die vom Salzkammergut. Sagt der Max zu mir.«

»Der Max, soso.« Sein Blick war unergründlich.

»Geh bitte, Jonas.«

*

Gemächlich spazierten sie zurück zum Häuschen seiner Eltern. Eine britische Kleinbürgeridylle. Ein schmales Häuschen, Spitzenvorhänge, ein winziger Vorgarten, dessen Rasen durch die untypische Sommerhitze etwas verdorrt braungrau war.

»Kummts eina!«, rief seine Mutter Jolanda im schönsten Dialekt. »Gut, dass' rechtzeitig zur Tea-Deim da seids.« Sie warf einen Blick auf die Küchenuhr, die kurz vor fünf zeigte. »Die Scones kommen gleich. Nehmts do' im Living Room Platz, gell.«

Jonas' Vater Johann kam ihnen in seinem Tweedanzug entgegen. Der perfekte britische Gentleman, dabei war er genau wie seine Frau seinerzeit mit seinen Eltern vor den Nazis aus Österreich geflüchtet.

»Mum, könntest du nicht einmal wieder Apfelstrudel machen?«, fragte Jonas.

»Aber Jonas! Wir sind in England«, sagte sein Vater, setzte sich und griff nach seiner Pfeife. »Wir trinken Five O'Clock Tea und essen dazu Scones. Oder Cucumber Sandwiches. Das weißt du doch.«

»Oh, I'm sorry, dad.« Jonas lächelte. »Und deshalb rauchst du Pfeife wie Sherlock Holmes, obwohl du Asthmatiker bist, oder wie?«

Johann lachte ertappt auf. »Mag sein, dass das nicht so klug ist. Aber ich kann halt nicht widerstehen. Du kennst mich doch. Der Regen macht die Luft für mich schon erträglicher.« Aufs Fensterbrett klopften genau in dem Moment schwere, große Tropfen. Tatsächlich, es regnete. Endlich. Endlich war es so, wie es sein sollte in England, die trockene Hitze war direkt abnorm gewesen. Der Himmel hatte sich zugezogen, im Raum war es dämmrig.

»Hier, bitte sehr, darlings.« Jolanda kam mit einem Tablett herein, auf dem jede Menge Köstlichkeiten aufgetürmt waren. Berenike seufzte lachend. Mit Kaiserin Sisis schlanker Taille wurde es definitiv nichts mehr. Jolanda begann, reihum ein Tröpfchen Milch in die bereits auf dem Tisch stehenden Tassen zu geben. Zuerst die Milch, dann der Tee. Echt britisch halt.

»So, und nun lassts es euch schmecken.«

2

Auf dem Weg nach Altaussee

Die ersten Wolken kamen, als Berenikes Zug den Bahnhof Gmunden am Traunsee verließ. Vor zwei Stunden in Wien war es noch brennend heiß gewesen. Der Kurzbesuch bei ihrer eigenen Familie hatte Berenike gutgetan, auch wenn da neue Sorgen aufgetaucht waren.

»Mama redet ein bisschen komisch, findest du nicht?«, hatte ihre Schwester Selene gemeint, während sie mit unzähligen anderen Reisenden auf den verspäteten Zug gewartet hatten.

»Meinst du?« Berenike hatte die Gespräche Revue passieren lassen. »Sie war doch immer so.«

»Es ist anders, Berenike. Du siehst sie ja nicht so oft. Einmal sagt sie zum Beispiel, dass sie gleich mit ihrer Freundin essen geht, ein paar Minuten später will sie was kochen. Solche Dinge.«

»Liegt es am Alkohol?«, fragte Berenike. »Trinkt sie noch immer so viel?«

»Ich weiß es nicht.« Selene zuckte mit den Achseln. »Ich kann sie schwer kontrollieren.«

»Nein, das sollen und können wir nicht. Vielleicht war nur alles zu viel für sie«, meinte Berenike, »die Reise nach Prag, die neuen Erkenntnisse über unsere Vorfahren. Und dazu all die Sorgen nach dem Überfall auf dich.« Berenike schauderte immer noch beim Gedanken daran. Die Spur zum Täter hatte sie dann nach Prag geführt.

»Mag sein«, meinte Selene nachdenklich. »Ich mache mir halt Sorgen.«

»Sie hat mich auch sonderbare Dinge gefragt. Ob ich schon einmal in Graz gewesen bin, dabei war ich öfter dort. Jonas wohnt schließlich in Graz. Nur über das Haus in Prag hat sie nicht gesprochen.«

»Ich glaub auch, das war einfach zu viel für sie.«

»Beobachten wir sie, du hier vor Ort und ich, wenn ich mit ihr telefoniere.«

Die Schwester hatte sorgenvoll genickt. »Willst du eigentlich um das Haus in Prag kämpfen?«

»Ich glaube nicht. Es hat zu vielen Menschen Unglück gebracht. So viele sind gestorben deswegen oder haben gelitten.«

»Du hast recht, Berenike.«

Dann war der Zug eingefahren und sie mussten sich verabschieden. Endlich erhaschte Berenike nun die ersten

Blicke auf den Traunsee. Schwäne plätscherten in Ufernähe herum, das Wasser sah dunkel aus. Vorfreude loderte in ihr auf. Altaussee, Herzensheimat … war es das?

Knarrend ging die Abteiltür auf. »Ist hier noch frei?« Ein Mann mit einem Backenbart wie seinerzeit der alte Kaiser Franz Josef sah sie fragend an. Moment, von irgendwoher kannte sie den Herrn doch. Wo hatte sie ihn schon gesehen?

»Natürlich.« Seit Attnang-Puchheim saß Berenike allein in einem Sechserabteil mit miefig riechendem gelb kariertem Vorhang von anno dazumal und durchgesessenen, orange karierten Plüschsitzplätzen. Hilfsbereit schob sie ihre Taschen zusammen, um Platz zu schaffen. Sie sah zu dem Neuankömmling auf. Auch einer, der mit nicht gerade leichtem Gepäck reiste.

Er lächelte sie unverbindlich an. »Kennen wir uns?«

»Ich bin nicht sicher. Vielleicht aus Altaussee?«

»Kann sein.« Er quetschte seinen dicken schwarzen Lederkoffer unter die gegenüberliegende Sitzreihe. »Ich habe vor zwei Monaten das Hotel *Alpensonne* übernommen.«

»Ach, daher, verstehe. Dann habe ich Ihr Foto vielleicht in der Regionalzeitung gesehen.« Das Hotel Alpensonne musste so etwa zu Kaiserszeiten ein nobles Hotel gewesen sein. Jetzt stand es seit Jahr und Tag leer. Der Mann mit seinem Backenbart und das Hotel würden blendend zusammenpassen.

»Ja, da war ein Bericht. Und jetzt steht meine endgültige Übersiedlung an. Siegmund Haller mein Name.«

»Ich bin Berenike Roither. Mir gehört der Teesalon in Altaussee.«

»Freut mich«, keuchte der Mann. Er schüttelte ihr schwer atmend die Hand und hievte eine Reisetasche ins Gepäcknetz, das nun auch voll war. Suchend sah er sich um und stützte dabei beide Hände in die Hüften. Draußen wurde die Bewölkung immer dichter, im Abteil wurde es dunkler.

»Lassen Sie den Rest Ihrer Sachen einfach stehen, es stört ja niemanden«, schlug Berenike vor.

»Meinen Sie wirklich?«

»Aber ja.« Sie sah aus dem Fenster, um einen Blick über den dunkel daliegenden Traunsee zu erhaschen. Der mächtige Traunstein versteckte sich bereits hinter düster drohenden Wolken. Der Zug fuhr durch wilde grüne Wiesen und näherte sich Ebensee. »Dann wird die *Alpensonne* also wieder belebt, das ist schön.«

Haller nickte. »Freut mich, wenn Ihnen das gefällt. Ich habe große Pläne damit, schließlich verträgt gerade Altaussee mit seiner Geschichte ein Haus mit kaiserlichem Charme. Wenn ich jetzt auch noch genügend Personal für meinen Betrieb fände, wäre ich überhaupt vor Glück nicht mehr zu halten.«

»Ist das denn so schwer? Ich habe selbst schon öfter suchen müssen, aber ich hatte immer Glück, schnell den Richtigen zu finden.«

Siegmund Haller nickte wieder. »Sehr schwer. Und dringend ist es auch. In Kürze kommen Filmleute aus Bollywood, die bei uns drehen wollen. Wie soll ich denen den entsprechenden Service bieten ohne Leute?«

»Ich weiß auch nicht.«

»Ich war gerade an meiner alten Arbeitsstelle im Grand Hotel in Gmunden und hab versucht, Leute abzuwerben, aber es ist zäh. Normalerweise lassen sie sich von einem guten Angebot gern verlocken. Aber es gibt wohl im Gastgewerbe insgesamt zu wenig Leute. Da werde ich vermutlich in Ostdeutschland wen anwerben müssen.«

»Da kann ich Ihnen auch nicht helfen, ich hab seit einer Weile keine Kellnerin mehr suchen müssen, zum Glück. Aber was sagen Sie da, Filmmenschen aus Bollywood in Aussee? Im Ernst? Zusätzlich zu George Clooney und James Bond jetzt auch noch ShahRukh Khan, oder wie?«

»Sagen Sie bloß, Sie sind ein Fan.«

»Na ja …«

Siegmund Haller strich sich über den Bart. »Zunächst kommt nur eine Aviso-Truppe, die Locations checken soll. Man weiß noch nicht, ob und was draus werden könnte.«

»Ach so.«

»Es klingt aber vielversprechend, soweit ich das sehe. Sie wollen die *Alpensonne* mit ihrem Charme von anno dazumal nutzen, bevor ich alles modernisiere. Und auf der Seewiese wollen sie drehen, ehe das neue Bauprojekt nebenan kommt, dieser Kulturpalast.«

»Was? Auf der Seewiese? Das soll also wirklich gebaut werden?«

»Der Umstand ist bekannt, dachte ich.«

Sie zuckte die Achseln. »Das hat man doch für ein … ein Hirngespinst gehalten. Niemand hat das ernst genommen.«

»Ich habe gehört, es kommt. Und der Neubau soll alle Stückln spielen mit Bühne, Hotel und Spa. Ist eine prima Location für so was.«

»Aber die ganze Gegend da hinten steht unter Naturschutz.«

Haller zuckte die Achseln. »Der Auftraggeber wird schon wissen, was er tut. Es soll ein internationaler Geldgeber dahinterstecken, hab ich gehört.«

»Wer denn?«

»Das weiß ich nicht. Ich bin ja kein Ausseer Urgestein.«

»Woher haben Sie Ihre Informationen dann?« Berenike kniff misstrauisch die Brauen zusammen. Was die Leute immer redeten, alles Wichtigmacher. Kam sich wohl gut vor, der Herr mit dem Kaisergedöns.

»Ich habe es vom Hörensagen über ein paar Ecken. Meine Quelle ist normalerweise verlässlich. Meiner Einschätzung nach hörte sich das Bauvorhaben ziemlich fix an, als wären alle Bewilligungen erteilt.«

»Wie merkwürdig.« Berenike starrte nachdenklich aus dem Fenster. Die dunkelgrauen Wolken ballten sich immer enger über dem See zusammen, verdunkelten das Wasser zu einem düsteren Abgrund, vom Traunstein lugte nur noch die Spitze hervor.

»Wir erreichen in Kürze Ebensee Landungsplatz«, sagte die Lautsprecherstimme. Nur noch eine gute Stunde, dann war sie zu Hause.

3

Abenddämmerung kroch über den Altausseer See herein, mischte sich mit den auch hier dunklen Wolken.

... Zauberwelt ...

Die Berge spiegelten ihre scharfen Konturen im glatten See. Windstill war es und kühl. Kühler, viel kühler als in Wien. Tief sog Berenike die würzige Luft auf, als sie nach der kurzen Fahrt mit dem Taxi vom Bahnhof in Bad Aussee herauf nach Altaussee zu ihrem Wohnhaus ging. In der Dunkelheit betrat sie versehentlich den geheiligten Rasen von Frau Gasperl, ihrer Vermieterin. Wie weich das Gras war! Und wie intensiv die Erde duftete! Am alten Holzhaus lehnte verlassen eine Leiter, die bis zum Dach reichte, Holzscheite lagen davor herum. Vermutlich Ausbesserungsarbeiten.

Berenike blieb stehen und blickte den Abhang hinunter zum See, der wie eine dunkle Verlockung dalag. Wie behütet war er von den Bergen mit ihren dunklen Wäldern und überdacht von einem dunkelgrauen Himmel.

Nach einem letzten Blick schlich sich Berenike leise ins Haus und schloss die immer ein wenig knarrende Eingangstür von drinnen ab. Auf Zehenspitzen ging sie an der Tür ihrer Vermieterin vorbei, die Treppe hinauf in den oberen Stock, wo sie eine Wohnung gemietet hatte. Vorbei an der Buddha-Statue, die sie bei ihrem Einzug aufgestellt hatte, gelangte sie, unbehelligt von Frau Gasperl, in ihre Wohnung. Ob die Vermieterin etwas Neues über das angebliche Bauprojekt wusste? Sie kannte immer jeden Klatsch und Tratsch, ob wahr oder nicht. Aber heute hatte Berenike keine Lust mehr, bei Frau Gasperl zu klopfen, sie war zu müde, um mit der gesprächigen alten Frau endlos zu quatschen.

Nachdenklich steckte Berenike den Schlüssel ins Schloss, sperrte auf und schob sich mit ihren Siebensachen hinein. Die Wohnung lag im Dunkel und roch muffig. Drei Schatten kamen auf sie zugeschossen und rieben schnurrend ihre Köpfe an Berenikes Beinen.

»Ja, ich habe euch auch vermisst!«, rief sie lachend, stellte ihr Gepäck ab und tastete nach dem Lichtschalter. Endlich wurde es hell. Drei Katzenköpfe guckten erwartungsvoll zu ihr auf, bis sich Berenike bückte und sie zu streicheln begann. Wie hatte sie ihr weiches Fell vermisst, und erst diese Anschmiegsamkeit! Und Miss Marple's leises Miauen, als würde sie fragen, wo denn Jonas sei.

»Er kommt ja bald«, sagte Berenike lächelnd und streichelte die kleinste der Katzen. Hoffentlich.

Sie streifte die Schuhe von den Füßen und tappte in die Küche. Die Katzen folgten. »Also gut, ihr zuerst!«

Sie füllte die leeren Futterschüsseln, auf die sich die kleinen Detektive sofort stürzten, und stellte dann für sich selbst Teewasser auf. Ihre Bewegungen kamen ihr langsam vor, die Müdigkeit infolge der langen Reise saß ihr in allen Knochen. Gleichzeitig war ihr Kopf überwach. Was war das nun wirklich für ein Bauprojekt bei der Seewiese?

Nachdenklich sah sie ihre Teedosen an und wählte schließlich Kamille, schön beruhigend und wohlschmeckend. Sie nahm eine Handvoll der getrockneten gelben

Blüten und gab sie in einen Filter. Dazu wählte sie eine bauchige alte Tasse mit Rosenmuster, die von ihrer Oma stammte. Der Roither-Oma, eine andere hatte es für Berenike nie gegeben. Über deren Leben hatten sie erst vor Kurzem auf ihrer Pragreise ganz neue Dinge erfahren.

Das Wasser kochte, Berenike ließ es kurz auskühlen und goss dann auf. Wie das duftete! Wie in Kindheitstagen.

Hunger hatte Berenike nicht. Sie ging mit der Tasse ins Schlafzimmer und stellte sie neben das Bett aufs Nachtkästchen. Die erste Nacht zurück in ihrem eigenen Reich. Glücklich sank Berenike in ihre Kissen, die Katzen folgten.

*

Am Morgen kroch grau der Nebel bis vors Haus. Er war so dicht und nahe, dass man kaum die Wiese des Nachbarn auf der anderen Straßenseite erkennen konnte. Kuhglocken und manchmal ein Muhen tönten herüber, ohne dass die Tiere zu sehen waren.

Berenike beschloss, zu Fuß hinunter in den Ort zu ihrem Salon für Tee und Literatur zu gehen. Ein seltsames Gefühl von Unwirklichkeit machte sich in ihr breit, weil sie kaum den Weg vor Augen sah, so dicht war der Morgennebel. Die Kühe muhten, es klang ziemlich laut, sie mussten nah sein, waren aber immer noch unsichtbar. Die Luft jedoch war warm und roch würzig nach Tannen und frisch gemähtem Gras, der Wiesenrand glitzerte feucht, rosa Klee glänzte. Kuppen voll Grün, verheißungsvolle, saftig grüne Vegetation überall, über den ewigen beständigen Tod hinwegtäuschend. Alles war so unglaublich grün und saftig hier. In Altaussee änderte sich eben nichts. Mochte überall sonst der Klimawandel eingesetzt haben, hier regnete es weiterhin regelmäßig.

Unten im Ort stockte Berenike vor einem der Wirtshäuser. Es sah irgendwie verlassen aus. Sie trat näher. ›Geschlossen‹ – ein kommentarloses Schild in der Eingangstür. Die Fensterscheiben waren schmutzig, drinnen war offenbar die gesamte Einrichtung ausgeräumt worden.

Von wegen, alles beim Alten! So lang war sie nun auch wieder nicht weg gewesen. Als Berenike jetzt aufmerksam weiterging, sah sie überall Zeichen von Unruhe und Veränderung. An der Straße zur Kirche war eine Baugrube, mehrere Wohnhäuser waren eingerüstet, einmal wurde ein Carport angebaut, ein anderes Mal eine Veranda. Berenike musste wieder an das Bauprojekt bei der Seewiese denken. Lauter seltsame, ungewohnte Vorgänge für die Verhältnisse hier! Das war doch nicht Wien, wo ständig etwas anders war …!

Nur die Berge blieben gleich. Während sie durch das langgezogene Ortszentrum entlang der Hauptstraße zu ihrem Teesalon strebte, zeigte sich ein Stück der Trisselwand noch schattenhaft im Nebel. Binnen Minuten riss es auf, die Sonne kam durch, veränderte alles. Gerade noch bedrohliche Düsternis und Verkommenheit – plötzlich alles ganz anders, Sonne, Licht und Wärme. Die Berge, rau und kantig, grau, umschmiegten fast liebevoll den See. Etwas wie Geborgenheit kam in Berenike auf, so etwas in der Art wenigstens, schon seit ihrem ersten Besuch hier spürte sie das, als sie kraftlos und ausgebrannt nach einer verrückten Karriere als Eventmanagerin hier Ruhe gesucht hatte. An einem Ende war sie damals gewesen, einem Ende, das sich überraschend als neuer Anfang entpuppte, bald danach schon. Dank des leer stehenden Lokals, das nunmehr ihr Salon für Tee und Literatur war. Sie hätte es nie für möglich gehalten – und doch war es eingetreten: Sie war zur Ruhe gekommen nach all den rastlosen Jahren in Wien, in England und sonst wo.

Und wie still es war! Berenike blieb stehen und sah sich um. Still und sauber. Bis ein Pressluftbohrer erklang. Und die Luft stank auf einmal nach Teer. Nicht einmal hier wurde man verschont. Weiter vorne beim Supermarkt wurde die Straße aufgerissen.

Berenike riss sich los und betrat endlich ihr Lokal. Miss Marple blickte indigniert von ihrem Bild an der Wand auf ein riesiges Durcheinander, als wolle sie auch diesen Fall lösen.

»Gut, dass du kommst, Berenike!«, erklang Tiffanys aufgeregte Stimme, ohne dass die Kellnerin selbst zu sehen war. Es war wie bei den Kühen im Nebel. Berenike grinste. Der ganze Salon war vollgestellt mit Kartons und Paketen aller Größenordnungen. Vereinzelt waren noch ein paar der mit rotem Schottenkaro bezogenen Sitzmöbel zu erkennen und der eine oder andere Gast.

»Dir auch einen guten Morgen!«, rief Berenike und umrundete die Türme von Sachen. Waren das am Ende schon die Bestellungen aus England? Einige Schachteln waren bereits geöffnet worden. Packwolle quoll hervor. Berenike bückte sich und öffnete den Deckel weiter. Ja! Die Tassen mit dem Rosenmuster! Das war ja schnell zugestellt worden!

»Schau, Tiffany, sind die nicht wunderbar?« Berenike hob eine der zarten Tassen heraus und hielt sie hoch, hoffend, dass sich der Schopf ihrer Kellnerin irgendwo zeigen würde, denn Neugier war Tiffanys große Schwäche. Oder Stärke, je nachdem, wie man es betrachtete. Aber nichts geschah. Na gut. Sie stellte die Tasse ab und nahm die nächste Schachtel. Das war dann wohl die Lieferung mit den britischen Teesorten. Breakfast Tea, Afternoon Tea … Verzückt starrte Berenike die Sachen an. Ein fürwitziger Sonnenstrahl traf das Schild ›Where there is tea, there is hope‹.

»Servus, Berenike! Na, auch wieder zurück? Zeit wird's!«, tönte der tiefe Bass von Max, dem Wirt vom *Grünen Kakadu* in Bad Aussee, statt Tiffany durch den Raum. »Keiner hat gewusst, wo du steckst. Wir haben uns schon die größten Sorgen gemacht.«

Berenike folgte seiner Stimme und fand ihn an der Theke stehend bei einer Tasse Tee und einem Croissant.

»Grüß dich, Max. Schön, dich zu sehen.«

»Warst lang weg, Berenike. Man hat sich ja schon Sorgen gemacht, so lange, wie du abgetaucht bist.«

»Ach was, keine Sorge, ich bin nicht Agatha Christie und tauch unter.« Sie lachte.

»Aber fast, meine Liebe. Wo treibst dich immer herum?«

»Zuerst war da die Geschichte mit meiner Familie, die mich nach Prag geführt hat. Das weißt du ja. Nachdem Selene überfallen wurde, kam da einiges über unsere Familiengeschichte ans Tageslicht. Und jetzt war ich mit Jonas in England. Bei seinen Eltern. Und dort habe ich …« Sie stützte die Arme in die Hüften und blies ein Haar aus der Stirn. »Nun ja, ich hab halt zugeschlagen und eingekauft. Was sagst du zu dem Geschirr?« Sie ging und holte die Tasse mit dem Rosenmuster, um sie ihm zu zeigen.

»Sehr hübsch, Berenike. Deine weiblichen Gäste werden sie lieben.«

»Meinst?«

»Moan i, ja.« Provokant grinste er sie an. Er war immer noch ein attraktiver Mann, der Max. Und selbstbewusst war er sowieso. Am Anfang, als sie hierhergezogen war, war sie für seinen manchmal albernen Charme durchaus empfänglich gewesen. Aber dann war Jonas gekommen, und zwischen Max und ihr hatte sich eine geschwisterliche Freundschaft entwickelt.

Sie lächelte zurück. »Dann servier ich dir nächstens was mit Totenkopf-Dekoration.«

Max lachte schallend. »Schön, das zeigt, dass es dir wieder gut geht. Das mit dir und Jonas hat sich wieder eingerenkt?«

»Äh, ja.« Dass sie ihren Liebsten fast verloren hätte, bei dem Gedanken bekam sie immer noch Gänsehaut. Zuerst hatte sie geglaubt, das mit ihnen beiden wäre vorbei. Ein verdammt blödes Missverständnis. Und dann wäre er beinahe gestorben, in einem früheren Mordfall.

»Das freut mich, Berenike. Das freut mich wirklich sehr.« Max lächelte sie so freundlich an, dass sie fast in Tränen ausgebrochen wäre. Sie war hier angekommen, ganz klar. Hier gehörte sie her.

Sie zwinkerte, stellte vorsichtig die Tasse ab und fuhr mit dem Auspacken fort. Papier raschelte. Im Raum wurde es wieder finsterer. Berenike trat an eines der Fenster. Wolken und Nebel hatten sich wieder zugezogen. So rasch, wie das Wetter hier im Salzkammergut eben wechseln konnte.

»Vielleicht regnet's«, sagte sie und drehte die Deckenbeleuchtung heller.

»Es ist jedenfalls gut, dass du wieder zurück bist«, fuhr Max fort. »Es gibt eine wichtige Sache, hast das mit der Seewiese schon ghört?«

»Jetzt fängst du auch damit an? Ist dieses Bauvorhaben also wirklich kein Hirngespinst?«

»Sieht nicht mehr danach aus. Offenbar haben sie diesen Kulturpalast oder wie das heißen soll im Hintergrund weiter vorangetrieben.«

»*Sie*? Wer denn?«

»Weiß ich nicht.«

»Wie, du weißt es nicht?«

»Keiner weiß, wer dahintersteckt. Egal, mit wem ich red.«

»Das gibt's ja nicht.«

»Hierzulande gibt es alles, glaub mir.« Max biss in sein Kipferl und kaute wütend.

»Stimmt. Es erinnert mich an diese Geschichte mit dieser Villa beim Fuschlsee.«

»Die war auch nicht von schwachen Eltern.« Max schnaubte.

»Keiner hat gewusst, wer die gekauft hat, bis einer den Thomas Ritter dort herumstolzieren gesehen hat.«

»Tja, so geht das. Man schickt seine Strohmänner vor.«

»Der arme Kerl hat sich nach seinem Unfall völlig zurückgezogen.«

»Sein Gesicht soll verunstaltet sein, er zeigt sich so gut wie nie in der Öffentlichkeit.«

»Dabei war er einmal die strahlende Nachwuchshoffnung der Nationalen Bewegung.«

»Damals, als der Parteichef so plötzlich ums Leben kam, ja.«

Donners Leiche hatte Berenike damals gefunden, in ihrem ersten Jahr hier. In der Gradieranlage war er gesessen.

»Tja, so schnell kann's gehen. So rasch kann sich ein Leben ändern. Auch ein politisches.«

»Was ist dem Ritter eigentlich zugestoßen?«

Max zog die Schultern hoch. »Der Karl Haindl wüsste mehr, aber der redet nicht drüber. Es war ein Autounfall und Ritter geriet in ein Feuer. Mehr ist nicht bekannt.«

»Auch nicht, wer der Schuldige war?«

»Nein.«

»Der Karl ist mit einer Narbe davongekommen.«

»Und mit einem Trauma, fürcht ich.«

»Beim Ritter weiß man es nicht genau. Und was ist nun dran an der Sache mit der Seewiese?«, fragte Berenike.

»Offenbar gibt es bereits Aufträge an Baufirmen, für Bodensondierungen oder so was.« Max sah finster drein. Auf der Theke lagen nur mehr Brösel. »Da hinten bauen ist sicher nicht einfach, der Grund ist durch die ständigen Überschwemmungen feucht und unsicher.«

»Das tröstet mich jetzt auch nicht. Man muss doch rausfinden können, wer die Aufträge dafür gegeben hat. Und dann muss man was dagegen unternehmen.«

»Glaubst du. Aber niemand weiß, wer der Betreiber des Vorhabens ist. Das ist das Merkwürdige.«

»Wie kann denn das sein?«

»Ich hab mich bei meinen Gästen umgehört und sogar mit dem Baubeauftragten der Gemeinde geredet. Der weiß auch von nichts. Sagt er zumindest.«

»Sagt er. Mhm.« Berenike nahm zwei neue Teekannen aus einer Schachtel. Sie ging zum Regal, wo die anderen standen. Kleine gusseiserne für den grünen Tee, große bauchige in Rot und Blau für den schwarzen Tee. Irgendwo musste sie Platz für die neuen Kannen schaffen, aber wo? Ihr Blick wanderte über das Regal, ob irgendwo eine Kanne kaputt war.

»Genau. Das hab ich mir auch gedacht. Und deshalb red ich nachher mit dem Gustav Erdinger, weißt eh, das ist der Lehrer von der HAK.«

»Das ist doch dieser Weltreisende? Mit den langen grauen Haaren? Der auch bei Greenpeace aktiv ist?«

»Genau der.«

»Ich glaub, ich habe ihn in letzter Zeit öfter beim Paragleiten gesehen, als er hier gelandet ist.« Berenike nahm eine rote Kanne vom Regal und drehte sie hin und her.

»Der Gustav ist ein Abenteurer, aber mit den Jahren wird er ein wenig ruhiger.« Max spielte nachdenklich mit der Tasse in seinen Händen. »Für seine Begriffe hat er schon lange keine Reise gemacht. Jetzt sitzt er ja auch im Gemeinderat. Wenn wer was zu dieser ominösen Geschichte weiß, dann er. Und auch, was man dagegen tun kann.«

Berenike stellte die Kanne zurück. Sie war intakt. Gut, das musste sie später angehen. »Die Ariane Meixner könnte man auch fragen. Die ist Journalistin und immer hinter solchen Dingen her. Die hat schon einmal was aufgeklärt, als es in dem eisigen Winter um diesen merkwürdigen Pfarrer ging.« Berenike packte eine weitere Tasse aus und stellte sie auf die Theke, dass es klirrte.

»Es wär wirklich ein Wahnsinn, das Ufer hinten zu verbauen. Der freie Weg um den See ist einzigartig, dafür kommen die Touristen. Gegen so ein Monstervorhaben muss man was unternehmen.«

»Das wird ganz sicher passieren, Berenike. Wir lassen uns nicht drüberfahren. Komme, wer da wolle, egal wie viel Geld er mitbringt. Da könnt ja sonst jeder kommen. Nein, nein. Hier hat Widerstand Tradition. Wir in Aussee haben immer drauf geschaut, dass das Seeufer frei zugänglich bleibt.«

Berenike schnaubte. »Ihr habt drauf geschaut, na klar.«

»Was denn sonst?« Irritiert sah Max sie an.

»Na, wenn der Forst nicht verboten hätte, dass am Ufer gebaut wird, wäre die Lage so wie an allen Seen in Österreich. Schau dir den Traunsee an oder sonst einen See. Alles privat, verbaut, Seeblick nur gegen teures Geld im Hotel.«

»Du bist desillusioniert, Berenike.«

»Weil's wahr ist. Mit so was kann sich keiner schmücken, Max, ehrlich. Na, halt mich auf dem Laufenden, bitte.« Während Berenike begann, die Tassen in die Spüle zu stellen, begann es draußen zu regnen.

*

Max hatte sich verabschiedet. Berenike öffnete eine weitere Kiste. »Schau mal, Tiffany, ein Kochbuch mit vegetarischen Köstlichkeiten, was sagst du?«

»Auf Englisch? Na, wenn du das verstehst. Das musst du kochen, ich bin mir da zu unsicher, vor allem, was die Mengenangaben betrifft.«

»Ich schaff das schon, ich hab schließlich in England gelebt.« Berenike blätterte das Buch auf. »Pilzrisotto, mhm, das klingt lecker. Gibts schon Schwammerl?«

»Mein Vater hat haufenweise welche gefunden am Wochenende, er hat mir welche mitgegeben, sie sind im Eiskasten.«

»Wirklich? Das ist ja wunderbar. Die verkoch ich gleich für den heutigen Mittagstisch. Und du, Tiffany«, Berenike drehte sich halb im Kreis, »du räumst hier bitte auf. Schau, das Sherlock-Holmes-Bild und die Queen haben schon Staub angesetzt.«

»Sind ja auch angejahrt«, kicherte die Kellnerin und seufzte melodramatisch, die Hände in die Hüften gestützt. »Aber bitte, wenn du es sagst, Chefica.«

»Bitte, Tiffany. Und nenn mich nicht *Chefica,* zum Henker noch mal. Wie oft muss ich das denn noch sagen!« Berenike presste die Hände an beide Schläfen. »Das hat doch eine Zeitlang recht gut geklappt.«

Tiffany, die eigentlich Slavica hieß, weil ihre Eltern aus dem damaligen Jugoslawien zugewandert waren, sich aber lieber Tiffany nannte, weil das ihrer Meinung nach leichter auszusprechen war, grinste. »Ist gut. Werde nicht mehr Chefica sagen, liebe Chefica.«

»Slavica!«

»Ich geh ja schon.«

Berenike betrat die Küche und band sich eine Schürze um. Sie nahm die Pilze heraus, putzte sie, schnitt sie und die Zwiebel, gab Öl in einen Topf. Mitten hinein in ihr Tun klingelte ihr Handy.

Fröhlich hob sie ab. »Jonas! Servus! Wie geht's dir?« Ihre Finger waren fettig, aber was machte das schon.

»So wie gestern, mein Schatz.« Sie spürte sein Grinsen durch die Leitung. »Also, fast. Wenn du noch hier wärst ... Wie geht's dir, Nike?«

»Auch fast so wie gestern. Ich mache gerade Pilzrisotto. Ein neues Rezept.« Sie warf Zwiebel ins heiße Öl, rührte, schnupperte. Wann hatte Kochen das letzte Mal so viel Spaß gemacht?

»Klingt gut.«

»Ich werde es für uns kochen, wenn du wieder da bist.« Sie lächelte den Topf an. »Du, ich hab da eine Frage.«

»Wenn du so anfängst, Nike ...«

»Du hast ja recht. Mir ist etwas zu Ohren gekommen. Über die Seewiese. Es soll ein Bauprojekt geben.«

»Auf der Seewiese? Ausgerechnet? Ich dachte, die steht unter Naturschutz?«

»Das dachte ich auch. Und andere ebenso. Aber was das Merkwürdige ist, keiner weiß angeblich, wer hinter dem Vorhaben steckt.«

»Das ist sonderbar. In eurem Dorf mit nicht einmal 2.000 Einwohnern ist doch sonst immer alles bekannt.«

»Eben. Deshalb dachte ich an dich.«

»Nur deshalb? Nike!«

»Aber Jonas ...« Sie musste lachen. Die Zwiebelstücke brutzelten. »Ich dachte, du könntest im Firmenbuch nachschauen, ob es einen Besitzerwechsel gab oder so.«

»Und gleich, wer der Besitzer ist, dazu, ja?«

»Ja, so ungefähr. Schön, dass du sofort weißt, was ich meine.«

»Und das soll ich alles hier von England aus veranstalten.«

»Na ja, ich dachte, heute ist das nicht mehr so schwierig, wo doch eh alles online läuft.«

»Ich kann mich nicht einfach aus privaten Gründen in die Dienstcomputer einloggen, Nike.«

»Na geh.«

»Ich bin nicht einmal im Dienst. Und selbst wenn – Eigentumsangelegenheiten fallen gar nicht in mein Ressort. Das ist kein Fall für die Abteilung Leib und Leben.«

»Ich weiß, Jonas. Aber wie soll ich sonst rausfinden, wer dahintersteckt? Man muss was gegen so ein Vorhaben unternehmen.«

»Ich kann dir da nicht weiterhelfen, Nike. So leid es mir tut.«

»Schon gut, Chief Inspector.« Berenike blinzelte. Musste am Zwiebelgeruch liegen, sie war das Kochen nicht mehr gewohnt. »Also, tschüss.«

»Servus, Nike. Ich melde mich wieder.«

Sie legten auf. Berenike beugte sich über den Topf, der Dampf ließ sie zwinkern. Sie warf die Pilze zu den Zwiebeln, rührte, salzte alles. Fing es jetzt wieder so an zwischen Jonas und ihr, nach all der Nähe der letzten Zeit? Dann eben anders.

Sie rührte im Topf um und zwinkerte heftiger. Deckel drauf, Wecker stellen, dann verließ sie die Küche.

»Tiffany?«

»Ja?« Der Haarschopf der Kellnerin tauchte zwischen zwei fast mannshohen Schachteln auf, die immer noch die Theke verstellten. Ein bisschen hatte sich das Chaos aber schon gelichtet und Miss Marple konnte etwas wohlwollender von der Wand herunterblicken.

»Arbeitet dein Vater noch bei dieser Baufirma in Bad Aussee?«

»Ja, noch. Wieso?« Tiffany zerkleinerte einen der leeren Kartons und fing an, ihn zu zerreißen. »Kann sein, nicht mehr lange.«

»Es gibt Gerüchte über ein Bauprojekt auf der Seewiese. Weißt du vielleicht was darüber? Hat er von so etwas gesprochen, hat die Firma eventuell damit zu tun?«

»Auf der Seewiese, sagst du?« Tiffany zog die Nase kraus, legte die Pappestücke auf die Theke und stemmte die Arme in die Hüften. »Was soll der Unsinn? Der ganze Bereich dort ist geschützt, da darf nicht gebaut werden.«

»Das dachte ich auch. Aber es gibt Gerüchte …«

»Von wem?«

»Max hat davon gesprochen. Und noch jemand.«

»Ich habe keine Ahnung. Aber ich werde meinen Vater heute Abend gleich fragen.«

»Danke. Irgendjemand muss etwas darüber wissen. So was gibt's doch nicht.« Berenike starrte durchs Fenster nach draußen. Der Regen hatte aufgehört, doch der Nebel hielt den See von allen Seiten im Griff. »Da fällt mir ein, haben wir noch genügend Masala Chai vorrätig?«

»Von der indischen Teemischung? Ja, ich denke schon. Ich schau gleich nach.« Tiffany wandte sich dem Regal mit den Teebehältern zu.

»Ich hab nämlich gehört, wir bekommen demnächst Besuch aus Indien. Filmleute.«

»Wirklich? Das ist ja ulkig. Sag bloß, Bollywood kommt ins Ausseerland.«

»Wir werden sehen. Ein Mitreisender im Zug hat es mir erzählt, ein Herr Haller. Der hat das Hotel Alpensonne gekauft.«

»Den schiachen Kasten hat auch noch wer wollen? Der sieht furchtbar aus, da ist seit Jahren nicht renoviert worden.«

»Vielleicht bekommt die Firma deines Vater da auch zu tun.«

»Und in dem alten Kasten wollen die Inder einen Film drehen? Wie soll das denn gehen.« Tiffany griff sich theatralisch an die Stirn. »Was für ein Bledsinn.«

»Lassen wir uns überraschen, Tiffany. Vielleicht können wir den Charme der Fünfzigerjahre nur selbst nicht nachvollziehen.«

4

»Das wird sich totlaufen«, sagte Max und stapfte vor Berenike her das Seeufer hinterm Kahlseneck entlang. Der Wald reichte hier bis knapp ans Ufer, nur ein schmaler Fußweg führte den See entlang.

»Glaubst wirklich?«, fragte Berenike zweifelnd. »So einfach?«

Es war später Nachmittag, Dunst lag über den Bergspitzen, ließ den See milchig erscheinen. Die Luft war warm, fast schwül. Überall strebten Menschen nach hinten zur Seewiese. Es sollte ein erstes Treffen der Gegner des geheimnisvollen Bauprojekts geben. In der letzten Woche seit Berenikes Rückkehr nach Altaussee hatten sich so gut wie alle, mit denen sie geredet hatte, dagegen ausgesprochen. Alle bis auf jene, die sich ein Geschäft damit erhofften.

»Nicht das Bauprojekt meine ich, sondern der Widerstand wird sich totlaufen. Da steckt jemand Finanzkräftiger dahinter, jemand ganz Mächtiger. Der hat die wirklich Wichtigen ganz oben in der Tasche, die Entscheider. Aber wir müssen tun, was wir können, und zwar mit aller Kraft.«

»Das müssen wir, ja.«

»Immerhin kommt der Gustav zu unserem Treffen.«

»Das ist gut.«

»Schauen wir mal, was es hilft und was wir rausfinden.«

Durch das hellgrün schimmernde seichte Wasser nahe dem Ufer huschte ein einsamer Saibling. War auch nicht mehr wie früher, der Fischbestand. Oben beim Loser waren im Dunst einige Paragleiter zu erkennen, wie sie sich in die Lüfte schwangen. Ein buntes Treiben, mehr als bei dem Wetter eigentlich zu erwarten war.

Der Weg führte durch ein Waldstück, in dem einige große Findlinge standen, der graue Stein war von Moos überwuchert. Darüber ragten hoch die Felsen von Loser und Trisselwand auf. Der Weg lag nun im Schatten der Berge, die Luft war kühler und noch feuchter. Enten schnatterten und ein paar Kinder spielten am seichten Ufer im Wasser.

»Wo bleibt eigentlich dein Jonas?«, fragte Max.

»Weiß ich nicht.« Eine Woche war seit ihrer Rückkehr nach Altaussee vergangen und noch immer wusste Jonas nicht, wann er zurück nach Österreich fliegen würde.

Max sah sie mit einem Blick an, der ihr durch und durch ging. Er trug seine Trachtenlederhose und ein blau-weiß kariertes Hemd. »Ist alles okay mit euch, Berenike?«

»Jaja.« Sie nickte und starrte die Kieselsteine auf dem Weg an.

»Wirklich?«

Sie kickte nach einem Stein. »Ach, ich weiß nicht. Natürlich versteh ich, dass er Zeit mit seinen alten Eltern verbringen will. Aber …« Sie stockte und wusste plötzlich nicht weiter. »Ich möchte kein Klammeraffe sein, aber ich …«

»… aber du vermisst ihn. Das ist doch normal. Wenn man sich liebt.« Max verzog die Lippen zu einem kleinen Grinsen. »Hej, er kommt wieder, ganz sicher! Diesmal ist doch alles geklärt zwischen euch, hast du gesagt.«

Sie nickte wieder und wich einer großen Wurzel aus. »Das ist es, ja. Aber ich … ich bin halt unsicher.«

»Komm, der Tag heut wird dich wenigstens davon ablenken. Wir halten einstweilen das Bauprojekt auf und bis das erledigt ist, ist auch dein Jonas wieder zurück.«

»Hm. Hoffentlich.«

Nach einer Stunde Gehzeit kamen sie zur Schiffsanlegestelle nahe der Seewiese. Dort trafen sie auf Helena, mit der Berenike seit Längerem befreundet war. Die Malerin arbeitete auch als Lieferantin für Berenikes Lieblingsbäckerei. Sie verließ gerade das Schiff und strebte über die Wiese auf Max und Berenike zu. Karl Haindl, einer der wenigen noch im Salzberg beschäftigten Altausseer folgte ihr. Er war normalerweise nicht besonders gesellig. Seit seinem Unfall, von dem er die Narbe auf der Wange zurückbehalten hatte, lebte er zurückgezogen mit seiner Frau außerhalb des Ortes, am Weg zur Blaa-Alm. Sein Auftauchen hier war überraschend, aber gut, so ein Thema reizte alle. Gerade die Bergarbeiter waren traditionell immer widerständisch gegen die Obrigkeit gewesen, schon in der Nazizeit, als sie die von Hitler angeordnete Zerstörung der im Berg gebunkerten Kunstwerke vereitelt hatten.

»Kommt ihr auch zu unserem Treffen?«, fragte Berenike, als Helena näher kam. Helenas violettes Batikkleid stellte einen starken Kontrast dar zur Trachtenkleidung aller anderen. Karl Haindl trug einen grauen Steireranzug, Max Lederhose wie viele hier.

»Ja, klar. So einer Entwicklung kann man nicht tatenlos zusehen«, sagte Helena mit grimmigem Blick.

Sie wanderten an der beliebten Jausenstation vorbei, wo trotz des nebligen Wetters ein Großteil der rustikalen Tische besetzt war. Einige tranken Bier, andere Kaffee. Unter einem Tisch hervor kläffte ein Hund. Sie passierten eine Weide mit zotteligen Hochlandrindern, deren Glocken friedlich durcheinanderläuteten, und kamen an einem kleinen See vorbei, der der Seewiese ihren Namen gegeben haben mochte. Ein Schwanenpärchen schwamm friedlich darin herum. Das Wasser dort stand hoch, Teile der Wiese waren überflutet, Unkraut wucherte wild. Die matschigen Wege waren rutschig, zum Teil mussten sie über Wasserlachen springen, an manchen Stellen halfen aufgelegte Holzbretter, um die schlimmsten Stellen zu überqueren. Endlich gelangten sie wieder in den Wald, wo der Weg trocken war. Ein schmales Bächlein floss Richtung See, das Wasser rann glucksend über vermooste Steine im Bachbett.

»Es kann nur um diesen Bereich hier gehen«, sagte Max nach weiteren zwanzig Minuten Wegzeit, die sie von der Schiffsanlegestelle bis hierher gebraucht hatten. Er blieb vor den Ruinen mehrerer Holzhütten stehen, um die sich in all der Zeit, seit Berenike ins Ausseerland gezogen war, niemand zu kümmern schien. »Vorne ist der Grund zu feucht und weiter hinten wird es schon zu felsig und steil.«

Immer mehr Menschen gesellten sich zu ihnen. Die Luft stand, der Himmel war verhangen. Irgendwo etwas entfernt sang leise eine Frauenstimme vor sich hin.

Helena nickte nachdenklich. »Es gab immer wieder Gerüchte, dass dieses Gelände hier verkauft oder verpachtet worden sein soll. Ein Wahnsinn, nachdem es erst in jüdischem Besitz stand und arisiert worden ist und danach in Staatsbesitz war.«

»Gab es Entschädigungen?«, wollte Berenike wissen.

»Glaubst du wirklich, dass so etwas in diesem Land geschehen ist?«, fragte Helena.

»Nein.«

»Richtig. Niemand hat sich um Wiedergutmachung bemüht. Wenn der Staat das Grundstück jetzt für vermutlich gutes Geld verkauft, ist das eigentlich Bereicherung«, sagte Helena. »Aber wen interessiert das schon.«

»Wenn ich nur wüsste, wer ins Grundbuch sehen könnte«, sagte Berenike leise. »Jonas meint, er könne das nicht einfach so aus nichtdienstlichen Gründen tun.«

»Gegen Gebühr kann jeder Einblick nehmen«, erklärte Max. »Das ist gar nicht so arg teuer. Musste ich auch einmal machen, als ich Grund für einen Zubau meines Hauses gekauft hab. Nur ob man die Details in so einem Grundbuchauszug wirklich durchschaut, ist nicht sicher. Vor allem, wenn die Eigentumsverhältnisse unübersichtlich sind, weil jemand sie zum Beispiel absichtlich verschleiern will. Am besten ist, man fragt einen Notar oder einen darauf spezialisierten Anwalt.«

»Das könnten wir tun, oder? Du kennst sicher wen?« Berenike sah Max fragend an.

Der nickte. »Natürlich. Der Stegner Gerhard ist Stammgast bei mir im Grünen Kakadu.« Lächelnd blickte Max auf seine Armbanduhr. »Wo bleibt denn jetzt der Gustav? Er hat extra betont, wir sollen pünktlich sein, weil er nachher Termine hat.«

Karl Haindl hüstelte. Der Gesang entfernte sich. Die Leute traten von einem Bein aufs andere, ein paar unterhielten sich. Weitere Altausseer stießen zu ihnen, Max erklärte ihnen, was sie gerade besprochen hatten. Ein Vogel trällerte eine hübsche Melodie. Von hinter den Holzruinen drang das Plätschern eines Bachs zu ihnen. Berenike drehte sich um und sah auf den See hinaus. Glatt lag er da, glatt und grau. Der Loser war zum Teil hinter Wolken verschwunden, vom Dachstein war gar nichts zu sehen.

Plötzlich lag ein Rauschen in der Luft, oder mehr ein Sirren. Es kam von oben, vom weißlich-grauen Himmel. Berenike legte den Kopf in den Nacken, aber da oben war nichts zu sehen. Die Luft stand immer noch, kein Lüftchen regte sich. Aus den Augenwinkeln bemerkte sie etwas Rotes, das aus der Richtung der verfallenen Hütten auf sie herabgeschossen kam. Das war doch ein Paragleiterschirm! Sie machte ein paar Schritte in die Richtung.

»Ein Unfall!«, rief sie und rannte zu den anderen zurück. »Jemand muss die Kontrolle verloren haben.« Sie zeigte nach oben.

»In Deckung!«, schrie Max, packte Berenike und zog sie zu der verfallenen Hütte. Die anderen rannten und stolperten hinter ihnen her und schrien durcheinander.

»Hierher! Unter die alte Treppe!« Sie duckten sich unter die verfallenen Stufen, wo Reste von Brennholz herumlagen. Dann ein Knall – Stille. Berenike lauschte. Nichts rührte sich mehr. Etwas Rotes lag nun still auf der kleinen verwilderten Grünfläche vor der Hütte, Teile des Stoffs hatten sich in einem Holunderbusch verfangen. Ein Stück Stoff war abgerissen und hing wie ein schlappes rotes Fähnchen an einer hohen Tanne.

Berenike rannte in Richtung Absturzstelle, andere folgten. Einige riefen durcheinander.

»Notruf!«, rief irgendwer. Und ein anderer schrie: »Wir brauchen die Bergrettung!«

»Hallo!«, rief Berenike in Richtung des Absturzortes. Mit ein paar Schritten war sie dort.

War der Flieger von Windströmungen überrascht worden? Komisch, sie hatte nichts bemerkt, vielleicht war er aus anderen Gründen abgetrieben worden? Es kamen immer wieder Unfälle vor.

Helena war ihr nachgekommen. »Die Rettung! Wir werden die Rettung brauchen.« Sie hielt bereits ihr Mobiltelefon in der Hand.

»Das dauert zu lange, wir müssen Erste Hilfe leisten«, sagte Berenike. »Aber man kann nichts sehen außer dem

Flieg-Dings.« Berenike zögerte plötzlich, ihr Kopf spielte ihr Fantasien dessen vor, was unter dem Paragleiterschirm zu finden sein könnte. Was mochte die Stille sagen? Doch nur, dass sich der Flieger das Genick gebrochen hatte!

»Hallo? Brauchen Sie Hilfe?«, rief sie. Nur die Stille antwortete. Andere drängten durcheinander, schubsten ihre Nachbarn oder schrien, irgendjemand räusperte sich. Mitten in das Durcheinander hinein erklang wieder der Gesang.

»Was ist los?« Max hatte den Absturzort nun auch erreicht. »Da ist wohl jemand bewusstlos.« Er griff nach dem Fluggerät.

»Denkst du.«

»Hoffe ich. Ihr wisst, was ich meine.«

»Ja.«

»Wir müssen versuchen, das Gerät wegzuziehen, damit wir nachsehen können. Aber vorsichtig, wir wissen nicht, wie es dem Menschen darunter geht.«

»In Ordnung.« Berenike lupfte an einer Seite, Max packte es an der anderen Seite. Ein langer, grauer, ein wenig verfilzter Haarschopf kam in Sicht.

»G-Gustav?« Max stammelte und kniete sich hin. Er beugte sich näher zum Flieger.

Keine Antwort. Mit Helenas Hilfe hoben sie den roten Stoff weiter an, umringt von den anderen, die immer noch durcheinanderriefen.

Eine leblose Gestalt hing verdreht in dem Paragleiterschirm. Sie trug Jeans, ein helles Hemd und darüber einen Pullunder im Karomuster.

»Gustav, tatsächlich«, Max klang bestürzt. Er rüttelte den Bewusstlosen an der Schulter, legte dann einen Finger an den Hals. »E-er ist …« Er runzelte die Stirn. »… kalt. Leblos. Das ist …«

Berenike berührte ebenfalls die Schulter. Weich. Zu weich.

»Eine Puppe?« Berenike stemmte die Hände in die Hüften. »Kann das eine Puppe sein?« Sie machte einen Schritt hin zum Kopf, berührte die Haare.

»Was, wo?«, riefen die Umstehenden und kamen näher.

»Das sind keine echten Haare«, sagte Berenike. »Das ist … Wolle oder so.«

Helena drehte vorsichtig am Kopf. »Schaut euch sein Gesicht an.«

»Aufgemalt!«, rief Berenike.

Die Umstehenden schrien auf.

Ihr Blick wanderte vom Kopf der Puppe nach unten. »Und schaut euch das an. Eine Nadel steckt in seinem Herzen.« Berenike zuckte zurück.

»Schrecklich.« Max hielt sich eine Hand vor den Mund.

»Was soll das? Wer macht denn so was? Wer will uns so Angst einjagen?« Berenike war fassungslos. »Und vor allem: Wieso sieht die Puppe wie Gustav aus? Wo steckt der eigentlich?«

5

In die Stille hinein drang ein Rascheln, beinahe unhörbar. Berenike sah hoch – die Bäume standen immer noch unbewegt. Kam jetzt Wind auf? Nein. Auch der Holunderbusch stand unbewegt. Die Luft war drückend still.

»Hört ihr das auch?« Berenike sprach unwillkürlich leise. Alle Umstehenden schienen den Atem anzuhalten. Über das Plätschern des Baches legte sich das Geräusch von knackendem Holz. Etwas schepperte wie zerbrechendes Glas. Eine dunkle Gestalt mit buschigem braunem Bart und verschwitzten Locken kam hinter den wilden Holunderbüschen hervor, eine Harke in der Hand. Der Blick des großen, muskulösen Mannes war dunkel, als er sich näherte und dabei die Harke hob. Ein zweiter trat von der anderen Seite hinter der Hütte hervor.

»Wer sind Sie?« Berenike wich zurück, blickte zwischen der Puppe in dem Fluggerät und den zwei Unbekannten hin und her.

»Ach, ihr gehört zu den rumänischen Forstarbeitern, nicht wahr?«, sagte Max.

Der mit dem düsteren Blick ließ die Harke sinken, blieb stehen und wischte sich mit einem zerrissenen rot karierten Hemdsärmel über das schweißnasse Gesicht. Er nickte langsam und musterte die Figur und das Fluggerät am Boden.

»Ach so?« Misstrauisch wanderte Berenikes Blick über

die beiden. Besonders vertrauenswürdig sahen sie nicht aus. Ihre Hemden waren schmutzig, zum Teil zerrissen. Die Gesichter bärtig, die Haare ungepflegt. Sie wusste natürlich, dass man Leute aus Rumänien angeworben hatte, um nach einem Sturmschaden bei den Forstarbeiten zu helfen. Das wusste jeder hier. Sie arbeiteten für ein geringes Geld plus Kost und Logis.

»Wie lange arbeitet ihr schon hier an dieser Stelle?«, fragte Max.

»Zwei Wochen ungefähr«, sagte der etwas freundlichere der beiden zögernd.

»Ist euch heute etwas aufgefallen?«, forschte Max.

»Aufgefallen?«, fragte der mit der Harke und guckte verständnislos.

»Habt ihr etwas gesehen? Etwas, das heute anders war?«

»Gesehen?« Die beiden sahen sich an. Die wollten sich doch absprechen!

»Nur eine Mann«, sagte der mit der Harke schließlich. Er stutzte und sah den abgestürzten Paragleiter an. »Diese Mann habe gesehen.«

»Sind Sie sicher?«

»Ja. Und jemand andere. Jemand hat gesungen.«

»Gesungen, so«, sagte Max.

»Das haben wir auch gehört«, meinte Berenike und ließ die zwei Arbeiter nicht aus den Augen.

Wieder raschelte es im dichten Buschwerk. Wieder schrak Berenike zusammen. Unwillkürlich sah sie sich nach einer Waffe um und schnappte einen langen, dicken Ast von einem Haufen Altholz.

Aus dem wild wuchernden Gebüsch hinter der kleinen

Hütte schob sich eine Hand, Äste wurden zur Seite gebogen. Dann kam ein Fuß zum Vorschein, ein Knie – eine gebückte Gestalt mit längeren grauen Haaren zwängte sich heraus.

»Du, Gustav?«, rief Max und riss die Augen auf.

»Ja, ich. Was ist? Wieso glotzt ihr so?« Gustav strich sich die kinnlangen Haare aus dem Gesicht. Sein Blick aus hellen, wasserblauen Augen streifte die Puppe, die einen identischen karierten Pullunder trug wie der echte Gustav. Er stutzte. »Was ist denn hier passiert?«

»Du hast einen Doppelgänger«, erklärte Max.

»Einen Doppelgänger? Wie das denn?«

»Eine Puppe, die dir wie aus dem Gesicht geschnitten ist«, sagte Berenike. »Schau sie dir an.«

»Was?« Gustav raufte sich die langen Haare, dass sie ihm zu Berge standen, und starrte seinen leblosen Doppelgänger an. Er lupfte an der Puppe herum, bis sie auf dem Rücken lag, und bückte sich. »Sieht mir wirklich verdammt ähnlich. Sogar die Kleidung … Und was ist das?« Er tastete die dicke Nadel, die in der Brust der Puppe steckte. »Nein!«

»Das ist unheimlich.« Helena rieb sich die Arme. »Findest du nicht, Gustav?«

»Geh, komisch ist das schon. Aber unheimlich? Warum denn? Ich fürcht mich nicht vor so was. Da hab ich ganz andere Dinge gesehen auf meinen Reisen.« Gustav machte eine wegwerfende Handbewegung. »Wird halt ein blöder Scherz sein. Von ein paar Jugendlichen oder so.«

Sie standen ratlos um das abgestürzte Ding herum. Die Arbeiter etwas abseits, direkt davor Berenike, Max,

Helena und die anderen. Karl hustete wieder und machte mit seinem Handy Fotos.

»Wie kann dieses Ding überhaupt fliegen ohne jemanden, der es steuert?«, fragte Gustav und sah sich nach allen Seiten um.

»Vielleicht ist es vom Dach heruntergeworfen worden?«

»Oder es ist jemand mitgeflogen und dann abgesprungen?« Max prüfte den roten Schirm. »Zumindest gibt es hier eine Vorrichtung für eine zweite Person.«

»Und wo wäre diese Person dann?« Berenike ließ den Blick prüfend übers Unterholz, die morsche Hütte, die Büsche rundum wandern.

»Vielleicht es war Frau, mit was er sich getroffen hat«, grinste der freundlichere der beiden Arbeiter.

»Du hast dich mit einer Frau getroffen? Hier?«, fragte Berenike überrascht.

»Na und?«, machte Gustav.

»Du bist verheiratet, Gustav«, sagte Max. »Und deine Frau ist wegen dir überhaupt erst nach Österreich gezogen. Deshalb hast du dich also im Unterholz verborgen.« Max wandte sich an die Forstarbeiter. »Wie sah sie denn aus, diese Frau? Kennen wir sie?«

»Dunkel«, sagte der Arbeiter und legte sein Werkzeug auf den Boden.

»Ihr habt selbst schwarze Haare«, sagte Max.

»Sie war noch dunkler. Auch in Gesicht.«

»Jemand von den Bollywood-Leuten?«, fragte Berenike.

»Was für Bollywood?« Max sah sie irritiert an. Draußen an der Anlegestelle tutete das Schiff.

»Inder. Filmleute. Hat mir ein Typ im Zug erzählt, der die *Alpensonne* gekauft hat. Dort wollen sie auch drehen.«

»Aha«, nickte Max. »Schon wieder Dreharbeiten. Das fängt an zu nerven.«

»Nix wissen«, sagte der Arbeiter.

»Mit wem ich mich treffe, ist meine Sache. Ihr kennt sie halt nicht.« Gustav verschränkte die Arme vor der Brust. »Können wir jetzt über das reden, was uns herführt?«

6

»Reden wir.« Max nickte. Die Waldarbeiter packten ihr Werkzeug fester und verschwanden mit zögernden Schritten hinter der morschen, baufälligen Hütte, dabei drehten sie sich immer wieder um und warfen Gustav und der abgestürzten Puppe Blicke zu. Endlich waren sie weg.

»Also«, fing Gustav langsam an und kratzte sich den Kopf. »Es ist gut, dass ihr von dem Bauprojekt erfahren habt. Ich hatte davon nämlich tatsächlich keine Ahnung.«

»Im Zug hat es jemand erwähnt.« Berenike nickte.

»Und ich hab's auch gehört«, ergänzte Max. »Sieht aus, als würde das doch ernst.«

»Das müssen wir tatsächlich als Glück ansehen«, erklärte Gustav. »Nach den ersten Hinweisen bin ich der Sache nachgegangen – beziehungsweise ich hab's versucht. Und was ist dabei rausgekommen?«

»Was denn?«, fragte Berenike.

»Nichts. Da ist nichts rauszufinden. Es gibt einfach keine Auskünfte. Und keine Unterlagen dazu.«

»Wie merkwürdig.« Berenike sah auf den See hinaus. Der Nebel war intensiver geworden. Auch der Loser hüllte sich in ein graues, wolkiges Gewand.

»Ich bin euch also zu Dank verpflichtet, dafür, dass ihr mit mir redet. Weil ich mir nicht anders zu helfen wusste, habe ich eine Datenbank in der Gemeindeverwaltung angezapft. Streng formal gehört dieses Grundstück nicht mehr zur Seewiese. Es ist in den Grundbüchern als ›Mooswiese‹ eingetragen.«

»Sehr romantischer Name«, sagte Berenike. »Und wer ist nun der Besitzer dieser Mooswiese?«

»Eine Firma namens Xorax Holding in Ischl.«

»Xorax? Nie gehört.« Max runzelte die Brauen und griff wieder nach dem Stoff des Paragleiters.

»Wer soll das sein?«

»Keine Ahnung.« Gustav zuckte die Achseln. »Es sind keine Namen in der Datenbank angegeben, nur ein Rückverweis, wer Anteile daran hält. Das sind eine Lederer AG in Wien und eine Firma auf den Kanalinseln. Und wisst ihr, was man bekommt, wenn man diese Firmen nachschlägt?«

Berenike begann zu ahnen, worauf es hinauslief. »Was denn? Komm, mach's nicht so spannend.«

»Die verweisen auf Xorax zurück.«

»Wie kann's so was geben?«, rief Berenike und trat nach dem Fluggerät. »In einer Zeit, wo die NSA und wer auch immer noch sogar weiß, wie oft wir in der Nase bohren, finden wir nichts über die Hintermänner eines Bauprojekts. Man glaubt es nicht.«

»Weiß nicht, ist aber so. Entstehen soll ein Kulturhaus, das alle Stückln spielt«, fuhr Gustav fort. »Samt neuem Schiffsanlegeplatz und einem Hubschrauberlandeplatz für ihre VIP-Gäste, die zu wenig Zeit haben.«

»Sind die denn total durchgedreht? Mitten im Wald ein Kulturgebäude? Ist das nicht ein seltsamer Ort für so etwas?«

»Man beruft sich offenbar auf die Open-Air-Vorführungen, die es hier in der Vergangenheit gegeben hat, Ballett, Operetten – da will man anknüpfen.«

»Aber so ein Neubau ist ein Riesending. Wie wollen die das hier hinten in dieser Enge überhaupt bewerkstelligen? Den Materialtransport und alles? Ihr wisst, wie schmal die Fußwege sind.«

»Machen lässt sich alles. Gibt ja auch die Zufahrt für die Seewiese. Und wenn sie das Baumaterial über den See herbeischippern«, erklärte Gustav. Er zeigte an den Waldrand hinter den verfallenen Hütten. »Seht mal dort. Da sind schon Markierungen aufgestellt. Das wird vermutlich alles gerodet, dann haben sie viel Platz.«

»Da fehlt ja schon was«, sagte Berenike langsam und ging auf ein paar Baumstümpfe zu.

»Siehst du«, sagte Gustav.

»Aber das können sie nicht machen! Nicht ohne Bewilligungen.«

»Sie schaffen halt Fakten.« Gustav lächelte. »Kennt man doch, oder?«

»Die beiden Burschen haben vielleicht was damit zu tun. Könnten auch als Bewacher fungieren.«

»So etwas kann man nicht unwidersprochen hinnehmen. Da wird der Naturschutz mit Füßen getreten!« Helena schnaubte erbost.

»Uns Politikern sind die Hände gebunden, Helena. Angeblich ist die Bewilligung auf Landesebene nämlich schon erfolgt. Wer immer der Bauherr ist, er hat gleich ganz oben gefragt.«

»Und auch noch recht bekommen«, schimpfte Berenike. »Sauerei.«

»Was der Forst genau dazu sagt, wissen wir nicht. Das Grundstück, um das es geht, ist jedenfalls privat. Anrainer ist nur der Landesforstverband und damit …« Gustav hob in einer hilflosen Geste die Arme. »Betroffen sind sie also indirekt.«

»Das gibt's ja nicht.«

»Dachte ich auch. Ich habe in meinem Leben schon viele verbrecherische Dinge erlebt, aber das hier ist schon ein gewisser Höhepunkt. Es wird wohl eine Umwidmung gegeben haben für das betreffende Grundstück.«

»Was bedeutet das konkret?«, wollte Berenike wissen.

»Man wird die Gemeinde umgehen bei den Bewilligungen. Wir müssen selber auch auf höherer Ebene kämpfen.«

»Und damit bei uns großteils Unbekannten.« Max seufzte. »Wenn ich die Leut aus meinem Wirtshaus kennen tät, wär das Ganze leichter. Aber so, mit Außenstehenden … Das ist wirklich zu blöd.«

»Wir geben nicht auf«, sagte Berenike kämpferisch. »Dann handeln wir eben auf andere Weise dagegen. Als Erstes sollten wir Unterschriften gegen den Bau sammeln. Bisher hat sich noch jeder, mit dem ich darüber geredet hab, dagegen ausgesprochen.«

»Ja, das tun wir.« Zustimmendes Gemurmel erhob sich.

»Wir müssen was Spektakuläres machen«, sagte Max. »Damit wir Aufsehen erregen. Sonst gehen wir unter wie die Seewiese im See.«

»Etwas, womit wir die Medien erreichen.«

»Aber was?«

»So eine Puppe, das wär schon auffällig.«

»Alş Erstes sollten wir die Medien aufmerksam machen. Ich werd meinen Vater fragen. Der hatte früher Kontakte zu Zeitungsredaktionen. Vielleicht kennt er wen, der unseren Widerstand gegen so ein Unsinnsprojekt unterstützt.« Berenike blinzelte. Die Luft stand, die Sonne war hinter dem Nebel erkennbar, dass es in den Augen blendete. »Und dann muss natürlich Ariane von der Sache erfahren.«

»Die Ariane Meixner? Die ist halt auch nicht sonderlich beliebt hier«, entgegnete Max seufzend. »Was soll so jemand ausrichten?«

»*Wer* einen Bericht darüber macht, ist aber letztlich egal«, meinte Gustav. »Hauptsache, die Sache kommt an die Öffentlichkeit.«

»Es gibt auch Leute vom Fernsehen, die hier einen Zweitwohnsitz haben. Die könnt man einspannen«, schlug Helena vor. Ihre Miene wirkte hoffnungslos. »Aber ich glaub nicht, dass das alles was bringt.«

»Wie ich es schon gesagt hab.« Max seufzte wieder schwer. »Wenn die bis jetzt alles geheim gehalten haben, was geschehen soll, und im Hintergrund alle Bewilligungen und Planungen unbemerkt gelaufen sind, dann haben wir mächtige Gegner.«

»Sehr mächtige.« Gustav nickte. »Und mit viel Geld, um die richtigen Stellen zu schmieren. Das fürchte ich auch. Aber aufgeben tu ich zumindest nicht.«

»Ich auch nicht.«

»Ich nicht.«

»Niemals.«

»Dann sind wir uns einig. Zunächst sollten wir genauer rausbekommen, wer hinter der Holding steckt. Und wenn's über sieben Ecken verschachtelte Besitzverhältnisse sind.«

Alle seufzten. Die Luft lastete drückend auf ihnen.

»Lasst uns zurück in meinen Salon gehen, ich lade euch auf einen Goldspitzen Assam Tee ein, dann fällt uns sicher was ein.«

»Gute Idee.« Die anderen nickten.

Gustav wandte sich dem immer noch auf der Wiese liegenden roten Fluggerät und der Puppe zu. Er zückte ein Smartphone und begann, Fotos zu machen. »Man kann das aber nicht hierlassen, das verwirrt die Leute.«

»Fragen wir jemanden von der Feuerwehr, die können das Ding abtransportieren«, schlug Berenike vor.

»Ich werde es selbst bergen und in mein Auto verfrachten.« Gustav griff nach dem roten Seidenschirm. »Ich kenn mich mit den Dingern aus.«

Max half ihm und hob die Puppe hoch. »Sogar gleich groß ist sie wie du«, sagte er. »Ist das nicht irre? Muss jemand gemacht haben, der dich gut kennt.«

Gustav verzog die Mundwinkel zu einem kleinen Lächeln, das kaum seine Augen erreichte.

7

Die Tage bis zu ihrer ersten großen Widerstandsaktion auf dem Kaisergeburtstag in Bad Ischl vergingen so zäh, wie Wolken und Nebel über dem See hingen. Berenikes Salon war wieder erstaunlich gut besucht, es war eben Saison. Sie mussten ständig frischen Kuchen backen. Berenike machte eine Torte mit den ersten steirischen Äpfeln, herrlich. Dann einen Strudel mit Weintrauben und Nüssen. Der ging auch weg wie nix. Dazwischen wollten Unmengen Tee serviert werden. Grüner Eistee mit Minze wurde der Renner. Das Wetter blieb feuchtwarm, direkt schwül für das Ausseerland. Nicht einmal hier wurde es abends noch kühler.

»Es ändert sich alles«, sagte der alte Fischer Johann. »Selbst das Klima ist beim Teufel.«

In den ruhigeren Momenten stellte Berenike erste Überlegungen für die Umplanung ihres Außenbereichs an, wo sie einen japanischen Teegarten anlegen wollte. Wenn wieder Zeit war, musste sie mit Tiffanys Vater sprechen, der die Bauarbeiten übernehmen sollte. Eigentlich wäre Mitte August auch die beste Zeit gewesen, um Kräuter zu sammeln, ehe es zu spät war, wilden Thymian zum Beispiel und Ringelblumen, aber das ging sich zeitlich einfach nicht mehr aus.

Jeden Abend war Berenike hundemüde und legte zu Hause nach der Arbeit nur mehr die Beine hoch, eine beruhigende Augenmaske auf – zu mehr reichte es nicht. Selbst ihre drei Katzen litten offensichtlich unter dem Wetter und lagen zumeist faul herum. Und trotz all dieser vielen Aktivitäten war es, als hielte die Zeit den Atem an.

Endlich war es aber doch so weit. Berenike überließ das Lokal schweren Herzens ihrer Kellnerin Tiffany und der Aushilfskraft Susi. Da ihre alte Karre wieder einmal streikte, war Bahnfahren angesagt. Der Zug fuhr quälend langsam durch das Tal bei Bad Aussee, die Traun entlang. Erst beim Hallstätter See öffnete sich der Blick wieder und wurde weit. Diesmal traf sie auf der Fahrt keinen Bekannten, was vielleicht positiv war. Überhaupt war der Zug fast leer. Keine Feriengäste, keine Kinder. Die meisten Ausseer, die sich für ihre Aktion angesagt hatten, würden wohl mit dem Auto fahren. Sicher hätte irgendwer Berenike mitgenommen, aber die Ruhe war auch nicht schlecht.

Auf der fast 50-minütigen Fahrt konnte sie sich wenigstens ein wenig ausrasten. Im Zentrum von Bad Ischl war bereits viel los. Typisch Kaisergeburtstag, Berenike mochte gar nicht ausrechnen, wie alt Franz Josef werden würde. Und vor allem, was er zu dem Pflanz sagen würde. In der Fußgängerzone drängten sich die Menschen in Tracht, Musiker mit Instrumenten eilten die Gassen entlang, Touristen knipsten alles, am liebsten mit Selfie-Stick, den sie den Umstehenden gnadenlos vor den Kopf hielten. Überall waren Marktstände aufgebaut, an denen Speisen, Getränke, Steirerhüte und Souvenirs angeboten wurden. Eine Blasmusikkapelle verschaffte sich marschierend Durchlass.

Während Berenike den Treffpunkt Kaiservilla anpeilte, warf sie einen Blick nach oben. Der Himmel war einmal mehr verhangen, aber für ihr gemeinsam ausgehecktes Vorhaben würde es reichen. Hoffentlich. Wenn nur kein Gewitter aufkam oder gar ein Hagelsturm. Bei der schwül-warmen Luft wäre so was keine Überraschung.

Schweiß trat auf Berenikes Stirn. Sie trug heute ein Trachtenkleid, das sie sich vor Jahren als Zugeständnis an die ›neue Heimat‹ hatte machen lassen, doch dafür war es eindeutig zu warm. Immer wieder trank sie von dem Eistee, den sie mitgenommen hatte. Der Minzegeschmack war herrlich erfrischend, fast lebensrettend.

War die Aktion schon gestartet? Ein neuerlicher Blick nach oben – nein, nichts. Sie betrat den Park. Eine Menschenmenge ballte sich direkt vor der Kaiservilla. Musik erklang, Geigen spielten allzu lieblich. Hier also hatten sich seinerzeit Kaiser Franz Josef und die blutjunge Sisi verlobt. Die schwüle Hitze wurde immer drückender. Noch ein Schluck Eistee.

Wo waren die anderen? Schnellen Schrittes näherte sich Berenike der Menge. Sie stellte sich auf die Zehenspitzen. Vorne an der Villa wurde auf einer Bühne gerade eine Rede gehalten, Menschen in Trachten standen mit Gläsern in der Hand herum, an einem Verkaufsstand wurden Wein und Champagner ausgeschenkt. Da war ihr der

Eistee aber tausendmal lieber! Nicht auszudenken, wie warm ihr erst mit Alkohol wäre.

Berenike schob sich durch die Menschenmenge weiter nach vorne.

»Berenike? Bist du das?«

Das war doch die Stimme Arianes! Aber woher kam sie?

»Hier bin ich!« Die Journalistin winkte mit erhobenem Arm aus Richtung der Bühne. Sie trug ein Ausseer Dirndl und stand an einem runden Stehtisch, ein Mineralwasser und eine Kamera vor sich.

»Länger nicht gesehen. Wie geht es dir?«, fragte Ariane und sah Berenike dabei nur kurz an.

»Es muss schon gehen.« Berenike sah sich wieder um. Ob der Politiker anwesend war, von dem Gustav gesprochen hatte, der Landesrat, mit dem er ein ernstes Wort wegen des Bauprojekts reden wollte? »Heiß, was?«, sagte sie zu Ariane.

Ariane nickte. »Ich hätte dich gar nicht so eingeschätzt, als wärst du Monarchistin.« Ihr Blick glitt prüfend über Berenike.

Ich würde dir liebend gern verraten, weswegen ich hier bin. Aber das soll ja eine Überraschung sein.

»Wegen dem Kleid? Ach was.« Berenike zuckte wie nebenbei die Achseln. »Und was ist mit dir? Bist du beruflich da?«

Super, sie wird die Sache hoffentlich gleich festhalten …

Ariane nickte. »Ja, bin ich. Was man halt so macht, damit man über die Runden kommt.«

»Vorsicht, bitte!« Eine Kellnerin im Dirndl sammelte leere Gläser ein und schob sich an ihnen vorbei.

»Hoch! Hoch! Hoch!«, erschallte es vielstimmig von vorne.

»Wolltest du nicht woanders hinziehen?«, fragte Berenike und versuchte, über Rücken und Köpfe zu spähen. Niemand Bekannter in Sicht.

»Ein Umzug hat sich nicht ergeben. Hab keinen anderen Job gefunden. Die Situation bei den österreichischen Medien ist nicht lustig.«

»Das tut mir leid. Aber du findest sicher was.«

»Jaja. Du, ich muss. Da ist der Bürgermeister.« Ariane schnappte ihre Kamera und lief los.

»Da bist du! Wir suchen dich überall.« Helena kam winkend auf Berenike zu.

»Ich hab grad Ariane getroffen«, sagte Berenike. »Aber leider ist sie mir wieder entwischt, bevor ich sie einweihen konnte.«

»Hast du Gustav schon entdeckt?«, fragte Helena.

»Nein, du?«

»Auch nicht.« Helena schüttelte stirnrunzelnd den Kopf. Sie war die Einzige weit und breit, die nicht in Tracht war. Stattdessen trug sie eines ihrer bunten Batikkleider und sah damit aus wie der personifizierte Widerstand.

Berenike senkte die Stimme und blickte sich um. »Wo bleibt er nur?« Sie sahen beide suchend nach oben. Aber nichts.

Max tauchte in seiner Lederhose hinter Helena auf. »Servus, Berenike. Gleich geht's los.« Er sah auf die Uhr. »Machts euch keine Sorgen, ich hab heut früh mit ihm telefoniert. Alles läuft wie abgesprochen.«

»Bin gespannt, was die Kaisertreuen zu unserem kleinen Beitrag zur Unterhaltung sagen werden.« Berenike grinste.

Vorne an der Bühne wurde es still. Leute klatschten.

Berenike wurde ernst. »Aber wo ist Gustav nur?

Langsam fängt das an zu nerven. Wenn man sich auf Termine nicht verlassen kann …«

»Nun sei nicht so«, murmelte Max. »Gleich gibt's Action. Er startet um 15 Uhr, hat er gesagt.«

»Aha.« Berenike zwang sich, nicht ständig den Himmel anzustarren. Ein paar Umstehende guckten schon komisch in ihre Richtung. Ein weißhaariger Mann mit Backenbart wie der alte Kaiser Franz Josef ging mit ehrwürdigen, zackig-militärischen Schritten an ihnen vorbei. Der hätte zu dem Besitzer vom Hotel Alpensonne gepasst. Wie hieß der gleich, Haller? Genau.

Berenike sah auf die Uhr. Vorne auf der Bühne sprach jemand vom Wunsch nach Wiedereinführung der Monarchie. Die Menge rief »Bravo!« und »Hoch!«.

Da! Im Geschnatter der Menschenmenge war plötzlich ein anderes Geräusch zu vernehmen. Erst noch recht leise, dann immer lauter. Ein Surren und Sausen und Brausen hing in der Luft. Wie neulich auf der Mooswiese. Na endlich. Berenike freute sich schon auf die Gesichter der Umstehenden. Den ewig Packelnden und sich die Aufträge Zuschiebenden würde endlich Hören und Sehen vergehen. Hoffentlich. Wenn nicht noch vorher jemand Offizieller von ihrer Aktion erfuhr.

Berenike hob den Blick zum Himmel. Ein Paragleiter näherte sich. Aber halt – der war ja blau. Hatte Gustav nicht etwas von einem roten gesagt, als sie die Aktion für diesen Tag ausgeheckt hatten, rot, weil diese Farbe am auffälligsten wäre? Und wo war das Transparent? Wieso schoss er überhaupt so steil vom Himmel herab? In Richtung des Brunnens vor der Villa? Oder war das am Ende gar nicht Gustav? Wo aber blieb der dann?

Plötzlich war der Flieger direkt über ihr. Sehr nahe, sehr tief. Und er bewegte sich zu schnell. »Max!«, schrie sie.

»Ruhe!«, zischte ein älterer Mann im Trachtenanzug. »Ein bissl Ehrfurcht wird man doch noch erwarten können.«

»Alle weg hier!«, brüllte Max und rannte los. »Bringt euch in Sicherheit!«

Ein Gerenne begann, alle liefen irgendwohin, in die verschiedensten Richtungen, sie stießen gegen andere, schubsten einander, eine Frau stürzte, schrie, andere stiegen über sie hinweg.

»Ruhe!« brüllte Max.

Berenike rannte auf die Kaiservilla zu, gelangte unter einen Mauervorsprung. Die Menschen drängten sich dicht aneinander. Alle starrten nach oben.

Der Paragleiter schwebte jetzt über dem Bereich, wo gerade noch viele Menschen gestanden waren. Rasend schnell näherte sich das Fluggerät der Erde. Die Menschen hielten den Atem an. Ein Donnern zerriss die Stille. Dann knallte es – der Paragleiter war auf der Marmorstatue im Brunnen aufgekommen. Das blaue Tuch tränkte sich mit Wasser.

Stille.

Nicht schon wieder!

8

Ein Glas splitterte klirrend, Menschen schrien. Berenike rannte zum Brunnen. Scherben knirschten unter ihren Sohlen. Von ihren Begleitern war nichts zu sehen. Wieder rannten alle durcheinander auf den Brunnen zu.

»Ein Unfall!«, rief jemand. Die Menschen schnatterten wie Enten durcheinander.

»Einen Arzt!«

»Die Rettung!«

»Das wird doch nicht wieder ein blöder Scherz sein?« Max kam von irgendwoher, Helena kam ihm keuchend nach.

»Immer diese Monarchiegegner mit ihren Aktionen!«, schimpfte ein alter Mann. »Lächerlich.«

Berenikes Blick wanderte über den Brunnen. Überall war Blau. Blaue Seide. Der Paragleiter.

»Der Flieger. Er ist abgestürzt.« Max schob die Umstehenden resolut zur Seite. Wirt halt, die wussten immer, wie man das machte. Endlich war er vor dem Brunnen.

»Hallo, Sie!«, rief Max. »Brauchen Sie Hilfe?«

Er riss sich Schuhe und die grünen Socken von den Füßen, warf sie achtlos weg und sprang in das Wasserbecken. »Hallo!«

Die Umstehenden schrien weiter durcheinander.

Vorsichtig watete Max an das Fluggerät heran. Nichts daran rührte sich. Ein Blitz zuckte über den Himmel. Donner folgte krachend. Nicht ausgerechnet jetzt!

Max hatte den Paragleiter erreicht, hob den Seidenschirm an, wandte sich ab, verbarg das Gesicht in der Armbeuge.

»Was ist? Was hast du?« Berenike trat sich die Schuhe von den Füßen, schürzte ihren Rock und stieg ebenfalls in den Brunnen.

Max zog nur die Brauen hoch und hob das Fluggerät etwas an.

»Oh nein. Scheiße. Der Gustav!«

»Diesmal ist er es wirklich.«

Der Lehrer mit seinen grauen Haaren hing in seinem Paragleiter, der Körper verheddert in etwas Weißlichem. Ihr Transparent gegen den Bau auf der Mooswiese in Altaussee. Das Transparent, das nun nie mehr Handeln von den Landespolitikern einfordern würde.

Max beugte sich zu Gustav, legte ihm eine Hand an die Schlagader – dann schüttelte er den Kopf.

»Shit«, seufzte Berenike.

Wieder schrien Menschen durcheinander. Die Menge wogte in Richtung Brunnen, alle rannten, Kameras klickten, Smartphones wurden gezückt. Ein Selfie mit Unfallopfer, wer hatte das schon?

Berenike streckte eine Hand nach der leblosen Gestalt aus. Sie berührte Gustav. Diesmal war es tatsächlich Menschenhaut. Kühle, glatte Menschenhaut. Gustavs Beine hingen ins Wasser, der Kopf war zur Seite gesunken, seine Haare berührten die Wasseroberfläche. Seine Augen starrten sie blicklos an – beziehungsweise an ihr vorbei. Oder gar nirgends hin.

Eine Erkenntnis kroch ihr ins Herz. Kühl wie Gustavs Haut.

»Wir müssen die Rettung rufen«, sagte sie leise. »Aber ich mach mir eigentlich keine Hoffnungen.«

»Sieht aus, als hätte er sich das Genick gebrochen«, sagte Max. »Aber anrufen müssen wir auf jeden Fall. Vielleicht gibt es ja doch noch eine Chance.« Er wandte sich zur Menge. »Ist ein Arzt anwesend?«, rief er laut.

Niemand antwortete.

»Können wir ihm noch helfen?«, fragte Berenike leise.

Max schüttelte den Kopf. »Selbst wenn … er noch am Leben ist … wenn sein Rückgrat verletzt ist, sollten wir ihn nicht bewegen.«

Wieder krachte Donner. Harte, große Regentropfen knallten auf ihren Kopf. Einige Leute flohen, aber der Großteil blieb neugierig am Brunnenrand stehen.

Berenike griff nach ihrer Tasche und holte mit klammen, feuchten Fingern das Handy heraus.

»Gut, dass du gleich Jonas anrufen kannst«, sagte Max.

»Der ist noch in England. Ich ruf Mara an.« Während sie wählte, machte sie einen Schritt zur Seite und rutschte auf dem glitschigen Untergrund aus.

»Warte hier«, bat sie Max und tastete sich vorsichtig an den Brunnenrand heran, während sie auf das Läuten im Handy lauschte.

»Was ist denn passiert?«, fragte der ältere Kaiser-Verschnitt von vorhin und strich sich über den Backenbart.

Berenike antwortete nicht. Sie wandte ihm den Rücken zu und schwang einen Fuß nach dem anderen über den Rand des steinernen Beckens.

»Wander?«, meldete sich Maras vertraute Stimme.

»Berenike hier, servus. Verzeih die Störung – ich rufe

dich dienstlich an.« Sie schilderte, wo sie war und was geschehen war.

»O Gott«, murmelte Mara nur. »Ich veranlasse alles. Bist du sicher, dass er tot ist?«

»Er ist ganz kalt und hat keinen Puls. Und sein Kopf ist in einer komischen Position.« Sie deckte das Telefon mit einer Hand ab. »Max hat Genickbruch vermutet«, sagte sie leise.

»Wir kümmern uns um alles. Bitte schau, dass niemand zu nahe kommt, wenn's geht.«

»Ich nehm an, keiner hüpft freiwillig in den Brunnen so wie Max und ich.« Aus dem Augenwinkel sah sie Ariane Meixner, die sich durch die Menschenmenge drängte und dabei nicht sehr zimperlich vorging. Der Regen prasselte und wurde immer stärker.

»Alles klar«, sagte Mara. »Haltet die Stellung, bitte. Und du weißt ja – nichts berühren, nichts verändern.«

»Mara!«

»Entschuldigung. Ich habe vergessen, dass du als Miss Marple schon Erfahrung hast mit so was.«

Sie verabschiedeten sich. Nachdenklich betrachtete Berenike Gustav. Der Kopf war schief, aber … »Glaubst du wirklich, er hat sich das Genick gebrochen, Max?«, fragte sie und wandte den Schaulustigen den Rücken zu. Regen prasselte auf ihren Nacken, ein Schauder lief ihr über den Rücken, es hatte gar nicht wirklich abgekühlt, doch der Stoff ihres Kleides war durch und durch nass. Die Haare klebten an ihrem Kopf, Wasser rann ihr in die Augen. Berenike schlüpfte in die vor dem Brunnen abgestellten ebenfalls nassen Schuhe und wischte sich übers Gesicht. Sinnlos.

Max hob ratlos die Schultern. »Was soll sonst passiert sein? Er war ein erfahrener Flieger, seit vielen Jahren. Vielleicht ist er in das Gewitter geraten und von unerwarteten Windströmungen abgetrieben worden, und dann ist er abgestürzt und hat sich beim Aufprall tödlich verletzt. Eine andere Erklärung hab ich nicht.«

»Es bleibt einem auch wirklich nichts erspart«, sagte der Kaiser Franz Josef-Verschnitt, als wäre er tatsächlich der Kaiser, der einen nahen Angehörigen verloren hatte. Sein Bart war vom Regen in Mitleidenschaft gezogen worden, sodass er traurig an den fetten Wangen herabhing. Der Mann trippelte am Brunnenrand auf und ab, als wolle er selbst ins Wasser steigen. Hinter ihm tauchte Ariane auf, hob die Kamera und knipste los.

»Lass das, Ariane«, bat Berenike sie leise. »Bitte.«

»Wieso? Die Freiheit der Presse!«

»Bitte, Ariane. Tote brauchen keine Freiheit der Presse.«

Glücklicherweise näherte sich in diesem Moment ein Polizeifahrzeug mit Blaulicht und Sirene. Die Schaulustigen sprangen zur Seite, auch Ariane ließ die Hand mit der Kamera sinken. Mit finsterer Miene blieb sie neben dem Brunnenrand stehen.

Ein sehr groß gewachsener Polizist mittleren Alters stieg aus und strebte auf das Becken zu. Beruhigend, dass Inspektor Kain tatsächlich aus dem Streifendienst abgezogen worden war, nach all den dubiosen Vorfällen, die er sich hatte zuschulden kommen lassen.

Der Uniformierte stieg in den Brunnen und näherte sich der Unglücksstelle. Prüfend sah er dann Gustav von allen Seiten an und legte ihm einen Finger an die Halsschlagader. »Kein Puls«, sagte er ruhig zu einem jüngeren Kollegen, der ihm nachgekommen war.

»Ich weiß«, erklärte Max. »Das war unsere erste Reaktion, das zu prüfen.«

Der größere Polizist nickte grimmig. »Soso. Das wissen Sie schon.«

Die Menge wollte näher heran.

»Zurücktreten, bitte!« Der jüngere und kleinere Streifenpolizist bat die Schaulustigen mit ausgebreiteten Armen freundlich, aber bestimmt, sich vom Ort des Geschehens zu entfernen. Ein Absperrband wurde rund um den Brunnen gespannt. Auch Berenike musste jetzt hinter das das rotweiße Band, ebenso wie Max, nachdem er endlich auch aus dem Brunnen gestiegen war. Abwartend blieben sie stehen. Regen durchweichte den Rasen, der von den vielen Fußspuren schon aufgewühlt war.

»Wer von Ihnen hat uns informiert?«, wandte sich der große Uniformierte an Berenike.

»Ich. Ich bin mit Ihrer Kollegin Mara Wander befreundet.« Sie schilderte den Vorfall, wie sich der Paragleiter genähert hatte, seinen Absturz. Der jüngere Polizist machte sich Notizen. Die Neugierigen drängten und schoben weiter von hinten gegen sie.

Der ältere Polizist stand neben Gustav. »Und was ist das eigentlich?« Er hob das Weiß hoch, das vermutlich ihr Transparent gegen das Ausseer Bauprojekt war. Berenike wechselte einen Blick mit Max. Nein, sie würden nichts dazu sagen. Sonst gerieten sie noch in Teufels Küche, und wenn erst ihr unbekannter Gegner, der geheimnisvolle Bauherr, davon erführe … Es wäre schade um den Überraschungseffekt.

»Keine Ahnung.«

»Irgendwas an seiner Haltung gefällt mir nicht«, sagte der große Streifenpolizist mit heiserer Stimme. Sein Uniformhemd klebte ihm schon vor Nässe am Oberkörper. Der Regen prasselte in der üblichen Beständigkeit herunter.

Der Jüngere nieste. »Was meinst du?«

»Ich bin mir nicht sicher. So wie er da hängt.«

Der Jüngere legte den Kopf schief. »Ich weiß nicht.«

Max nickte. »Ich glaube, ich teile Ihre Befürchtung.«

Der ältere Polizist guckte wieder streng. »Sie wissen auch alles, was? Gut, wir rufen die Gerichtsmedizin, sicher ist sicher. Sonst kommt in einem Jahr irgendwer daher mit einem Verdacht und wir haben ihn nicht einmal untersuchen lassen. So was riskier ich nicht.« Der Große stieg aus dem Wasser und zupfte an seinem klatschnassen Hemd. »Scheißwetter, verfluchtes.«

»Wie du glaubst«, sagte der Jüngere und holte ein Telefon hervor. »Du hast die längere Erfahrung.« Er wandte sich ab und begann zu telefonieren.

Nach kurzer Zeit tauchte ein ziviles Fahrzeug auf. Ein grauhaariger, bäriger Typ stieg aus.

»Jauernig, Gerichtsmedizin«, stellte er sich den Uniformierten vor. Er sah zwischen Gustav und den Polizisten hin und her. »Sie haben mich angerufen?«

Die Streifenpolizisten erklärten ihm alles.

»Lassen Sie mich sehen. Hmhm«, machte Jauernig und starrte abwechselnd auf die Bescherung und auf seine Schuhe. Wirkten teuer, die schwarzen Lederdinger. Ein flehentlicher Blick ging zu seinem Wagen. »Jetzt wären Gummistiefel angebracht. Mist. Wieso hat nur meine Frau die immer dabei?«

»Weil sie immer mit eurem Hund rausgeht?«, schlug der ältere Uniformierte vor und fummelte immer noch an seinem feuchten Hemd herum.

»Was du alles weißt«, raunzte Jauernig. Er bückte sich gelenkiger als erwartet. Mit seinen feingliedrigen Fingern nestelte er die Schuhbänder auf, krempelte dann die Hosenbeine hoch. Berenike musste plötzlich an Reinhard denken, an seine gewissenhafte Art zu arbeiten – und an seinen unrühmlichen Abgang vor Kurzem. Vermutlich würde man nie wissen, was aus ihm geworden war.

Jauernigs Füße waren käseweiß, als er nun ohne Socken im Gras stand und in aller Ruhe die Hosenbeine hochkrempelte. Gelassenheit hatte der Mann. »Was für ein Einsatzort!«, schimpfte er, stakste kopfschüttelnd zum Brunnenrand und hob ein Bein darüber. Zögernd verharrte er, als würde er mit der großen Zehe die Wassertemperatur prüfen, gab sich dann einen Ruck und betrat den Brunnen. Mit sehr langsamen, tastenden Bewegungen bewegte er sich durchs Wasser auf das Opfer zu.

»Und? Was sehen Sie?«, rief der Kaiser Franz Josef-Verschnitt laut mit brummiger Stimme.

»Immer mit der Ruhe«, knurrte Jauernig. Der Regen trommelte auf Bäume, Blumen und den Asphalt der Gehwege.

»Und? Hat er sich das Genick gebrochen?«, raunte Max, während Helena stumm zusah.

»Ich sagte doch, immer mit der Ruhe. Kann ich hellsehen?«, grantelte Jauernig. »Und überhaupt, wer sind Sie überhaupt? Ich bin Privatpersonen zu keiner Auskunft verpflichtet.«

»Schon gut«, knurrte Max zurück und verdrehte hinter Jauernigs Rücken die Augen. Meine Güte, Reinhard war definitiv anders gewesen. Freundlicher. Trotzdem war Berenikes Erinnerung an ihn überschattet von dem, was am Ende passiert war. Unglaublich, dass man sich in einem Menschen so täuschen konnte.

Jauernig umkreiste den Verunfallten in seinem Fluggerät vorsichtig, ohne ihn zu berühren. Bei jedem seiner Schritte spritzte das Wasser, gleichzeitig platschte der Regen herab. Auch Jauernigs Waden waren weiß wie Milch. Und dünn im Vergleich zu seinem voluminösen Körper.

Der Gerichtsmediziner griff nach dem Paragleiterschirm und versuchte, ihn wegzuschieben. Jetzt kam das Transparent weiter zum Vorschein, die Plane hatte sich um Gustavs Füße gewickelt.

»Was ist das denn?«, fragte der Doktor. Er griff nach Gustavs Kopf. Berenike kniff die Augen zusammen. Irgendwelche Seile hatten sich um dessen Hals geschlungen.

Wieder näherte sich ein Wagen mit Blaulicht. Mara sprang heraus.

»Jauernig, servus!«, rief sie schon von Weitem, einen jungen Kollegen im Schlepptau, der fast so langbeinig war wie Mara selbst. Musste ein Neuer sein.

»Grüß dich, Frau Wander«, erwiderte Jauernig und sah missmutig auf.

»Und? Gibt's schon was?«

»Wie oft muss ich noch sagen, dass ich nicht hellsehen kann?«

»Bitte, Jauernig. Du weißt, wie es ist. Wir wollen zumindest wissen, ob wir zuständig sind.«

Jauernig brummelte irgendwas und berührte stirnrunzelnd Seile und Plane. Er wandte sich an Berenike. »Was genau haben Sie beobachtet?«

»Er ist abgestürzt. Ganz rasant ist er vom Himmel heruntergeknallt. Wir haben uns alle in Sicherheit gebracht, als wir das Fluggerät gesehen haben. Es war kurz bevor das Gewitter losging.«

Jauernig berührte Gustavs Hals, den Nacken. »Seltsam, nach Genickbruch sieht es von außen eigentlich nicht aus«, quälte sich der Totenarzt dann ab.

»Blitzschlag?«, fragte Max.

»Wir nehmen ihn sicherheitshalber mit.« Jauernig sah Mara bedeutungsvoll an. »Alles Weitere natürlich erst nach der Untersuchung.«

9

Zwei schwarz gekleidete Männer traten hinter den Bäumen hervor. Sie konnten nur von der Bestattung sein. Man erkannte sie immer. An ihrer Art, langsam zu gehen, an ihren Mienen.

»Auf geht's«, sagte Jauernig und stieg aus dem Becken.

Berenike beobachtete mit den anderen, wie sich die beiden Bestatter an der Leiche zu schaffen machten, um sie abzutransportieren. »Wie blöd, dass Jonas noch in England steckt.«

»Ich bin ja auch noch da«, schnappte Mara.

»Entschuldige, natürlich, Mara. Ich weiß.«

»Und mein neuer Kollege, Roman Huber.« Sie winkte den langbeinigen Schönling näher heran. Lächelnd nickte der in die Runde.

»Du warst natürlich zufällig hier, was, Berenike?«, fragte Mara.

Berenike zuckte unbestimmt mit den Achseln. Sie sah zu Max und Helena. »Einmal Kaisergeburtstag erleben halt.«

Der Tote wurde aus dem Brunnen gehoben. Seine grauen Haare hingen nass herab. Der Kopf knickte noch mehr zur Seite. Die Schaulustigen gafften stumm. Es war so still – Berenike brauchte einen Moment, um zu bemerken, dass der Regen aufgehört hatte. Ihr Kleid klebte am Körper, Wasser rann ihr von den Haaren in den Nacken. Sie schauderte, nicht wirklich frierend, aber warm war auch anders. Sie sollte sich dringend umziehen. Der Gedanke an eine Zugfahrt in den nassen Kleidungsstücken deprimierte sie.

»Kennst du den Toten?«, fragte Mara, während der blonde Jüngling mit eleganter Geste einen schmalen Tablet-Computer zückte und erwartungsvoll verharrte.

»Das ist Gustav Erdinger«, sagte Max. »Grüner Gemeinderat bei uns. Ich kenn ihn schon lange, er war früher für Greenpeace aktiv. Kennst ihn nicht?«

»So oft bin ich auch wieder nicht bei euch im Einsatz.«

Romans Finger glitten eifrig über die Tablet-Oberfläche. Die Bestatter lösten die weiße Plane von Gustavs Beinen.

»Moment«, hielt Mara sie auf, »was ist das denn?« Sie zeigte auf das, was wohl das Transparent hätte sein sollen. Wenn Gustav nicht abgestürzt wäre.

»Ähm«, machte Berenike.

»Ja? Ich höre?«

»Es hätte eine Aktion geben sollen«, sagte Max und nickte Berenike fast unmerklich zu.

»Gegen ein, äh, Bauprojekt. Bei uns hinten in der Seewiese. Im Naturschutzgebiet.« Berenike schaute ihre Schuhspitzen an. Matsch klebte auf dem Leder, die Nässe drang bis an ihre Füße.

»Eine Aktion, so.« Mara tippte dem älteren Streifenpolizisten auf die Schulter. »Du weißt Bescheid?«

»Was? Worüber? Eine Demo oder was? Nix weiß ich.« Er musterte die Runde mit finsterem Blick.

»Muss man so was denn anmelden?«, fragte Helena und klang naiv.

»Leute, natürlich muss man so was anmelden. Zudem seht ihr ja, was für ein Risiko es war. Womöglich ist dieses … dieses Ding da der Grund für seinen tödlichen Unfall.«

»Glaub ich nicht.« Max verschränkte die Arme vor der Brust. »Der Gustav ist ein wirklich erfahrener Flieger. Wir haben alles im Detail abgesprochen.«

»Hier in Ischl ist die Prominenz«, fuhr Berenike fort. »Da hätte der Protest die richtigen Leute erreicht. Und den Landesrat.« Verdammt. Sie schlug mit der Faust in ihre andere Handfläche. »Zudem hat Gustav gehofft, hier herausfinden zu können, wer hinter dem Bauvorhaben steckt.«

»Das müsste doch rauszukriegen sein«, sagte Mara,

während Roman weiter fleißig auf den Tabletbildschirm tippte.

»An der Oberfläche, ja. Es gibt eine Holding, der die Mooswiese – das ist das Baugrundstück – gehört. Aber man weiß nicht, wem diese Holding gehört. Man dreht sich im Kreis bei den Informationen.«

»Wie seltsam«, murmelte Maras Kollege.

»Und dieser Gustav, äh«, Mara linste ihrem Kollegen über die Schulter, »Gustav Erdinger sollte also eine Art Protestflug veranstalten.«

»Genau. Damit wir in die Medien kommen mit dem Protest«, erklärte Berenike. »Mara, du weißt doch selbst, wie es ist. Wenn man keinen Zinnober veranstaltet, passiert doch nichts. Wir haben dann auf Gustav gewartet, er war über der Zeit.«

»Das war schon komisch«, Max sah nachdenklich drein, »sein Verhalten war bereits einmal ein wenig sonderbar. Ich habe tatsächlich überlegt, was, wenn er gar nicht gegen dieses Bauprojekt war, wie wir gedacht haben? Was, wenn er stattdessen uns Gegner ausspionieren wollt?« Max schlüpfte in seine Socken.

»Das hieße ja«, Berenike stockte der Atem, »das hieße – er hat auch mit dem Projekt zu tun? Das kann ich nicht glauben. Das wäre ungeheuerlich.«

»Wir werden rausfinden, was genau dahintersteckt«, sagte Mara sehr bestimmt. »Glaubt mir.«

10

»Gut, wir müssen seine Angehörigen informieren«, fuhr Mara fort. »Ist dieser Gustav verheiratet?«

»Seine Frau Susana arbeitet beim Zauner als Zuckerbäckerin«, wusste Helena.

»Sie stammt aus Mexiko«, ergänzte Max. »Gustav hat sie auf einer seiner Reisen kennengelernt und sie ist wegen ihm hergezogen.«

Der Tote wurde in einen Sarg gelegt und ins Auto verladen. Auch Jauernig stieg in seinen Wagen. Weg waren sie.

»Dann auf zum Zauner«, sagte Mara. »Ich wollt schon lang wieder einmal ein Ischler Törtchen. Wenn auch nicht aus so einem Anlass.« Sie gab ihren uniformierten Kollegen Anweisungen wegen Fluggerät und Transparent, dann machten sie sich auf den Fußweg zur berühmten Konditorei. Berenike folgte Mara, auch Max und Helena gingen mit.

»Du willst mitkommen?«, fragte Mara streng. »Du weißt, was Jonas dazu sagen würde.«

»Ja, das weiß ich. Nur zu gut. Wir werden uns unauffällig an einen Nebentisch setzen.«

»Das will ich hoffen.«

»Wir brauchen sowieso was Warmes zu trinken.«

»Und keine Fragen an die Frau, okay?«

»Okay.«

Schweigend gingen sie weiter, Mara und ihr Kollege Roman voran, Max, Helena und Berenike hinterher. Die

Straßen waren nass, Wasser tropfte von den Dächern. An der Uferpromenade kam gerade die Sonne heraus, das Regenwasser leuchtete in dem grellen Licht auf und blendete. Die Luft begann zu dampfen, es war fast wie im Dschungel. Trotzdem trocknete das Trachtenkleid nur langsam.

Bei der Traditionskonditorei Zauner an der Esplanade herrschte Hochbetrieb. Menschen strömten durch den Eingang des »K & K Hoflieferanten«, im Garten wischten Kellnerinnen die weißen Tische und Sessel trocken, die Sonne glitzerte in den nassen Flecken und Wasserlachen. Ein Grüppchen von vielleicht zwanzig Touristen mit nassen Regenjacken wartete mit ungeduldigen Bewegungen darauf, im Garten Platz nehmen zu können.

Sie traten nun auch ein. Ein schwarz gekleideter Kellner schoss auf sie zu wie ein Pinguin auf Speed. »Die Herrschaften wünschen? Fünf Personen?«

»Kriminalpolizei.« Mara zückte ihren Dienstausweis.

»Oh.«

»Ich und mein Kollege sind dienstlich hier. Wo finde ich bitte die Frau Erdinger?«

»Sie ist Zuckerbäckerin und hat zu tun. Worum geht es?« Der Kellner guckte irritiert von einem zum anderen.

»Eine laufende Ermittlung. Also?«

»Wenn's sein muss … dann hol ich sie Ihnen aus der Backstube. Setzen Sie sich.« Er deutete auf die abgetrockneten Tische und verschwand nach drinnen.

Mara zog sich einen der weißen Metallsessel heran und setzte sich. Sie begann, leise mit Roman zu sprechen. Brav nahm Berenike mit Max und Helena am Nebentisch Platz. Jetzt noch Torte bestellen und Urlaub spielen? Schwer …

Eine rundliche Frau mit Haarnetz und weißer Schürze kam aus dem Eingang und sah sich suchend um.

»Frau Erdinger?«, fragte Mara.

»Ja. Ich bin Susana Erdinger.« Ihr Akzent war fast unhörbar, ihr Gesicht war rund und eher dunkelhäutig, vielleicht ein wenig indianisch. »Um was geht es bitte?«

Wenn Mara jetzt nur nicht mit dem so gern gespielten polizeilichen Ausweiszeigespiel begann!

»Setzen Sie sich bitte!«, bat die Kriminalpolizistin stattdessen freundlich.

Prompt wurde Susana Erdinger misstrauisch. »Was ist los?«, fragte sie mit zusammengekniffenen Brauen und nahm zögernd in einem der weißen Gartensessel Platz. Sonne blitzte durch die großen Kastanienbäume. Eine Kellnerin fing an, den Kies zu rechen.

»Bitte sehr, was darf es sein?«, der Kellner auf Speed war wieder an Berenikes Tisch aufgetaucht.

»Schwarzen Tee, bitte. Und eine Dobosch-Torte.«

Helena bestellte ein Wasser, Max einen Mocca. Endlich verschwand der Kellner, Kies knirschte unter seinen Füßen.

»Wir haben eine schlechte Nachricht, Frau Erdinger«, sagte Mara gerade am Nachbartisch. »Ihr Mann Gustav wurde tot aufgefunden.«

»Was?« Frau Erdinger nestelte an ihrem Kragen.

»Mein Beileid, Frau Erdinger.«

»Aber er wollte doch … Wie ist das geschehen?«

»Er ist mit einem Paragleiter abgestürzt«, sagte Mara. Roman Huber packte wieder sein Tablet aus.

»Er hat einen Unfall gehabt? Aber er ist ein routinierter Flieger.«

»Das haben wir schon von anderer Seite gehört.«

»Er macht das bereits länger, als ich ihn kenne.« Susana Erdingers Gesicht wurde flammend rot. Sie atmete keuchend. »Was ist passiert?«

»Die genaue Todesursache wird noch ermittelt«, erklärte Mara.

»Und ... wo ist er abgestürzt?« Susana Erdinger griff sich an die Kehle. Etwas blitzte im Sonnenlicht auf. Ein Anhänger?

»Hier in Ischl. Im Kaiserpark.«

»Was?« Frau Erdinger riss die schwarzen Augen auf.

»Tut mir leid«, wiederholte Mara. »Wann haben Sie Ihren Mann denn zuletzt gesehen?«

»Heute früh. Wir haben zusammen gefrühstückt. Meine Arbeit begann um zehn Uhr am Vormittag, er hat mich hergefahren und wollte dann weiter.« Susana Erdinger schluckte krampfhaft und riss sich das Haarnetz vom Kopf. Lange schwarze Haare kamen zum Vorschein.

Abwartend blickte Mara sie an. »Geht es? Oder brauchen Sie Hilfe? Soll ich einen Arzt rufen?«

»Es geht schon. Muss ja gehen.« Ein tiefer Seufzer entrang sich Susana Erdingers Kehle, während ihre Hände das Haarnetz kneteten. »Ich kann das nicht verstehen. Er hatte einen nagelneuen Paragleiter, ganz in Grün, weil er doch grüner Politiker ist. Er war so stolz darauf.« Susana Erdinger schniefte auf. »Daran kann doch nichts kaputt sein.«

Maras Blick kreuzte sich mit dem ihres Kollegen. Der nickte ganz leicht und tippte wieder. Niemand erwähnte die blaue Farbe des Unfallfliegers. Wie seltsam – Gustav besaß einen grünen, hatte mit einem roten fliegen wollen, war aber in einem blauen verunglückt.

Der Kellner näherte sich Berenikes Tisch und nahm ihr damit die Sicht auf Frau Erdinger. Viel zu laut klappernd stellte er die Getränke auf den Tisch, dann die Dobosch-Torte. Na servas, sah die üppig aus! Immerhin ein Pyramiden-Teebeutel, doch der hing schon in der Tasse, der Tee war dunkel und roch bitter.

»… sagen, von wo aus er gestartet sein könnte?«, erklang Maras sanfte Stimme von nebenan.

»Er ist – er war Mitglied im Club Edelweiß in Altaussee.« Susana Erdinger schluckte wieder krampfhaft. Mara bat den Kellner um ein Glas Wasser. »Aber wissen Sie, was seltsam ist, mein Mann hat gar nicht erwähnt, dass er heute zum Fliegen wollte.«

»Nicht?«, fragte Mara, während Roman Huber den kleinen Bildschirm mit einer Hand gegen das Sonnenlicht abschirmte.

Berenikes Blick kreuzte sich mit dem von Max. Er nickte. Vielleicht wollte Gustav nur nichts von seiner Beteiligung an dem Protest gegen das Bauprojekt verraten?

»Nein. Das hätte er mir doch gesagt, weil er dabei normalerweise länger ausbleibt. Man muss ja auf den Berg, dann fliegt man, und dann will man normalerweise noch öfter fliegen. Da vergehen Stunden, wenn man leidenschaftlicher Flieger ist – und wenn das Wetter passt.«

»Wie erklären Sie sich, dass er seine Pläne geändert hat?«

Frau Erdinger hob ratlos die Schultern und sah das Haarnetz in ihren Händen an. »Keine Ahnung«, flüsterte sie. »Er war mir immer treu.« Eine Träne rann aus ihrem Augenwinkel, obwohl Frau Erdinger dagegen anblinzelte. »Dachte ich zumindest bisher.«

11

»Der und treu? Man sollte ihr sagen, mit wem ihr Mann gesehen worden ist.« Berenike schnaubte. Sie sah Susana Erdinger nach, wie sie davoneilte und sich dabei mit fliegenden Fingern das Haarnetz wieder aufsetzte. So schnell und ohne sich umzudrehen, als wäre sie auf der Flucht.

»Wir wissen nichts Genaues darüber«, meinte Max und trank einen Schluck. »Es sind nur Gerüchte, vom Hörensagen, willst du ihr Andenken an Gustav mit einem vagen Verdacht zerstören?«

»Da hast du recht.« Berenike stach die Gabel in die Dobosch-Torte und kostete endlich.

Mara stand auf und zog ihren Sessel zu Berenikes Tisch, wo sie sich wieder setzte. Roman machte es ihr nach. Lächelnd warf er Berenike einen Blick zu.

»Eifersucht ist ein starkes Motiv«, sagte Mara nachdenklich. »Aber erst müsste man in Erfahrung bringen, ob wirklich was dahintersteckt. Woher wisst ihr das?«

»Neulich bei einem Treffen wegen dem Bauprojekt

bei der Seewiese hat jemand behauptet, Gustav habe sich dort mit einer Frau getroffen. Heimlich. Einer Frau, die nicht seine Ehefrau war.«

»Verstehe.« Mara nickte nachdenklich. »Von wem stammt die Information?«

»Zwei Forstarbeiter aus Rumänien haben es uns erzählt. Aber die haben sich auch ein bisschen zwielichtig verhalten. Vielleicht gehören sie in Wirklichkeit zu dem Bauprojekt.«

»Und wer soll die andere Frau sein?«

»Keine Ahnung.« Max hob die Hände. »Wir haben sie selbst nicht zu Gesicht bekommen. Und so gut kenn ich den Gustav auch wieder nicht. Man mischt sich da doch nicht ein. Muss jeder selber wissen, was er macht.«

»Männer!«, zischte Mara. »Ihr seids wirklich alle gleich und ihr haltets immer z'amm.«

»Die Forstarbeiter haben gesagt, sie sei ein dunkler Typ gewesen«, erinnerte sich Berenike.

»Ein dunkler Typ?«, fragte Mara. »Was soll das heißen?«

»Eine Ausländerin?«, überlegte Max.

»Es sollen Filmleute aus Bollywood in der Gegend sein«, ergänzte Berenike.

Mara grinste. »Wirklich? Hier in den Bergen?«

»Gesehen hab ich noch keinen, aber der neue Besitzer vom Hotel Alpensonne hat's mir erzählt.«

»Bei unserem letzten Treffen tat der Gustav jedenfalls sehr geheimnisvoll und kam aus dem Gebüsch, als hätte er was zu verbergen«, mischte sich Max wieder ein.

»Vielleicht war seine eigene Frau hinter ihm her?«, überlegte Helena laut. »Irgendwas ist doch komisch, niemand hat sie nach Treue gefragt, sie hat den Punkt von selbst erwähnt.«

»Stimmt, wir haben sie nicht nach einer Geliebten ihres Mannes gefragt.« Mara zeichnete nachdenklich mit dem Daumennagel Figuren in das Tischtuch.

»Ach, und das weißt du noch gar nicht, Mara«, sagte Berenike. »Bei diesem Treffen tauchte eine Puppe auf, die genau wie Gustav aussah.«

»Eine Puppe, sagst du?« Mara kniff die Brauen zusammen.

»Ja. Ziemlich lebensecht.« Etwas in Berenikes Gedanken rumorte, ein Püppchen erschien vor ihrem inneren Auge. Ohne Nadeln. Nur handtellergroß. Und ein von langen, dunklen Haaren umrahmtes Gesicht. Ihre Masseurin Anniko. »Es war so unheimlich.« Sie sah die Figur wieder vor sich. »Sie trug genau denselben Pullunder wie Gustav. Und was das Ärgste ist, sie ist mit einem Paragleiter vermeintlich abgestürzt. Und eine Nadel steckte mitten in der Puppe.« Berenike griff sich ans Herz. »Hier.«

Mara runzelte die Brauen. »Das ist aber seltsam. Wie hat Gustav reagiert? Hat er das gesehen?«

»Natürlich, er kam gleich danach. Aber weißt du was, er hat getan, als würde ihn das nicht weiter kümmern. Also an seiner Stelle hätte ich Angst bekommen.«

»Ich hab mich ja schon die ganze Zeit gefragt, ob Gustav ein doppeltes Spiel spielt.« Max sah finster drein.

»Okay, rekapitulieren wir«, sagte Berenike laut.

»Ja, Miss Marple.« Mara lächelte. Ihr junger Kollege guckte irritiert von einem zum anderen.

»Sie hat schon einige Mordfälle mit aufgeklärt«, erläuterte ihm Mara.

»Ach so. Verstehe.« Roman sah gar nicht so aus, als würde er verstehen.

»Also«, Berenike räusperte sich und musste dabei an Jonas denken, »Gustav geht fliegen, weil er mit uns die Aktion mit dem Transparent machen will. Aber er sagt seiner Frau nicht, was er vorhat. Warum?«

»Weil er ihr gegenüber was verbergen will?«

»Weil seine geheimnisvolle Freundin auch mit dem Fliegen zu tun hat?«

»Weil er noch was ganz anderes zu verbergen hat?«, überlegte Berenike.

»Ich hab schon beim letzten Mal ein komisches Gefühl gehabt«, sagte Max.

»Leute, jetzt bleibt einmal auf dem Boden der Tatsachen.« Mara stand auf. »Alles, was wir derzeit haben, ist ein abgestürzter Paragleiter mit einem Toten darin. Und einem Transparent. Wir warten auf das Obduktionsergebnis. Dann wird sich zeigen, ob es ein bedauerlicher Unfall war – und ob wir überhaupt Anlass für eine Ermittlung haben. Alles klar? Miss Marple, auch bei dir? Wie schön. Gut, dann fahren wir jetzt, Roman.«

12

»Wie kann sie nach all den Ereignissen glauben, Gustav sei eines natürlichen Todes gestorben?« Berenike sah Mara und ihrem Kollegen nach. In ihren Gliedern zuckte es, aufzuspringen und der Kriminalpolizistin nachzulaufen. Mit aller Kraft zwang sie sich, sitzen zu bleiben.

»Die haben halt ihre Abläufe«, beruhigte Max sie. »Wenn es wirklich ein Unfall war, brauchen sie nicht zu ermitteln. Die sind auch überlastet.«

»Eh. Aber ich glaub halt nicht an einen Unfall, du?«

»Weiß ich nicht.«

»Ich würd zu gern wissen, was es mit dieser Puppe auf sich hat und der Nadel in ihrer Brust«, sagte Berenike.

»Und wer die geheimnisvolle Freundin vom Gustav ist«, ergänzte Helena.

»Ob die hinter seinem Verhalten steckt?«, fragte Max nachdenklich.

»Was war das für ein Anhänger, den Gustavs Frau trägt, habt ihr was erkennen können?«

»Nein, auch nicht. Sah länglich aus, aber mehr konnte ich nicht sehen«, sagte Helena.

Ein leichter Wind war aufgekommen und vertrieb den letzten Regendunst. Die Touristen redeten und gestikulierten wild, den Tisch voller halb aufgegessener Torten und Kuchen. Einer von ihnen sprang auf und umrundete Berenikes Tisch, um ein Foto der Gruppe zu machen. Andere knipsten ihre Speisen und Getränke.

Einer rannte hinaus und kehrte kurz darauf mit einer Schale Weintrauben zurück, die er in der Nähe erworben haben musste. Fröhlich strahlend stellte er sie mitten auf den Tisch. Alle griffen zu, die Kuchen wurden aber nicht mehr angerührt.

»Alle verrückt!«, zischte eine Kellnerin, als sie an Berenikes Tisch vorbeiging. »Alles bestellen und dann nix davon aufessen.«

»Haben halt vermutlich wenig Zeit«, sagte Berenike.

»Eh. Aber trotzdem, schade um die ganzen Sachen.«

Berenike nutzte die Gelegenheit, die Rechnung zu bezahlen, und aß den letzten Bissen Dobosch-Torte. Den viel zu bitteren Tee ließ sie stehen. »Mir ist noch was eingefallen. Wegen der Puppe.«

Erwartungsvoll sahen Helena und Max sie an.

»Meine Masseurin hat mir vor einiger Zeit ein kleines Püppchen gegeben. Sie hat gemeint, dem soll ich meine Sorgen anvertrauen, damit ich sie auf diese Weise loslassen kann.«

»Das soll funktionieren? Ich bin ja für vieles offen, aber …« Helena sah in ihre Tasse, doch die war leer.

»Es war natürlich Blödsinn, das hat bei mir nicht funktioniert.«

»Und was hat das mit Gustav zu tun?«, fragte Max.

»Weiß nicht … Ich dachte nur dran, weil auch die Puppe aufgetaucht ist, die Gustav ähnlich sieht.«

»Sag bloß, deine Masseurin verwendet auch Puppen mit Nadeln.«

»Keine Ahnung. In meiner waren jedenfalls keine.«

»Da hast du aber Glück gehabt.«

»Vielleicht hat sie irgendeine Idee, was es mit so was

auf sich hat.« Berenike sah die anderen an. »Und Anniko hat lange, dunkle Haare und trägt so gut wie immer Schwarz.«

»Ach was.« Helena nickte nachdenklich.

»So wie die angebliche Freundin vom Gustav? Das wäre ja ein Ding!«, rief Max. »Gehst du immer noch zu der Masseurin? Was macht dein Rücken überhaupt?«

»Ich war ein paar Mal bei Anniko, ja. Ihre Behandlungen haben mir wirklich gutgetan. Aber jetzt war ich schon länger nicht, wegen der Reisen nach Prag und nach England … Mein letzter Besuch ist schon ein paar Wochen her. Ich könnt längst wieder eine Massage vertragen zur Entspannung.«

»Da wüsste ich noch anderes, was helfen kann«, sagte Max zwinkernd.

»Bewegung zum Beispiel«, warf Helena ein.

»DAS auch.« Max grinste.

»Max!« Berenike stand auf. »Vor all den Leuten!«

»Die Touristen verstehen eh kein Deutsch.« Er lachte schallend. »Wird Zeit, dass dein Jonas zurückkommt. Er kommt doch zurück?« Plötzlich ernst, sah Max sie an, fast lauernd war sein Blick.

Wenn Jonas zurückkommt …

»Gehen wir.« Berenike stand auf. »Schauen wir, ob Anniko da ist. Mir ist heut nicht zum Scherzen zumute.«

»Hast eh recht«, sagte Max, aber sein Blick war immer noch bei ihr, als warte er auf etwas.

Sie verließen die Konditorei. Der regennasse Kies knirschte überlaut in ihren Ohren, Wind raschelte in den Blättern der Bäume. Draußen an der Esplanade rauschte die Traun, Hochwasser führend, aber der Wasserstand war noch nicht besorgniserregend. Die Luft war klar, der Himmel blau.

»Ist das nicht unheimlich, sich unter die Hände dieser Frau zu begeben?«, fragte Helena. »Was, wenn sie wirklich was mit der Sache zu tun hat, gehst du dann weiter zu ihr?«

»Werden wir sehen. Bis jetzt habe ich mich bei Anniko sehr wohl gefühlt.« Berenike verzog einen Mundwinkel zu einem halben Grinsen. »Na ja, bis auf die Schmerzen in meinen Muskeln. Aber dieser Masochismus gehört wohl dazu.«

Es waren nur ein paar Minuten Fußweg bis zu Annikos Praxis. Das Souvenirgeschäft in dem Haus zeigte heute ausschließlich Kaiser Franz Josef im Schaufenster, in allen Varianten: als jungen und als alten Mann, als Jäger oder Regent, auf Tassen, Gläsern oder Aschenbechern, sogar auf einem Nachttopf. Manchmal mit Sisi, die eigentlich Romy Schneider war, und, und, und. Aber alles im Schaufenster sah verstaubt aus, die Glasscheibe selbst war schmutzig, der Laden war geschlossen. Ein Schild mit den Öffnungszeiten fehlte.

Dafür stand die Haustür offen. Berenike trat ein, Helena und Max wollten lieber heraußen warten. Berenike ging den schmalen, dunklen Gang zu Annikos Praxis. An ihrer Tür hing ein Schild mit dem Namen Anniko Luger und den Praxiszeiten, 11 bis 16 Uhr. Daneben hing ein schwarzer Kranz. Berenike kniff die Augen zusammen – da war ja schon wieder eine Art Puppe daran! Diese hier sah so ähnlich aus wie jene, die sie Berenike gegeben hatte. Und sie war mit einer Nadel an dem Kranz befestigt. Berenike streckte die Hand danach aus, berührte das

Gebinde – eine Ahnung, weniger als ein Bild, schoss wie der Blitz durch sie hindurch. Etwas von Gewalt und großem Leiden, von Tod und Ende.

Berenike schauerte. Es war totenstill und düster im Stiegenhaus. Das einzige Fenster befand sich beim Treppenaufgang. Berenike streckte die Hand aus, um zu klopfen, hätte beinahe den Kranz mit der Puppe gestreift, zuckte zurück, verharrte. Alles wirkte leblos, wie tot. Sie hielt den Atem an. Dann schüttelte sie über sich selbst den Kopf. »Was für ein Unsinn!«, murmelte sie und berührte mit den Fingerknöcheln das Türblatt. Das Klopfen hallte überlaut in ihren Ohren wider. Nichts. Stille. Oder halt, was war das? Das Schlurfen von Füßen? Berenike legte ihr Ohr an die Tür. Jetzt war es wieder still. Sie klopfte noch einmal. Nichts. Nichts außer einer seltsamen Puppe, einem schwachen Geruch nach Zirbenöl und – Berenike betrachtete ihre Fingerknöchel – einem schmutzigen Türblatt.

13

»Leider, Anniko ist nicht da.« Berenike kehrte zurück auf die Straße. Helena und Max standen an der Ecke nah beieinander und fuhren nun auseinander.

Berenike war in Gedanken noch bei dem schwarzen Kranz an Annikos Tür und schüttelte sich frierend. Ihr Kleid fühlte sich immer noch feucht an. Konnte das überhaupt sein, dass man allein von der Berührung mit toter Materie etwas … erfahren konnte? Wieder loderten Bilder in ihr hoch, ihr war, als würde ihr die Luft zum Atmen abgeschnürt. Als würde sie … sterben. Sie hatte nicht einmal mit jemandem gesprochen. Trotzdem spürte sie, dass etwas nicht stimmte, dass etwas Bedrohliches in der Luft lag.

»Dabei sollte sie jetzt eigentlich im Dienst sein. Zumindest steht das auf ihrem Türschild.« Berenike kickte ein Steinchen. »Es ist nervig, wenn jemand so unzuverlässig ist.« Fast automatisch musste sie an Jonas denken. Wann würde er sich für einen Rückflug entscheiden? Sie vermisste ihn noch mehr als sonst. Berenike schauderte und versuchte, die verstörenden Bilder zu verbannen.

Sie kamen wieder zur Kaiservilla, deren Fassade jetzt sauber und gelb leuchtete, wie frisch gewaschen. Kaisergelb. Nur vereinzelt waren Touristen zu sehen, die runden Tische standen noch herum, die Kioske waren verwaist, ebenso wie das Rednerpult. Der Brunnen, in den Gustav gestürzt war, lag verlassen da. Bunte Blüten klebten nass vom Regen auf dem Asphalt davor.

Sie umrundeten den Brunnen. Die steinerne Figur in der Mitte wirkte geradezu nackt und völlig unbeteiligt vom Geschehen davor.

»Glaubst du wirklich, dass deine Masseurin in der Sache was weiß?«, fragte Max.

»Oder womöglich was damit zu tun hat?« Helena sah drein, als ginge es ihr wie Berenike selbst.

Berenike zuckte mit den Achseln, als könne sie die Bilder abschütteln. »Ich hab gehofft, sie könnte uns einen Hinweis geben, irgendwas, mit dem wir weitermachen können. Diese Puppe … Das ist so was von unheimlich, to say the least. Findet ihr das nicht auch gruselig?«

»Schon, ja.« Helena schüttelte sich. »Ich hab mich gewundert, dass Gustav davon nicht erschüttert war. Ich würde es mit der Angst zu tun bekommen, mindestens.«

»Es war wie … wie ein Vorgriff auf das, was mit ihm passiert ist.« Berenike rieb sich über die Arme. Aber das half nichts.

»Und deine Masseurin ist auch so … unheimlich? Ist das nicht seltsam, sich von so einer … einer Hexe massieren zu lassen?«, fragte Max.

»Nein, wieso? Sie hilft mir, und das mit dem Püppchen, meine Güte, ich muss nicht alles machen, was mir jemand vorschlägt. Vielleicht ist es Zufall und die beiden Puppen haben nichts miteinander gemein. Es muss gar nichts weiter zu bedeuten haben. Vielleicht bin ich bei Anniko an der falschen Adresse mit dem Thema.« Und trotzdem, dieses Gefühl vorhin …

»Ist ja auch was anderes, als einer Puppe, die wie ich aussieht, eine Nadel ins Herz zu stechen«, meinte Helena.

»Genau.« Berenike blieb stehen und ließ die Szenerie noch einmal auf sich wirken. »Hier hat Gustav also sein Ende gefunden«, sagte sie nachdenklich und starrte in das undurchdringlich dunkle Wasser des Brunnens. »Wieso ist er bloß nicht mit seinem eigenen Schirm geflogen?«

»Dafür gibt es keine Erklärung.«

*

Endlich waren sie zurück in Berenikes Teesalon. Die Türglöckchen klingelten. Es duftete nach Schokolade.

»Ihr kommt gerade richtig!«, rief Tiffany stolz und sauste mit einem vollen Tablett an Berenike, Max und Helena vorbei. Das Lokal war zum Bersten voll, schon seit Wochen. Endlich lief es wieder richtig gut. Endlich – seit Jonas wieder in ihrem Leben war.

Die Kellnerin kam mit dem leeren Tablett zurückgeschossen. »Was ihr hier riecht, sind ganz frische Schoko-Bananen-Muffins.« Sie stutzte und runzelte die Brauen. »Aber wie seht ihr denn aus? Ihr seid ja durch und durch nass.«

»Das ist noch das kleinste Übel. Es gab einen Todesfall, Tiffany.«

»Was? Ist für dich zwar nichts Neues, Miss Berenike Marple, aber schockierend ist es immer noch. Wie hast du das denn wieder geschafft?« Tiffany nestelte an ihren Haaren. Sah aus wie eine Stricknadel, mit der sie ihre Mähne diesmal festhielt. Oder ein Essstäbchen. Vermutlich eher das.

»Erzähl ich dir gleich. Erst brauche ich trockene Kleidung.« Berenike marschierte zielstrebig in das kleine Büro, das ihr auch als Garderobe diente. Sie schälte das noch immer ein wenig feuchte Trachtenkleid vom Körper und griff nach einem blau-weiß geblümten Sommerkleid. Ah, trockene Kleidung, das fühlte sich entschieden besser an! Sie ging zurück zu den anderen.

»So, setzt euch doch!«, rief Berenike mit neuer Energie Max und Helena zu. »Was darf ich euch anbieten?« Sie zeigte auf die Tafel an der Wand, wo das Tagesgericht angepriesen wurde. Polenta mit gebratenen Pilzen.

»Wollt ihr was Warmes essen oder lieber Kuchen und Tee?«

»Ich an eurer Stelle würd die Muffins nehmen«, säuselte Tiffany verführerisch. »Schoko-Bananen-Muffins sind genau das Richtige nach einer schlechten Nachricht.«

»Erzähl mir nichts über Trost-Muffins.« Noch vor Kurzem hatte Berenike aus lauter Kummer so viel gebacken, dass ihr Tiefkühler zu Hause immer noch voll mit den verschiedensten Sorten von Kuchen und, ja, auch Muffins war. Gut, dass jetzt alles anders war. Und wenn Jonas endlich aus England zurückkäme, dann würden die Süßigkeiten schon aufgegessen werden. Eine Nadel stach ihr ins Herz. *Wenn* er zurückkam … Hatte Max recht mit seinem Misstrauen?

»Mir steht der Sinn nach Ingwer-Tee«, meinte Helena und setzte sich an den einzigen freien Tisch neben der Tür, der ziemlich klein war. »Und einen Muffin dazu, bitte schön.«

»Zitrone zum Tee?«

»Ja, gern. Und Honig.«

Max ließ sich neben Helena auf die Bank fallen. Berenike kniff die Augen zusammen. Ziemlich nah an Helena. Aha.

»Ah, tut das Sitzen gut.« Max seufzte wohlig und legte einen Arm hinter Helena auf die Lehne.

Also doch! Oder?

»Für mich auch einen Muffin«, sagte er, »und dazu einen schwarzen Tee, irgendwas Starkes. Assam vielleicht?«

»Gern. Die letzte Ernte war großartig. Ein Spitzentee. Möchtest du Milch dazu?«

»Bitte, ja. Wennst dich schon weigerst, Schnaps dazu auszuschenken.« Max verzog einen Mundwinkel zu einem Grinsen. »So ein Lupitscher wär jetzt genau richtig.«

»Geh, Max, darauf reitest jetzt schon jahrelang herum.«

»Ja, ich weiß. Aber du gehst ja nicht und nicht auf meinen Vorschlag ein.«

Berenike wandte sich schulterzuckend dem Arbeitsbereich hinter der Theke zu. Sie wählte die Kannen und Tassen mit dem Rosenmuster aus England. Wasser zustellen, Teeblätter ins Filter, Ingwer schneiden. Ah, dufteten die Assamblätter gut! Den würde sie selbst jetzt auch trinken. Mit einem Stück frischem Ingwer drin. Gesagt, getan.

Tiffany bestückte einen Teller mit mehreren Muffins und stellte ihn in die Mitte des Tisches. Der Schokoladegeruch wurde fast betäubend. Berenike folgte ihr mit den Teetabletts. Endlich konnte sie sich ebenfalls setzen, die Beine ausstrecken und von ihrem Tee kosten. Was für eine Wohltat. Erst jetzt fiel ihr auf, wie müde sie doch war.

»Mh«, seufzte sie genießerisch. »Dieser Assam würde sogar Tote aufwecken.« Sie stellte die Tasse ab. Die anderen starrten sie an. Große Augen. »Oh«, sagte Berenike. »Tut mir leid.«

»Wir sind alle durcheinander und sagen manchmal komische Sachen.« Helena griff nach Berenikes Hand. »Mach dir nichts draus. Nur heute klingt dein Satz eben komisch.«

Berenike lehnte sich zurück und schloss kurz die Augen. »Puh, das war wirklich alles viel. Zu viel.« Sie legte eine Hand auf ihre Stirn. Jetzt einfach einschlafen …

Natürlich nicht. Der Laden war voll, es gab eine Menge zu tun. Nicht nur mit dem Salon.

»Glaubt ihr, dass Gustav einen Unfall hatte?«, fragte sie schließlich.

Max zog die Schultern hoch. »Man weiß es nicht. Aber das mit der Puppe … Das geht mir nicht aus dem Kopf.«

»Als wollte ihn jemand damit in den Tod treiben.« Berenike schloss die Augen, ließ das Bild der Puppe vor ihrem inneren Auge entstehen. »Kann man das?«

»Du meinst, er war aus Angst dann irgendwie unvorsichtig?«, meinte Helena. »Das wär unheimlich, wenn man jemanden so manipulieren könnt.«

»Also ich weiß nicht.« Max zog den Arm hinter Helenas Rücken hervor. »Findet ihr das nicht … übertrieben?«

Berenike griff nachdenklich nach ihrer Tasse. »Es gibt Dinge zwischen Himmel und Erde, die kann sich keiner erklären.« Sie trank einen Schluck. »Aber gut, bleiben wir erst einmal bei den Fakten. Warum flog er nicht in seinem eigenen Paragleiterschirm?«

»Das ist seltsam, ja.« Max starrte nachdenklich vor sich hin. »Am besten wäre, beim Flieger-Club Edelweiß nachzufragen. Dort muss ihn schließlich irgendwer gesehen haben. Sie haben ihr Vereinslokal bei der Loser Alm«, erklärte Max. »Wollen wir hinfahren?«

»Glaubst du, dass noch jemand dort ist?« Berenike stellte ihre Tasse ab.

»Einen Versuch wär es wert. Irgendwer ist fast immer dort.« Er beugte sich zum Fenster. »Das Wetter ist jetzt schließlich gut zum Fliegen.« Tatsächlich schien auf einmal die Sonne herein.

»Gut, dann los. Trinkt aus!« Berenike kippte den restlichen Assam auf Ex. Die anderen brauchten noch ein bisschen. In der Zwischenzeit erzählte Berenike ihrer Kellnerin von den Ereignissen in Bad Ischl. »Schrecklich«, murmelte die. »Wie unheimlich.«

»Finde ich auch.« Berenike starrte Tiffanys Frisur an. »Wo hast du denn diese Haarspange her?«, fragte sie wie nebenbei und versuchte sich dabei genau an Gustavs Puppe und die Nadel in Höhe des Herzens zu erinnern.

»Die?« Tiffany zog das Ding heraus, ihre Haare fielen ihr jetzt weit über die Schultern. »Hat mir mal ein Verehrer geschenkt, der in einem China-Shop gearbeitet hat. Warum?«

»Nur so. Zeig mal her.« Berenike griff danach. Es war ein knallrot lackiertes Essstäbchen und fühlte sich wunderbar glatt in ihren Händen an. »Sehr hübsch. Meine Haare sind ja leider zu kurz für so was.«

»Aber es würde zu deinen Kimonos passen«, sagte Tiffany mit einem halben Lächeln.

*

Endlich, nachdem Berenike ihr Kleid gegen bequeme Jeans und ein T-Shirt getauscht hatte, ging es die kurze Strecke hinauf zum Loser, dem Hausberg der Altausseer. Auf der Mautstraße war einiges los. Der Parkplatz oben beim Gasthof war ziemlich voll, sie fanden gerade noch Platz. Jede Menge Menschen strebten gleich zu dem Lokal neben dem Parkplatz.

Berenike blieb stehen. Was für ein Panorama! Die Berge waren klar zu sehen, ganz hinten glitzerte der Dachsteingletscher, weit unten prangte dunkel der See, dazu die saftig grünen Wiesen, die dunklen Wälder. Die

Sicht reichte unglaublich weit nach dem Regen, es war, als wäre ein Vorhang aufgegangen. Ja, hier war sie zu Hause. Hier war sie wirklich zu Hause.

Wenn jetzt noch Jonas endlich käme ...

»Griaß di, Erwin!«, rief Max in diesem Moment glücklicherweise einem Kellner in Lederhose zu, der mit einem Tablett voller Kasnocken vorbeieilen wollte, sodass Berenike abgelenkt wurde. Ein elektronisches, handyartiges Ding für die Bestellaufnahme hing an seiner Seite.

»Ist jemand von den Edelweiß-Fliegern da?«, fragte Max.

»Von die Flieger?« Der Kellner stoppte abrupt, die Teller auf seinem Tablett kamen ins Rutschen. »Na, die werd'n alle bei den Startplätzen sein, jetzt wo das Wetter wieder passt. Den Flo hab ich heut schon g'sehn. Der wollt Richtung Augstsee.«

»Danke, Erwin.« Max wandte sich zu Berenike und Helena um. »Als dann, hier lang.« Max ging mit großen Schritten voraus, einen immer schmaler werdenden, steinigen Almweg entlang. Schafe weideten an einer kleinen Erhebung und knabberten in der baumlosen Gegend an grünen Grasbüscheln. Fast alle Tiere waren schwarz, nur zwei weiße fanden sich in der Herde. Berenike musste grinsen. So war das hier. Wer sonst als Außenseiter galt, wirkte hier normal. Ganz normal.

Nach etwa zwanzig Minuten erreichten sie den kleinen, länglichen Gebirgssee. Dort hielt sich tatsächlich ein Grüppchen Leute auf, die mit Fluggeräten hantierten. Ein paar unterhielten sich sitzend, andere machten sich in der strahlenden Sonne zum Start bereit.

Max ging auf einen blonden Hünen zu. »Servus, Flo.«

»Griaß di, Max. Du bei uns heroben? Was verschafft uns die Ehre?«

»Nichts Schönes, Flo. Der Gustav ist tot.«

»Tot? Was, der Gustav?« Flo blickte Max fassungslos an. »Was ist passiert, ein Unfall?«

»Das steht noch nicht fest. Wir waren dabei, als er in Bad Ischl in den Park der Kaiservilla gestürzt ist«, sagte Max.

Die Flieger schwiegen betroffen. »Spektakulär«, murmelte einer.

»Ausgerechnet der Gustav soll abgestürzt sein?«, fragte Flo zweifelnd. »Der war einer der erfahrensten Flieger überhaupt. Ich hab bei ihm gelernt.«

»Vielleicht hat er seinen Schirm zu lang nicht prüfen lassen«, erklärte einer der anderen Männer. »Oder das Gurtzeug. Darauf vergessen manche. Dann bekommt man schnell ein Problem.«

»Aber doch nicht der Gustav, Joe!« Flo schüttelte vehement den Kopf. »Kann ich mir nicht vorstellen. Der Gustav war erfahren und sehr genau mit allem.«

»Vielleicht ist er mit der Zeit schlampiger geworden ...«

»Nein, ich glaub das einfach nicht.« Flo kratzte sich am Hinterkopf. »Irgendwas muss passiert sein.«

»Das Gewitter kam sehr plötzlich«, gab einer der anderen Flieger zu bedenken.

»Das auch. Aber das meine ich nicht.« Flo rubbelte immer noch an seinem Kopf. »Etwas war anders an ihm heute.«

»Auf jeden Fall«, mischte sich Berenike ein. »Er ist in einem blitzblauen Paragleiterschirm abgestürzt, aber seine Frau sagt, seiner ist grün.«

»Einem blauen? Das ist aber komisch.« Flo nickte. »Ich sag ja, irgendwas stimmt hier nicht. Er war so anders.«

»Habt ihr ihn heute gesehen?«, fragte Berenike.

»Natürlich. Aber er war … na, anders. Zurückhaltender als sonst.« Flo schüttelte den Kopf. »Komisch. Und das mit dem Paragleiter ist auch komisch. Das versteh ich nicht. Er war so stolz auf seinen neuen grünen Paragleiter, mit dem wollt er auch für die Grünen werben, es ist ja bald Wahl. Ja, der Gustav hat viele Unterstützer und Fans für seine Anliegen.« Flo nickte nachdenklich. »Ich kann das noch gar nicht glauben, dass er wirklich tot ist.«

»Wir auch nicht. Zumal er uns beim Kampf gegen das Bauprojekt in der Seewiese unterstützen wollte«, sagte Berenike und sah Flo und die anderen Flieger forschend an. Ob jemand eingeweiht war in die Sache mit dem Transparent? Aber sie nickten nur.

»Sein direkter politischer Kontrahent wird sicher froh sein, dass der Gustav weg ist«, sagte einer der anderen Flieger.

»Ach ja?« Berenike merkte auf.

»Der Michael Schickl, ein Erzroter, der bisher nicht viel auf Umweltschutz gegeben hat«, erklärte Flo. »Dem gehen Gustavs Bemühungen gegen den Strich. Die Kämpfe um den freien Weg um den See und so was. Der hat gegen ihn gehetzt, das glaubt ihr nicht. Habt ihr das nicht bemerkt?«

»Doch, schon«, meinte Max.

»Es gibt auch immer wieder Streit, weil der Gustav so auf Selbstversorgung aus ist.«

»Das ist heute immer gut«, meinte Berenike. »Die

Wirtschaftslage lässt für viele keine großen Sprünge mehr zu.«

»Der hat den Gustav angepinkelt, wo immer es geht. Weil der gesehen hat, wie die Wähler zu Gustav gewandert sind. Sogar die Dümmsten haben kapiert, dass auch bei uns der Klimawandel eingesetzt hat. Und dass man was dagegen unternehmen muss. Wir haben kaum Schnee im Winter, die Sommer sind heißer als je zuvor.« Flo schüttelte den Kopf.

»Das habe ich auch schon beobachtet«, sagte Berenike.

»Der Gustav hat sich aber für alle eingesetzt, damit wir gemeinsam eine Kehrtwende schaffen. Zum Beispiel ein Rufsammeltaxi für unsere Gäste, damit der Autoverkehr nicht noch mehr zunimmt. Und was ist? Da bemüht sich einmal einer wirklich um die Leute, unabhängig von ihrem Reichtum oder ihrer Macht – und dann ist der tot. Ich fass es immer noch nicht. Der Schickl ist sogar einmal mit der Krachn zu Gustav rüber.«

»Was? Hat er auf ihn gschossn?«

»Na, is nix passiert, aber eine Warnung sollt's wohl sein.«

»Erschossen ist der Gustav jedenfalls nicht worden«, sagte Berenike. »Und ihr habt ihn heut gesehen?«

»Ja, aber nur von Weitem.« Flo schüttelte den Kopf. »Das war eben das Komische. Er hat nur gewinkt. So geheimnisvoll hat der heute getan. Das ist sonst nicht seine Art.«

Berenike wechselte einen schnellen Blick mit Max. Er schüttelte fast unmerklich den Kopf. Sie würden das Transparent nicht erwähnen, solange keiner der anderen davon sprach. Niemand wusste mehr, wer auf welcher Seite stand, auch wenn die Mehrheit gegen das Bauprojekt war.

»Muss ja noch nichts heißen«, sagte sie. »Jeder kann's mal eilig haben, ein Politiker überhaupt.«

»Schon, aber … Ach, ich weiß nicht.« Flo seufzte tief und stützte seinen Kopf in die Hände.

»Wie war der Gustav denn drauf?«

»Naja, ich müsst lügen, wenn ich sagen tät, so wie immer. Etwas an ihm hat nicht gestimmt. Seine ganze Körperhaltung war … na, anders eben. Aber was das war …« Flo zog die Schultern in einer ratlosen Geste hoch. »… das kann ich nicht sagen. Ich hab kurz gedacht, da steht jemand nahe bei ihm, aber gegen das grelle Sonnenlicht war ich mir nicht sicher.«

Die geheimnisvolle Frau, mit der sich Gustav traf? Berenikes Blicke kreuzten sich wieder mit denen von Max. Helena stand stumm neben ihnen.

»Ich bin mir bis jetzt nicht sicher, ob da jemand war. Ich bin dann gestartet, vor Gustav«, fuhr Flo nachdenklich fort, »ich hab mich zwar gewundert, aber dann keinen Gedanken mehr dran verschwendet. Beim Fliegen vergess ich alles andere, so schön ist das. Konnte ja keiner ahnen, dass man ihn da zum letzten Mal sieht.«

14

»Was meint ihr, hat er nur die Sache mit unserem Transparent verschweigen wollen?« Berenike starrte auf der Fahrt ins Tal nachdenklich aus dem Autofenster. Das Licht draußen war wunderbar, die Luft sauber.

»Oder war da wieder eine geheimnisvolle Frau?«, überlegte Helena. »Das erklärt aber immer noch nicht, warum er mit einem anderen Gerät geflogen ist. Abgesprochen war das nicht, oder hab ich was verpasst?«

»Nein, hast du nicht.« Max lenkte den Wagen routiniert in die nächste Kurve. »Irgendjemand hat was von einem roten Flieger gesagt, aber entschieden war das, soviel ich weiß, noch nicht. Wir waren froh, dass überhaupt jemand mit dem Transparent fliegen wollte. Außer Gustav ist ja kein Flieger in unserer Widerstandstruppe. Was ihn aber tatsächlich zu seinen Entscheidungen gebracht hat, werden wir womöglich nie erfahren.«

»Vielleicht wollte er nur die Sache mit dem Transparent nach außen verbergen«, meinte Berenike.

»Vielleicht. Aber warum? Damit die Bauherren es nicht vorab spitzkriegen?« Max hielt bereits vor der Altausseer Kirche.

»Das wäre eine Erklärung«, sagte Helena.

»Warten wir erst einmal, was die Polizei zur Todesursache sagt«, meinte Max. »So, und nun, meine Lieben, muss ich zurück ins Wirtshaus und auch einmal was arbeiten.«

»So was, Max«, sagte Berenike. »Wie überraschend. Mach's gut. Und komm bald einmal wieder vorbei bei mir im Salon.«

»Oder du bei mir auf ein Bier.«

»Schau'ma mal.«

»Als dann, griaß enk.«

Berenike und Helena stiegen aus. »Lass uns noch eine Runde um den See gehen«, schlug Berenike vor, während Max davonbrauste. An der steinernen Kirche läuteten die Glocken. »Jetzt, wo das Wetter einmal so schön ist. Ich brauch ein bisserl Bewegung.«

Tatsächlich strahlte blauer Himmel über dem See und die Sonne ließ das Wasser glitzern wie ein Versprechen. Jetzt mit Jonas hier spazieren gehen …

»Komische Geschichte, das Ganze«, sinnierte Berenike und sog tief den Geruch frisch gemähten Grases auf. Rasenmäher surrten von allen Seiten. »Von hinten bis vorne ist Gustavs Tod ein Rätsel. Die geheimnisvolle Freundin, der andere Paragleiterschirm, eine Puppe, die ihm verblüffend ähnlich sieht und eine Nadel im Herzen hat.«

»Und bei deren Anblick Gustav getan hat, als wär nix. Fast nicht zu glauben.« Helena schüttelte sich in der sonnigen Wärme.

»Also wenn ich Mara wäre«, sagte Berenike und atmete tief durch, »dann würde ich nicht an einen natürlichen Tod glauben.«

»Ich auch nicht.« Helena trabte keuchend neben ihr her. »Unheimlich, dass einer meiner Lehrer so verstirbt.«

»Du bist von Gustav unterrichtet worden, Helena?« Abrupt blieb Berenike stehen.

»Nicht lange, nur in meinem letzten Schuljahr. Er war einer der jüngeren Lehrer und an der Schule damals sehr beliebt. Er war so anders als die faden Alten, die immer nur streng waren. Dafür ist er damals mit seinen Kollegen häufig aneinandergeraten. Woaßt eh, wenn man zu bunt und ungewöhnlich ist …«

»Stimmt, dann gibt es Probleme.« Auch wenn sie hier im Ausseerland für alle Arten von Merkwürdigkeiten durchaus zu haben waren.

»Ich bin 42 und er muss um die 60 sein. Scheiße, ich gewöhn mich nicht an den Gedanken, dass er tot ist.« Helenas Füße wirbelten Staub auf, von der violetten Farbe ihrer Sneakers war nur mehr wenig erkennbar. »Da fällt mir ein, die Nelly hat mir neulich erzählt, dass es Stress wegen Gustav gab. Du weißt schon, sie führt die Bäckerei ihrer Eltern in Bad Aussee und verkauft auch am Wochenmarkt, ganz hübsche Sachen, aber nicht zu vergleichen mit unseren Angeboten.«

»Ich weiß, wen du meinst.«

»Sie ist in unserem Alter und hat rote Haare. Ein bisschen wie Ragnhild. Es gab irgendeinen Vorfall wegen ihrer Tochter. Sie und ein paar andere Jugendliche fanden Gustav wohl sehr ungerecht. Anscheinend ist er strenger geworden mit den Jahren oder unduldsamer, was weiß ich. Wenn du Jahrzehnte lang solche Biester unterrichtest, wär das kein Wunder.« Helena schnaubte und blieb stehen. Draußen auf dem See glitt sachte ein Fischerboot dahin. »Bin ich froh, dass ich frei und ungebunden bin und keine Fratzen – äh, keine Kinder hab. ’tschuldigung.«

»Bei mir darfst offen reden, Helena.« Berenike zwinkerte ihrer Freundin zu. »Ich will ja auch keine Kinder.«

Sie musterte Helena genau. »Aber sag mal … Was läuft da mit Max?«

»Och, gar nichts.« Sie fuhr mit der Schuhspitze über den Kies und sah Berenike nicht an. »Na, jedenfalls, was ich sagen wollte …« Helena setzte sich wieder in Bewegung, sie gingen weiter. »Die Kritik an Gustav hat offenbar Kreise gezogen. Ich weiß natürlich selbst nicht, was dran ist. Die Nelly hat behauptet, einige Jugendliche kurz vor der Matura würden von ihm gemobbt.«

»Gemobbt? Vom Lehrer? Das ist ja ein Ding. Und wie soll das ausgesehen haben?«

»Schlechte Noten, verbaute Zukunftschancen, behaupten sie.«

»Das ist natürlich schon blöd, wenn es stimmt. Bei den heutigen Eltern überhaupt. Die sehen nicht ein, wieso es ihre Kinder schlecht haben sollen. Selbst wenn die Kritik noch so gerechtfertigt wär, weil sich die Gschrappen danebenbenehmen oder einfach nix lernen.«

»Sag das mal Nelly. Sie und ihre Tochter sind erklärte Feinde von Gustav.«

»Und wie alt ist sie? Die Tochter, mein ich?«

»Die Hanna ist 17, glaub ich. Die hat einen Hass auf den Lehrer, die solltest du reden hören.«

»Interessant. Und als du Schülerin warst, Helena, hat es da auch Konflikte gegeben?«

»Nicht dass ich mich erinnern könnte. Das Übliche halt, kleinere Dispute, aber nichts, was in … du weißt schon … enden würde. Früher hat man als Schüler halt Verantwortung übernommen für das, was man falsch gemacht hat. Und man hat sicher nicht die Eltern zu Hilfe gerufen.«

»Nein, ganz sicher nicht. Was war, haben wir selber

geregelt. Aber sag mal …« In Berenikes Kopf arbeitete es, ohne dass sie es noch greifen konnte. »Nelly … ist das nicht die, die immer Schwarz trägt und auf moderne Hexe macht? Mit Reigentänzen zu Vollmond und so was Ähnlichem? So wie Caro früher, ehe sie getötet wurde?«

»Doch. Das ist sie. Und sie macht alles selbst. Ihre Kleidung und so. Moment, Berenike.« Helena blieb wieder stehen. Zwei hinter ihnen kommende Wanderer wichen im letzten Moment aus.

»Du meinst, sie näht und strickt?«

Helena nickte. »War das eine Stricknadel in der Gustav-Puppe, was meinst du?«

»So genau hab ich nicht hingesehen, ehrlich gesagt.«

Sie waren fast bei der Mooswiese. Die Luft war hier noch dunstig-feucht und roch faulig. An der Seite der Wiese war ein Bauzaun errichtet worden, weitere Bäume fehlten.

»Du willst doch damit nicht sagen, Berenike …?«

»Und wenn? Was, wenn Nelly die heimliche Freundin vom ehrenwerten Gustav ist?«

»Das wär ja ein Ding. Wär nur ein wenig bizarr, wenn sie die Geliebte ist und ihre Tochter auf denselben Mann einen tödlichen Hass hat.« Helena ging vor zum Seeufer, wo grünes Gras mit dem seichten Wasser spielte. Sie ließ sich fallen. »Darauf brauch ich eine Rast.«

Berenike setzte sich neben Helena. »Übrigens, eine Schande, dass hier einfach weitergemacht wird.« Sie zeigte auf den Bauzaun. Eine muskelbepackte Gestalt stand jetzt davor. »Der Widerstand muss auch ohne Gustav weitergehen.«

»Unbedingt.«

15

Bei der Brücke über die Traun trennten sie sich. Sie hatten den See in schnellem Tempo umrundet und sogar weniger als die üblichen zwei Stunden gebraucht. Berenike eilte nun zu ihrem Salon, der nur ein paar Minuten entfernt von hier war. Nach all den Aufregungen des Tages würde ihr ein wenig Alltag guttun.

Im Ortszentrum lief ihr Mara über den Weg.

»Und? Weißt du schon was?«, rief Berenike der Kriminalpolizistin schon von Weitem zu. Der große Parkplatz vor dem Kurhaus war fast leer, ein paar Wanderer wechselten die Schuhe und räumten im Kofferraum herum. Die Wiese, die als Landeplatz für die Paragleiter diente, lag verlassen da. Noch war die Wiese tiefgrün.

»Servus, Berenike.« Mara wirkte gehetzt. »Du weißt, ich darf dir nichts sagen.«

»Mara, du kennst mich doch.«

»Eben drum.«

Berenike blieb stehen und sah Mara an, sah die sich kaum bauschende rot-weiße Windhose an, dann wieder Mara.

»Wir gehen derzeit nicht von einem Verbrechen aus. Bist du jetzt zufrieden?«

»Nein. Nach allem, was geschehen ist, und nach allem, was ich weiß, bin ich damit ganz und gar unzufrieden.«

»Berenike, du ermittelst doch nicht etwa wieder?«

»Und wenn? Es kümmert sich ja sonst niemand drum.«

»Wenn es keinen Hinweis auf einen unnatürlichen Tod gibt, dann wird sich auch nicht gekümmert. Ich dachte, das hättest du bereits verstanden, Miss Marple?«

»Bitte, Mara, sprich mit mir nicht wie mit einem Schulmädchen.«

»Gustav Erdinger hatte einen Herzinfarkt. Punkt.«

»Einen Infarkt? Das überrascht mich jetzt aber sehr.« Berenike starrte Mara an. »Aber es gibt genügend seltsame Vorkommnisse rund um seinen Tod, Mara.«

»Vergiss es einfach, Berenike. Diesmal ist es nicht so, wie du glaubst. Einmal nicht. Du bist viel zu misstrauisch.«

»Och. Weißt du nicht mehr, dass ich dafür bisher genügend Gründe gehabt hab?«

»Ich muss weiter, Berenike. Man sieht sich. Und grüß Jonas, falls du mit ihm sprichst.«

Die Polizistin eilte davon. Lange Beine, blonde Haare, die in der Sommerluft wehten wie eine helle Fahne, die irgendetwas ankündigte, von dem man aber noch nicht wusste, was.

Und jetzt?

Berenike blieb nachdenklich stehen. Die Polizei ging also von einem natürlichen Tod aus. Wie genau wohl die Gerichtsmedizin vorgegangen war? Jetzt, wo Reinhard nicht mehr dort arbeitete? Wie oft hatte sie Jonas sagen hören, wie froh er über dessen Fähigkeiten war.

Langsam setzte sie sich wieder in Bewegung. Ihr Blick fiel auf das Kurhaus, ohne es richtig wahrzunehmen. Dann musste sie eben selbst herausfinden, ob jemand so weit gehen würde, den Lehrer und Aktivisten Gustav Erdinger zu töten. Und wenn sie weitere Ansatzpunkte hatte, konnte sie auf Ermittlungen der Kriminalpolizei drängen.

Wenn es denn Mord war.

Verrannte sie sich da wirklich in etwas?

Berenike blieb wieder stehen. Die spitzen Umrisse der Trisselwand brannten sich in ihre Netzhaut. Darüber legte sich das Gesicht von Jonas, wie er sie mahnen würde. Der Polizei zu vertrauen.

Ach, verdammt. Es konnte nicht schon wieder einen Mordfall geben! Oder doch? Das Böse schlummerte immer und überall, in allen Menschen. Nur brach es glücklicherweise bei den wenigsten aus und wurde Tat.

Abrupt ging Berenike weiter. Sie würde die Sache ganz rational angehen. Gustavs Leben aufrollen, jeden Ansatzpunkt für eine unnatürliche Todesursache identifizieren, jeden Menschen, der ein Motiv hatte, jeden Verdacht auflisten. Und wenn alles harmlos war, umso besser, umso schöner für Altaussee, wenn es endlich friedlich wurde.

Energischen Schrittes steuerte sie ihren Salon an. Ihr Bauchgefühl sagte Berenike, dass sich die Dinge nicht als harmlos herausstellen würden. Auch wenn laut Mara alles dafür zu sprechen schien.

*

Erst am nächsten Morgen fand Berenike Zeit, die Ereignisse um Gustavs Tod zu rekapitulieren. Sie saß am Küchentisch in ihrer Wohnung, neben sich alle drei Katzen mit erwartungsvollen Blicken, vor sich eine Kanne Minzetee, frisches Bauernbrot, Butter und Orangenmarmelade aus England. Daneben lagen die Morgenzeitungen. Keine erwähnte Gustavs Tod. Wie eigenartig. Diesiges Sonnenlicht fiel beim Fenster herein.

Berenike schenkte sich Tee ein und trank. Wie sollte sie anfangen? Zuerst das Privatleben, entschied sie. Da lagen erfahrungsgemäß immer die wichtigsten Motive verborgen. Was wusste sie bisher über Gustav?

Da war einmal die Ehefrau. Berenike ließ das Gespräch mit Susana Erdinger in ihrer Erinnerung wieder ablaufen. Sie dachte an den Gesichtsausdruck der Zuckerbäckerin. Großteils mochte die Witwe unter Schock gestanden sein, das ja. Aber ein bisschen verschlossen hatte ihr Blick auch gewirkt. Und dann das Thema eheliche Treue. Was mochte dahinterstecken? Warum hatte Susana Erdinger es angesprochen?

Dann war da die andere Frau, mit der Gustav von den Forstarbeitern gesehen worden war. Eine ›dunkle‹ Frau. Was immer das heißen mochte. Schwarz gekleidet – wie Nelly? Oder dunkelhäutig? Konnte das dieselbe Person sein, mit der Flo den Gustav vielleicht gesehen hatte?

Fragen über Fragen.

Dazu die Schüler in ihren Bomberjacken.

Und ein rivalisierender Politiker.

Konflikte über Konflikte.

Nicht zu vergessen das Bauprojekt und Gustavs Engagement im Umweltschutz. Aber im Widerstand gegen diesen vermaledeiten ›Kulturpalast‹ waren schließlich fast alle Altausseer aktiv.

Wo sollte Berenike als Erstes ansetzen? Vielleicht bei der Bäckerin Nelly? Da könnte sie zwei Fliegen mit einer Klappe schlagen, das Schülerthema und das Thema Geliebte.

Also auf nach Bad Aussee. Sie kam ja wirklich herum – Prag, England, Bad Ischl, Loser, jetzt Bad Aussee. Zum Glück sprang ihre Karre diesmal brav an. Berenike kurbelte das Autofenster runter und fuhr los. Es waren ja nur wenige Kilometer hinunter in den Nachbarort.

In Bad Aussee parkte sie in der Nähe des Zentrums. An der Busstation raufte gerade ein Haufen Jugendlicher, beim Supermarkt war Hochbetrieb, als müsste man andernfalls verhungern. Busse und Autos quälten sich durch die engen Straßen im Zentrum.

Die kleine Bäckerei in einer Nebengasse zur Ischler Straße war nur wenige Schritte entfernt. Berenike trat ein, Glöckchen begrüßten sie, übertönten aber kaum die New-Age-Musik, die aus den hinteren Räumlichkeiten erklang.

Berenike war allein im Verkaufsraum. Das Geschäft war klein und altmodisch, ein Wunder, dass so etwas überhaupt noch lief. Hier roch es noch nach richtig frischem Brot, nicht nach einem Aromaspray, der ebendies nur vortäuschen wollte. In Körbchen unter der Budel lagen goldbraune Salzstangerl, Semmeln und Kipferln.

»Hallo, Nelly?«, rief Berenike nach hinten. »Bist du da?«

Eine weibliche Stimme von weiter weg rief etwas Unverständliches. Dann knallte irgendwo eine Tür. Endlich tauchte ein roter Haarschopf auf. Wer sollte auch sonst hier bedienen außer Nelly. Ein so kleines Geschäft trug sich nur als Familienbetrieb. Leider stand das für Berenikes Teesalon außer Frage, es gab keine Verwandten in der Nähe und wohl niemanden mit Interesse, wie sie selbst von Wien hierher ins Ausseerland zu ziehen.

Wobei, ihre Schwester Selene hatte die Zeit hier gemocht. Bis sie überfallen worden war zumindest. Bingo, jetzt hatte sie einen Aufhänger für ein Gespräch mit Nelly.

»Berenike, griaß di!« Nelly rannte fast durch die Tür zum Verkaufsraum. »Das ist aber schön, dass du uns einmal beehrst.« Ihre feuerroten Haare hatte sie zu einer wilden Frisur aufgesteckt, die Augen waren schwarz umrandet. Sie trug ein schwarzes Kleid und darüber eine Schürze, auch schwarz mit dünnen weißen Streifen.

Berenikes Blick fiel auf das Regal mit den Broten hinter Nelly. Helle Baguettes, welche mit Körnern, Schwarzbrot in mehreren Sorten.

»Darf ich vielleicht hoffen, dass du Brot und Gebäck für dein Lokal in Zukunft hier beziehst?« Nelly lächelte vorsichtig.

»Ich werde sehen, Nelly. Eigentlich bin ich mit der Bäckerei, wo Helena arbeitet, sehr zufrieden. Und sie backen mit biologischen Zutaten.«

»Das kann ich mir leider nicht leisten.« Das Lächeln in Nellys Gesicht gefror. »Aber wir backen nach althergebrachten Methoden. Der Sauerteig reift so lange, wie er soll. Das macht viel aus.«

»Das glaube ich dir.«

»Bio ist nicht alles, weißt du. Es würde mich und meine Eltern freuen, dich zu beliefern. Es wird zu deiner vollsten Zufriedenheit geschehen«, versprach Nelly und rupfte an einer wilden roten Haarsträhne. Nelly tat ihr leid. Berenike war immer noch die einzige Kundin. Das Geschäft lief wohl nicht besonders gut.

Berenikes Blick wanderte über die Mehlspeisen. Eigentlich hatte sie nicht vorgehabt, irgendwas zu kaufen. »Gibst mir bitte eine Zimtschnecke«, sagte sie langsam.

Nelly packte eine der Mehlspeisen voll dicker weißer Zuckerglasur mit der Zange.

»Du, Nelly, gut dass ich mit dir reden kann. Es geht um meine Schwester oder eigentlich um meine Nichte. Vielleicht ziehen sie auch hierher.« Die Lüge kam ihr glatt von den Lippen, fand Berenike.

»Wirklich?« Die Zimtschnecke wurde auf ein Papier gelegt und eingepackt.

»Ja. Selene überlegt noch. Gefallen hat es ihr bei uns gut, aber du weißt ja, was ihr zugestoßen ist.«

»Schrecklich, so ein Überfall. Wie geht es ihr denn?« Nelly raschelte mit dem Papier.

»So weit ganz gut, aber die Erinnerung wird ihr natürlich bleiben.«

»Aber sie hat sich erholt, oder?«

»Das hat sie. Körperlich geht es ihr blendend.«

»Es ist so schrecklich, die Leute können sich nicht mehr zurückhalten. Und jetzt das mit Gustav.« Nelly hielt in der Bewegung inne und fuhr sich mit einer kleinen, weißen Hand über die Augen. »Ich hab's noch gar nicht richtig erfasst.«

»Es geht einem nahe, gell?«

Nelly nickte stumm und schluckte krampfhaft.

Also doch …!

»Du hast ihn näher gekannt?«, fragte Berenike vorsichtig.

»Hm-mhm«, nuschelte Nelly. Dann schüttelte sie den Kopf. An ihrem einen Ohr baumelte ein schwarzer Anhänger. Ein Pentagramm, wenn Berenike richtig sah. Teuflisch. Vielleicht hatte der Waldarbeiter gar nicht das Aussehen, sondern die Ausstrahlung gemeint, eine dunkle Aura …? Nelly wirkte deprimiert, ja, das war auch verständlich, wenn man sich in dem schlecht gehenden Laden umsah. Aber das allein war es nicht.

Nelly räusperte sich. »Ich hab ihn so gut oder schlecht gekannt wie alle, die mit ihm als Lehrer zu tun gehabt haben.«

»Verstehe, Nelly. Ich bin erst vor ein paar Jahren zugezogen, bei mir war er nur einmal im Salon, glaub ich. Ich weiß wenig über ihn. Aber ich hab miterlebt, wie er abgestürzt ist. Unglaublich.«

»Ja, unglaublich. Er war doch so ein routinierter Flieger.« Ruckartig fingen Nellys Finger wieder zu arbeiten an, es waren fahrige, schnelle Gesten. Papier raschelte, die Schnecke wurde fertig verpackt und über den Tresen gereicht. Die Hand zitterte. Ganz wenig nur. Ruckartig zog Nelly sie zurück.

»Das sagen alle.« Berenike griff nach der Schnecke. »Deshalb ist sein Unfall ja so seltsam. Ich kann einfach nicht glauben, dass es eine natürliche Ursache dafür gibt.«

Berenike räusperte sich.

Fast wie Jonas …!

»Was ich eigentlich fragen wollt …« Berenike suchte nach Worten, um nicht allzu plump mit der Tür ins Haus zu fallen. »Der Gustav … die HAK … wie ist die so? Kann man die meiner Nichte guten Gewissens empfehlen?«

»Empfehlen?« Nellys Blick war müde, als sie sich auf der Budel abstützte und Berenike ansah. »Wennst meine Tochter Hanna fragst, dann nein, um Himmels willen.«

»Oh, so schlimm? Weshalb?«

»Der Gustav hat den Kindern die Zukunft verbaut. Mit schlechten Noten. Er war da sehr streng.«

»Dabei wirkte er so alternativ.«

»Das ist nur Schein. Sagt meine Tochter. Die hat eine Klasse wiederholen müssen wegen ihm. Sagt sie. Sie war so wütend, das hättest du erleben müssen. Einem soll er ganz übel mitgespielt haben, einem Burschen.«

»Was ist geschehen?«

»Angeblich war der, sagen wir mal, politisch etwas sehr auf der rechten Seite. Wenn du weißt, was ich meine.«

»Ja, leider. So was ist häufig.«

»Er hat Rache geschworen, weil der Gustav ihn mit Hilfe des Lehrergremiums von der Schule verwiesen hat. Zumindest hat er das so erzählt. Es gab eine Disziplinarkonferenz und was weiß ich alles. Ich hab keine Ahnung, wie viel bei dem Burschen wirklich dahintersteckt, aber so was ist doch übertrieben.«

»Denkst du?«

Nelly nickte. »Meine Tochter war jedenfalls sehr gegen den Gustav eingestellt.«

»Und du, Nelly? Wie siehst du ihn?«

»Ach, ich. Auf mich kommt's nicht an, oder?« Nelly spielte mit etwas vor ihr auf der Budel und vermied Berenikes Blick. »Sag, wie geht es jetzt eigentlich mit dem Protest wegen dieses Kulturbaus weiter, Berenike?«, fragte sie dann schnell. Etwas zu schnell, der Themenwechsel.

»Der Widerstand findet weiterhin statt«, sagte Berenike kämpferisch – und fühlte sich auch so. »Wir lassen uns nicht erschüttern, so lange, bis wir das Vorhaben verhindert haben.«

Nelly sah wieder auf. »Ich fürcht, da kannst lang warten.« Sie starrte an Berenike vorbei die Ladentür an. Noch immer kam kein weiterer Kunde herein.

»Glaubst?«

»Ja.«

»Na schön. Also dann, servus, Nelly!«, sagte Berenike und wandte sich zum Gehen. Vor der Tür drehte sie sich noch einmal um. Die schwarze Schminke um die Augen ließ die Bäckerin tatsächlich düster erscheinen. Aber auch das war es nicht. Um sie herum schwebte eine ganze Aura an Düsternis.

16

Berenike riss die Ladentür auf und wäre fast mit jemandem direkt davor zusammengeprallt. Der Typ war richtig dunkel. Und klein. Er reichte Berenike gerade bis zum Kinn. »Excuse me, where is …?« Der Rest seiner Worte war unverständlich. Flehentlich sahen braune Augen zu ihr hoch.

»I beg your pardon?«, sagte Berenike und sah den anderen abwartend an.

»Geht das hier auch schon los mit den Flüchtlingen!«, zischte ein Passant in Lederhose. War nur als Steirer verkleidet, das war sofort zu erkennen. Die Lederhose war nagelneu, kein Dreck dran, und die Wadeln drunter fast blütenweiß.

»… Hol Apnsonn?«, sagte der dunkelhäutige Unbekannte.

»Alpensonne? Do you mean ›Alpensonne‹?«

»YESSS!« Die dunklen Augen strahlten erfreut. Der Lederhosenträger ging mit finsterem Blick weiter.

Am Straßenrand stand ein schwarzer Wagen mit verdunkelten Scheiben. Ob das die Filmleute aus Indien waren?

»That hotel is in Altaussee«, erklärte sie. »Not here in Bad Aussee. Altaussee.«

Die dunklen Augen guckten wieder verwirrt, eine steile Falte grub sich in die Stirn.

»Follow signs to Altaussee«, fuhr Berenike fort. Sie zeigte in Richtung der Abzweigung nach Altaussee. »This way and then follow the signs. Altaussee is the correct village.«

»Thank you.« Der kleine Mann verbeugte sich und ging zu dem Wagen. Auf der Beifahrerseite öffnete sich das Fenster und eine ebenso dunkelhäutige, klischeehaft schöne Frau mit langen, schwarzen Haaren sah heraus. Sie lächelte huldvoll. Eine Schauspielerin?

In Gedanken versunken ging Berenike weiter zur Ischler Straße. Die Bushaltestelle war jetzt verwaist. Sie überquerte die Straße, passierte die Trafik mit den vielen Ansichtskarten – ob die heutzutage noch jemand kaufte? – und betrat den Kurpark. Es war schon wieder diesig, sehr warm und schwül. Unter den hohen alten Bäumen war es dunkler und bei der Traun auch etwas kühler.

Nachdenklich ließ Berenike das Gespräch mit Nelly Revue passieren. Gar so viel klüger war sie davon nicht. Außer dass an der HAK möglicherweise seltsame Dinge vor sich gingen. Ob Nelly hingegen mit Gustav ein näheres Verhältnis gehabt hatte, hatte sich weder erhärtet noch entkräftet.

Was also von all dem halten? Nachdenklich ging Berenike den Kiesweg am Ufer entlang. Das Wasser rauschte wild unter der Brücke durch, ein paar unverdrossene Enten paddelten in Ufernähe herum und sahen wie fragend zu Berenike hoch.

Gedankenversunken kickte Berenike Kiesel vor sich her. Die Enten schnatterten und guckten erwartungsvoll, dann erkannten sie enttäuscht die Wahrheit – das war kein Futter, das da kam. Die Enten drehten ab und schwammen weg. Berenike lehnte sich ans Geländer und beobachtete sie. Wie einfach das Leben doch für Tiere war. Keine Gedanken, wie man genug Geld verdiente, keine bedrohlichen Todesfälle und das Leben passierte immer nur jetzt im Moment.

Sie wandte sich zum Gehen. Brennnesseln brannten in ihre Waden, sie hatte nicht auf das Grünzeug in Ufernähe geachtet. Rasch trat sie zurück auf den Kiesweg.

Wie sollte sie weitermachen, wie Licht ins Dunkel des Geschehens um Gustavs Tod bringen? War die Schule der Ansatzpunkt für Erklärungen? Was lief dort wirklich? Mobbende Lehrer und Neonazis als Schüler, ein Alptraum. Nichts, was sie ihren Nichten hätte zumuten wollen. Sie kickte Steinchen vor sich her. Die Mädchen würden ihr einen guten Vorwand liefern, um in der Schule vorzusprechen und ein bisschen herumzuschnüffeln.

Gesagt, getan. Der Fußweg zur Schule, die außerhalb des Zentrums in der Nähe von Bahnhof und Fußballplatz lag, brachte Berenike ins Schwitzen. Die Luft stand wieder einmal. Unkraut wucherte entlang des Weges, direkt schlampig sah das aus. Aber gut, außerhalb des Ortszentrums kam kaum je ein Tourist hin, da wurde wohl weniger gärtnerisch gemacht.

Sie passierte ein Einrichtungshaus, ein Verwaltungsgebäude, ein paar mehr oder weniger vernachlässigte Einfamilienhäuser und kam endlich zu der weitläufigen Schulanlage unweit des Bahnhofs. Der Fußballplatz lag genauso still unterm heißen Himmel wie die Schulbauten. Kein Mensch weit und breit zu sehen. Auch die Bushaltestelle war verwaist.

Berenike atmete tief durch und stieß das Tor auf. Die Luft roch miefig wie in ihrer eigenen Schulzeit. Pausenbrote, stinkende Socken und Kinderschweiß vermischten sich zu einem einzigartigen Geruchscocktail. Automatisch straffte Berenike die Schultern und orientierte sich auf einer Tafel. Sekretariat, erster Stock.

In den Gängen herrschte eiserne Stille. Und da war das Sekretariat. Einen Moment meinte Berenike, zu schrumpfen und wieder die Schülerin zu sein, die ehrfurchtsvoll vor der Tür stehen blieb, bis sie eintreten durfte. Sie hob die Hand, um zu klopfen, zögerte.

Was ist? Du bist keine dreizehn mehr!

Eben. Der Knöchel ihres Zeigefingers berührte das Türblatt. Das Pochen klang überlaut in ihren Ohren.

»Herein!«, drang es gedämpft von drinnen.

Berenike öffnete die Tür. Eine mollige Frau mit grauen Haaren und strengem Blick saß sehr aufrecht hinter einer dunkelbraun furnierten Theke, die an eine Hotelrezeption erinnerte und wie eine Barriere wirkte.

»Guten Tag«, brachte Berenike heiser heraus. Sie räusperte sich. »Roither mein Name.« Diese Schulatmosphäre wirkte so stark, dass sie ganz förmlich wurde.

Die grauhaarige Frau stand auf und kam außen um den Tresen herum. Sie kniff die Augen zusammen. Auf einmal wurde ihr Blick freundlicher. »Du bist doch die Berenike, die den Teesalon in Altaussee oben führt?« Dabei streckte sie ihr freundlich eine mollige Hand zum Gruß hin.

»In der Tat, das bin ich«, sagte Berenike. Das kam überraschend. Erleichtert sanken ihre Schultern herab. Sie schüttelte die Hand.

»Hab nur von dir gehört. Ich wollt mir dein Lokal die längste Zeit anschauen, ich liebe nämlich Tee und Bücher. Schwarzer Sigrid, freut mich.«

»Mich auch. Ich, hm …«, Berenike räusperte sich.

Schon wieder wie Jonas!

»Ich möchte mich gern für meine Nichte über die Schule erkundigen. Meine Schwester überlegt, hierher zu übersiedeln. Dann stellt sich auch die Frage der Schulwahl für ihre ältere Tochter.«

Wenn Amélie das hören würde, die Detektivin werden wollte! Sie konnte sich den Kommentar ihrer Nichte zu so was langweilig Solidem wie einer kaufmännischen Ausbildung schon vorstellen. Die aufmüpfige Nichte würde wohl in Lachen ausbrechen.

Sigrid Schwarzer ging wieder um ihre Budel herum und öffnete Schubladen, kramte wild herum.

Offenbar sieht es in ihrem Schreibtisch nicht besser aus als in meinem!

Ein ganzer Packen bunter Broschüren landete vor Berenike auf dem Tresen. »Hier ist das Schulporträt, Informationen zu den Schulzweigen, die Anforderungen an die Schüler.« Sigrid Schwarzer schob den Stapel Berenike zu und sah sie abwartend an.

»Danke, das ist, hm, sehr nett.« Sie zog die Papiere näher zu sich. Ein Gewicht wie ein paar Ziegelsteine, vermutlich. »Bis wann läuft denn die Anmeldefrist?«

»Immer im Frühjahr für das nächste Schuljahr, meist so um Ostern herum.« Sigrid schaute sie fragend an. »Kann ich noch was für dich tun?«

»Ja. Wie steht es denn um die Sicherheit in der Schule? Ich habe gehört, ein Lehrer ist unter seltsamen Umständen verstorben.«

»Ja, der Gustav. Ein bedauerlicher Todesfall. Keiner kann das fassen. Aber ein Einzelfall. Bei uns läuft alles vorbildlich. Beim Gustav hab ich mich ehrlich gesagt immer schon gefragt, ob das nicht einmal schlecht ausgeht mit dem alten Revoluzzer.«

»Wirklich?«, tat Berenike überrascht. »Wegen der Schüler, die ihm Rache geschworen haben sollen?«

»Das hast du auch gehört??«

Berenike nickte. »Klar, was hört man nicht hier!« Sie zwang sich zu einem Grinsen.

»Nein, wegen der Burschen ist es nicht. Das waren Dumme-Jungen-Reden.«

»Bist sicher? Ihr nehmt das nicht ernst?«

»Ach, woher denn. Das sind dumme Jungs. Aber was mit Gustavs Nachbarn los war, das ging auf keine Kuhhaut.«

»Was ist denn mit dem?«, fragte Berenike überrascht und sortierte den Stapel Broschüren.

»Der Gustav hat sich immer mehr für Selbstversorgung interessiert. Seit Neuestem hielt er Hühner und Ziegen.«

»Das ist doch toll.«

»Sagst du. Aber erzähl das mal seinem Nachbarn. Ein Wiener, der sich eh nur selten hier aufhält. Er hat eins unserer schönen Holzhäuser gekauft. Typischer Zweitwohnsitzer. Eh kaum da, beschwert sich aber, weil ihm die Tiere in der Früh zu laut gackern und meckern und dass sie angeblich stinken.«

»Das ist ja ein Ding.«

»Die Häuser stehen halt sehr nahe aneinander und der Stall vom Gustav liegt direkt neben dem Wohngebäude seines Nachbarn. Na, jedenfalls hat es häufig Zwischenfälle und lautstarken Streit gegeben zwischen den beiden. Ich hab dem Gustav mehr als einmal geraten, etwas dagegen zu unternehmen, aber er wollt die Polizei nicht einschalten. Wie tät denn das ausschauen, hat er gesagt.« Sigrid schüttelte den Kopf. Von draußen waren jetzt Schülerstimmen zu vernehmen. »Der Gustav wollt das gütlich regeln. Und jetzt ist er tot. Das hat er nun von seinem Friedenswillen. Da oben im Himmel kann er jetzt für ewig friedlich sein.«

17

Es war eine Erleichterung, die Schule mit ihrem Mief und Geschrei wieder zu verlassen. Draußen atmete Berenike trotz der womöglich noch schwüleren Luft so tief durch, wie es ging. Auf der kleinen Grünfläche vor der Schule lungerten ein paar Burschen herum. Sie trugen ihre Haare alle nach demselben Muster links gescheitelt, olivgrüne Bomberjacken, Jeans und alle das gleiche Grinsen im Gesicht. Provokant guckten sie Berenike entgegen.

»Endlich ist der Arsch hinüber«, sagte der Größte von ihnen gerade, als sie näher kam, und verstummte abrupt. Ein dicker, schwammiger Typ mit ungesund roter Gesichtsfarbe. Unwillkürlich verlangsamte Berenike ihre Schritte.

»Wen meint ihr?«, fragte sie. Die Burschen grinsten und verschränkten schweigend die Arme.

»Kennen wir uns, Lady?«, fragte der Dicke statt einer Antwort und trat vor. Dabei musterte er sie von oben bis unten. Die anderen rückten nach und umringten sie beinahe ganz.

»Ich frage, weil jemand aus meiner Familie vielleicht in diese Schule gehen wird«, sagte Berenike. Dabei musterte sie den Burschen ebenso wie er sie. Provozierend lange ließ sie ihren Blick an seinem Schritt ruhen. Dann sah sie ihm in die Augen – rot, verquollen – und zog eine Augenbraue hoch. Er senkte seine Augen.

Geht doch.

»Also, wie findet ihr eure Schule?«

»Hmhm«, machten einige der Burschen.

»Und die Lehrkräfte?«

»Och«, murrte der Jüngste.

Einer spuckte vor ihr aus. Zigarettenstummel sammelten sich auf dem mickrigen Rasen.

»Also?« Sie sah einem nach dem anderen in die Augen. Die Burschen starrten zurück. Alle schwiegen. Und grinsten. Und rückten näher.

»Also, was ist gegen die Lehrkräfte zu sagen?«, fragte sie noch einmal und machte einen Schritt rückwärts.

»Der Schlimmste ist endlich weg«, fuhr einer am Rand auf, es war der Jüngste und Kleinste. »Den Erdinger braucht keiner.«

»Was hat der denn Schlimmes getan?«

»Joe!«, zischte der Älteste den Kleinen an.

»Er wollt ihn von der Schule werfen.« Der Jüngste deutete mit einer Kopfbewegung auf den ungesund aussehenden Großen.

Der machte ein paar Schritte auf den Jüngeren zu.

»Und ein paar anderen hat er auch damit gedroht, sie in der Direktion anzuschwärzen«, stieß der Kleine hervor. »Als wären wir so Asoziale.«

»Joe!« Der Dicke packte den Kleinen.

Der Kleine schüttelte die Hand des anderen ab.

»Joe, komm jetzt.«

»Was hast du, Marvin? Du hast selber gesagt, wir haben nur ein bisserl Spaß gemacht.«

Jetzt rückten auch die anderen näher an den Jüngsten heran.

»Moment«, sagte Berenike. »Lasst ihn reden. Was war da los? Es ging nur um Spaß? Echt?« Berenike tat erstaunt. Sie hatte Mühe, das kleine Wörtchen ›Spaß‹ überhaupt herauszubringen.

»Na klar«, machte der kleine Joe. Seine Stimme war hell, er stieß die Worte schnell und abgehackt hervor. »Der Erdinger hat halt keinen verstanden, der Alte. Nur weil sich ein paar Leut erschreckt haben.«

»Ach was, echt?«

»Den Marvin wollt er sogar rausschmeißen deswegen. Und seiner Freundin hat er auch erzählt, was wir gemacht haben.« Er deutete mit dem Kinn auf den Dicken. »Nur weil bei einer blöden Gedenkveranstaltung jemand Angst bekommen hat.«

»Ach, ihr wart das in Ebensee.« Das war neulich in der Zeitung gestanden. Jugendliche hatten bei einer Veranstaltung Zeitzeugen aus der Nazizeit mit Schüssen aus Luftdruckgewehren erschreckt. Sie sah die Burschen der Reihe nach an. Nur der Jüngste senkte den Blick zum Boden, die anderen starrten provokant zurück.

»Was habt ihr euch dabei nur gedacht?«, fragte sie.

»Du nervst, Lady!«, fauchte der Dicke. »Verschwinde endlich.«

»Nur eine Frage noch …«

»Ich sagte, hau ab!« Die Burschen sammelten sich um den Dicken.

Berenike trat nun doch den Rückzug an und wandte sich zum Gehen.

»Zecke!«, zischte jemand in ihrem Rücken.

Zecke.

Berenike gab es einen Stich. Da war es wieder, das Nazi-Wort, mit dem in jener Zeit vor allem linke Gegner des Regimes bezeichnet wurden. Eines mehr, das sich in der letzten Zeit zurück in den Sprachgebrauch geschwindelt hatte.

Aber es waren ja alles nur bedauerliche Einzelfälle und Dumme-Jungen-Streiche.

Sicher.

Ja, sie war da überempfindlich. Das Ganze war 70 Jahre her, doch der Schmerz verjährte nie, auch wenn es der ihres Vaters war.

Sie schlug den Fußweg ins Zentrum von Bad Aussee ein. Die Blicke der Burschen spürte sie noch lange im Rücken.

18

Berenike marschierte die Straße entlang ins Ortszentrum. Was waren denn das für Burschen? Hoffentlich tatsächlich Einzelfälle!

Wer's glaubt …!

Staub klebte auf Berenikes verschwitzter Haut. Die Hitze war unerträglich. Der vielleicht eine Viertelstunde dauernde Fußweg zurück ins Ortszentrum von Bad Aussee schien sich wie Kaugummi in die Länge zu ziehen. Wie eine Verheißung tauchte das Wirtshausschild vom *Grünen Kakadu* vor ihr auf. Das war genau das Richtige! Spontan betrat sie das Gasthaus.

Max stand wie so oft hinter seiner alten, gepflegten Schank aus dunklem Holz. »Berenike, servus! Das freut mich aber, dich zu sehen. Ein Bier?«

»Gern.« Sie setzte sich auf einen Hocker.

»Ein großes?«

»Schau ich aus wie jemand, der ein kleines Bier trinkt?«

Max grinste. »So g'fallst mir. Recht hast du. Magst auch was essen?« Er nahm ein Glas und griff nach dem Zapfhahn. »Frische Schwammerlsuppe wär grad fertig.«

»Danke, jetzt nicht. Mir ist so schon zu warm.« Sie beobachtete, wie der helle Gerstensaft ins Glas floss, wie sich weißer Schaum bildete.

»Wem nicht. Komischer Sommer heuer. Dieses Feucht-Warme, da könnt man gleich in den Dschungel ziehen.« Freundlich lächelnd stellte Max das Bier vor sie auf die Theke.

Gierig nahm Berenike einen großen Schluck. Das Glas lag angenehm kühl in ihrer Hand.

»Was unternehmen wir jetzt eigentlich als Nächstes gegen das Mooswiese-Projekt?«, fragte Max und fing an, Gläser zu polieren. Viel war noch nicht los hier. »Wann macht der Karl seine Aktion?«

»Weiß noch nicht. Aber nur weil Gustav nicht mehr ist, heißt das nicht, dass wir uns jetzt mit allem arrangieren und kuschen«, sagte Berenike kämpferisch. Sie nahm noch einen großen Schluck Bier. Nur mehr halb voll? Wo war das denn hin verdunstet? »Ja, der Gustav.« Sie stellte das Glas ab und stützte die Arme auf das dunkle Holz. »Mara sagt, dass der Lehrer eines natürlichen Todes gestorben ist. Aber so viele Leute haben etwas gegen ihn gehabt. Ich hab mich ein wenig umgehört. Einige hatten ein starkes Motiv, ihn zu töten.« Sie trank wieder gierig, so trocken war ihre Kehle. »Und bei allen ist Liebe im Spiel. Sogar bei den komischen HAK-Schülern mit Nazi-Haarschnitt.«

»Liebe ist halt das stärkste Gefühl.« Max seufzte tief.

»Holla, du auch?«, fragte Berenike überrascht. Statt eine Antwort zu geben, wischte er die Budel trocken. »Weißt schon, wann dein Jonas zurückkommt?«

»Keine Ahnung.«

»Er hat sich immer noch nicht entschieden? Was macht er denn so lange in England?« Max drehte sich um, sie meinte ihn noch etwas wie ›Was für ein Narr‹ murmeln zu hören, war sich aber nicht sicher.

Sehnsucht fuhr Berenike wie ein Messerstich ins Herz. Liebe, was war das doch für ein Rätsel. Sie war das Wichtigste und das Schwierigste überhaupt. Dass man sein Leben so sehr an einen Menschen hängen konnte. Dass man einen einzigen so sehr vermissen konnte.

Berenikes Finger fuhren über das angelaufene Glas.

AAAAAHHHH!

Was war das?! Ein Schrei? In ihrem Kopf? Nicht schon wieder! Sie brauchte einen Moment für die Erkenntnis, dass der Schrei echt war, dass er von draußen kam, dass keine Erinnerung sie narrte, keine Wiederholungsschleife im Kopf. Nicht ihre Schwester Selene war es, deren Stimme bis ins Wirtshaus drang, sondern eine tiefe, männliche Stimme. In den leiser werdenden Schrei mischten sich weitere Stimmen.

Berenike rannte zur Tür, Max ihr nach, das Geschirrtuch noch in der Hand, die anderen Gäste folgten. Die Schwingtür wurde aufgestoßen, fiel zu, pendelte hin und her.

Der Schrei hing noch in der Luft, wurde leiser. Berenike stockte – es regnete! Der reinste Wolkenbruch ging nieder, schwer und dicht wie ein grauer Vorhang rauschte der Regen in die ohnehin schon reißende Traun, mischte sich mit den sich entfernenden Schreien. Ein Grüppchen Leute wirbelte am Ufer herum und deutete auf etwas im Wasser.

»Was sollen wir nur tun?«, rief einer und krempelte sich die Ärmel auf.

»Was ist denn los?«, rief Berenike, schon im Näherkommen. Der Regen durchnässte sie umgehend, rann ihr das Gesicht herab, aber sie achtete nicht weiter darauf. Dicke Wolken ballten sich um den Kirchturm, ließen die Berge hinter Grau verschwinden, zeichneten alle Umrisse unscharf.

»Ein Unfall!«, schrie der ehemalige Kaufmann Bertl, der auch als Pensionist immer alles wusste. »Der Haindl Karl ist ausgerechnet jetzt mit seinem Schinakl in die Traun gegangen.«

»So ein Gewitter kann schneller kommen, als man ahnt«, ergänzte einer von der Tourismusinformation neben ihm. »Wir warnen eh immer alle, aber die Leute hören einfach nicht zu. Wenn ich nur wüsst, was wir tun sollen …«

»Ich kenn mich mit dem Wetter aus«, murrte der Alte. »Heut kann man das aber nur von den wenigsten sagen.«

»Was ist denn nun passiert?« Berenike erreichte das Ufer. Der feuchte Kies knirschte unter ihren Sohlen.

»Gekentert ist er«, greinte Bertl. »Da, siehst eh sein gelbes Schifferl.«

Tatsächlich schoss ein gelbes Kajak kieloben den Fluss entlang davon, wurde von den Wogen in die Höhe gehoben, fiel wieder in ein Wellental und war kaum noch zu sehen.

»Kajak heißt das, Bertl«, murrte ein Nebenstehender.

»Ist doch egal.« Der Bertl schüttelte den Kopf. »Gekentert ist gekentert. Und vom Karl ist nichts zu sehen.«

19

Tatsächlich.

Berenike beugte sich über das durch und durch feuchte Ufergeländer, das bei der Berührung morsch wirkte. Aber davon tauchte der Haindl Karl auch nicht auf. Schon wieder ein Bauprojekt-Gegner, der einen Unfall hatte …

Vielleicht war er abgetrieben worden, hoffentlich nur das, er war doch ein erfahrener Kajakfahrer, soweit Berenike wusste. Zumindest hatte er das bei ihren Besprechungen wegen der Mooswiese behauptet. Aus der Aktion wurde wohl nun auch nichts mehr.

Stopp!

Noch war nicht bekannt, was mit Karl passiert war. Ein sportlicher, erfahrener Kajaker konnte sich flussabwärts ans Ufer retten oder auf einen Stein, auf irgendwas. Dann würde ihn zwar die Wasserwehr holen müssen, und das mochte nicht leicht sein, doch besser als …

Nicht dran denken.

»Hat schon jemand Hilfe gerufen?«, fragte Berenike laut.

»Natürlich!«, murrte Bertl. »Was denkst denn?«

Prompt war eine Sirene zu hören.

Von Karl war nichts zu sehen. Vom gelben Kajak auch nicht mehr.

»Die Wasserwacht ist schon unterwegs und sucht alles ab.«

Konzentriert schauten wieder alle aufs Wasser.

»Die Strömung ist stark hier, richtig?«, fragte Berenike niemand Bestimmten und blinzelte Regen aus den Augen. Die Luft hatte abgekühlt und roch nach Erde und nach noch etwas. Etwas Unaussprechlichem.

»Durch die Regenmassen der letzten Zeit ist sie noch stärker als sonst«, erklärte der alte Bertl.

»Hat denn jemand gesehen, was genau vor sich gegangen ist?«, fragte Berenike.

»Der Wind ist plötzlich stärker geworden, vielleicht lag es daran«, sagte der Bertl. »Aber ich war leider nicht dabei. Ich bin erst hergerannt, nachdem ich die Schreie gehört hab.«

Die Umstehenden redeten durcheinander. Einer stapfte näher ans Ufer, als überlege er, ins Wasser zu steigen. Ein anderer suchte mit einem Fernglas den Fluss ab. Weiter flussabwärts gingen ein paar Gestalten das Ufer entlang und hielten Ausschau über den Fluss.

»Der Karl war eh schon gestraft mit seiner Verunstaltung von dem alten Unfall im Berg«, sagte einer. »Und jetzt das.«

»Und die arme Reni, wo das Kind noch nicht einmal

geboren ist«, sagte ein anderer und sprach damit aus, was keiner zu denken wagte.

»Deswegen ist sie ja nicht mehr mit dem Karl zum Kajaken gegangen. Das Kind kommt schon bald.«

»Demnach war er allein unterwegs?«, fragte Berenike.

Die Leute sahen sich fragend an und zogen die Schultern hoch. Der Typ vom Ufer kam wieder herauf auf den Weg.

»Ich bin erst hergelaufen, als ich Bertl gehört hab«, sagte einer. »Da trieb das Boot schon verkehrt herum im Wasser.«

Andere nickten.

»Ich weiß nicht«, meinte der Bertl langsam. »Ich glaub, ich hab eine Stimme gehört. Eine Frauenstimme.«

Wie bei Gustav …

»Das ist aber komisch.«

»Aber es war kein weiteres Kajak zu sehen«, warf einer der Umstehenden ein.

»Das vom Karl ist ein Zweisitzer«, sagte Bertl. »Ob wer mitgefahren ist, kann ich nur nicht sagen.«

»Man müsst die Kathrin fragen, ob sie was gesehen hat«, meldete sich ein älterer Mann im Steireranzug.

»Die Kathrin? Ist das die mit dem kleinen Stoffladen?«, fragte Berenike.

»Genau die. Sie schaut den lieben langen Tag aus ihrem Häuschen auf die Traun«, sagte Bertl mit abfälligem Tonfall.

»Nix gegen die Kathrin, die ist eine der besten Stoffdruckerinnen überhaupt«, kam es von dem Mann im Steireranzug.

»Wieso schaut's dann so viel aus dem Fenster? Wenn sie wirklich so gut ist, müsst sie beschäftigt sein.« Der Bertl hustete.

»Ihr wisst's doch alle, wie es is«, kam es vom Steireranzug. »Die Leut fahrn heute lieber nach Ungarn oder Slowenien, weil dort angeblich alles billiger ist. Und unsereins verhungert ohne Käufer und Aufträge.«

»Traurig, aber wahr.«

»Aber ob die Kathrin grad beim Gewitter aus'm Fenster lugt?«

»Fragen wir sie doch.« Berenike setzte sich in Bewegung. »Hier kann man eh nix tun derzeit.«

»Die Feuerwehr muss das Boot rausholen«, erklärte Max. »Nicht dass mit dem herrenlosen Kajak noch ein Unglück geschieht. Ich ruf den Joe an.« Er blieb zurück, während Berenike zu dem Seitenweg ging, wo Kathrins kleines Häuschen lag. Sie kam zu der Stelle, wo die Traun einen leichten Knick machte. Eine kleine, etwas verwitterte Holzbrücke führte auf die andere Seite. Auf einem Wiesenstück neben dem Traunufer lagerte ein weiteres Kajak.

Als sich Berenike umdrehte, war sie allein. Allein mit ihren Gedanken und einer Frau, die angeblich alles sah. Sie trat ein.

20

Auch hier klingelte beim Eintreten ein Glöckchen. Endlich wieder im Trockenen! Der Laden war altmodisch mit düsterem Holz eingerichtet. Alle Wände waren mit Regalen bis zur Decke ausgestattet, darin stapelten sich Stoffballen in allen Farben. Unter den Regalen befanden sich Schubladen, die wer weiß was beinhalten mochten. Schwaches Licht beleuchtete die Waren nur wenig. Zu wenig, um einladend zu wirken.

»Griaß di«, sagte eine Frau mit kastanienbraunen, etwas feuchten Locken und Rundrücken, die eilig von hinten kam. Etwas zu eifrig lächelnd, kam sie auf Berenike zu, die Hoffnung auf mögliche Kundschaft nur schwer verbergend. Wie Nelly.

»Servus!« Auch nach Jahren im Ausseerland kam Berenike das vertrauliche Du-Wort mitunter schwer über die Lippen, vor allem, wenn sie jemanden wie jetzt Kathrin kaum kannte.

»Was kann ich tun für dich?«, fragte Kathrin freundlich und strich sich die Locken aus dem Gesicht.

»Mistwetter, was?«, schimpfte Berenike und starrte Kathrins Haare an. »Warst du auch draußen?«

»Ich, ähm, ja. Kurz nur und trotzdem …« Sie stockte, fuhr sich über die Frisur, hielt inne. »Und trotzdem ist alles nass.«

»Hast du den Unfall grad bemerkt, Kathrin?«

»Ich, äh … WAS?«

»Karl Haindl ist mit dem Kajak gekentert. Wir haben gedacht, du könntest von hier aus was beobachtet haben.« Berenike schlenderte zu einem der kleinen Fenster, gegen dessen Scheiben der Regen prasselte. Sie ging näher – tatsächlich zeigte das Fenster genau auf die rauschende Traun.

»Das ist ja, äh, entsetzlich.« Kathrin strich sich wieder über ihre Haare. »Wie konnte das passieren?«

»Weiß man nicht.«

»Nun, ich, äh, war in der Werkstatt hinten. Deshalb werde ich es nicht bemerkt haben.«

»Verstehe. Aber deswegen bin ich eigentlich nicht hier.« Spontan entschloss sich Berenike zu einer kleinen Schwindelei. »Ich hoffe, du kannst mir helfen«, bat sie, während ihre Gedanken rasend schnell arbeiteten, »ich bin eingeladen … zu einer … äh … Taufe … und der Dresscode ist Tracht …«

»Das ist schön, das ist sogar sehr schön«, sagte Kathrin, »wenn Traditionen hochgehalten werden.«

»Na ja«, gestand Berenike, »sagen wir, ich mag Dirndl lieber an anderen Leuten.« Sie schickte ein sicherlich schiefes Grinsen nach. »Mir passt so was einfach nicht. Aber vielleicht könnten Sie – könntest du mir zu irgendeinem, äh, Stoff raten, der mir halbwegs steht. Und ich lass mir dann irgendwas draus nähen.«

»Das ist eine hervorragende Idee«, säuselte Kathrin, ganz so, als hätte sie es mit Kaiserin Sisi vor über 100 Jahren zu tun. Sie kam um ihren Verkaufstresen herumgeschossen, stieß sich an einer Kante, zuckte zurück, biss sich auf die Lippen, sagte aber kein Wort.

Na ja, nicht wenn ich mir aus dem Stoff einen Hosen-

anzug schneidern lasse … oder einen Shalwar Kameez wie in Indien.

Berenike verkniff sich ein Grinsen. War sowieso nicht angebracht. Irgendwo da draußen kämpfte Karl Haindl um sein Leben. Oder er hatte den Kampf bereits verloren.

Sie atmete tief durch. »Gut«, sagte sie, »schau mich an. Schwarze Haare. Was passt am besten zu mir?«

Kathrin legte den Kopf schief. Niedlich sah sie dabei aus mit den braunen Locken, die ihr Gesicht zart umspielten. Das ließ einen fast den Rundrücken übersehen.

Kathrins Blick wanderte nachdenklich über die Regale. »Ich könnte mir vorstellen … grün?«

Fragend zog sie einen tannengrünen Stoffballen hervor, der mit einem weißen Muster bedruckt war. Sie legte ihn aufs Pult, rollte ihn auf, sah zwischen dem Stoff und Berenike hin und her. »Nein, das ist es noch nicht ganz, aber es geht in die Richtung.« Sie rollte den Stoff wieder auf den Ballen, schob ihn in das Fach.

»Du stellst die Stoffe selbst her?«, fragte Berenike, durchaus aus echter Neugier und nicht nur, um den Bann mit Smalltalk zu brechen.

»Ja.« Kathrin lächelte stolz und richtete sich etwas auf. »In vierter Generation bereits. Ich habe alles von meinen Eltern und meiner Großmutter gelernt.« Sie sank wieder ein. »Aber heute gibt es ja kaum noch Interesse an handgedruckten Stoffen. Zu teuer, zu uninteressant.« Resigniert griff sie nach weiteren Stoffballen. Etwas in Hellrosa, was Blaues. »Blau könnte auch gut passen«, murmelte sie vor sich hin. Sie zog den Ballen heraus und legte ihn vor Berenike auf den Verkaufstisch.

Berenike strich mit einer Hand über den Baumwollstoff. »Greift sich gut an.« Sie starrte den hellen Druck darauf an. Sich windende Schlangen und Fische und etwas wie ein Gesicht. Oder eine Maske.

»Aber was ist das für ein Muster?«

»Das ist etwas ganz Besonderes. Eine Inspiration, die ich von meiner Weltreise mitgebracht habe. Bevor ich das Geschäft hier übernommen habe, war ich lange in Afrika und Asien. Das sind Symbole der Götter für Liebe, Glück und Selbstverwirklichung.«

Berenike drehte und wendete den Stoff. Es wirkte, als würde die Maske sie mit ihren Blicken verfolgen. Was natürlich ein Ding der Unmöglichkeit war.

»Ich überlege es mir noch«, sagte sie rasch und verabschiedete sich.

»Gern. Ich würd mich freuen, wenn … Und wie gesagt, von dem Unfall habe ich leider nichts bemerkt«, sagte Kathrin.

Noch draußen auf der Straße, als leise die Tür hinter Berenike zufiel, hatte sie das Gefühl, beobachtet zu werden.

21

Der Regen fiel unvermindert heftig, als Berenike zum Traunufer zurückkehrte. Sie ging schnell, als wäre sie auf der Flucht, als würde die Maske auf dem Stoff sie weiter beobachten. Oder Kathrin. Doch die Luft war endlich gut, kühler, sauber und frisch. Endlich durchatmen, obwohl ihr Herz klopfte.

»Gibt es etwas Neues?«, fragte sie den alten Bertl, als sie an der Unglücksstelle ankam. Bertl hielt nur noch mit zwei uniformierten Polizisten die Stellung.

»Die Wasserwehr hat den armen Karl bisher nicht entdecken können«, erklärte Bertl mit seiner Altmännerstimme. »Sie sind flussabwärts unterwegs.«

»Oh shit!« Gedankenvoll blickte Berenike den Fluss entlang auf das dunkle, aufspritzende Wasser. Irgendwo da draußen war Karl Haindl, hilflos oder schon hinabgezogen von den Wassermassen. Oder zerschmettert an Felsen.

Nicht dran denken. Nicht jetzt.

Ein Blitz zuckte, Donner krachte, dann war es still. Zu still. Gleichmäßig rann der Regen herab. Berenike wandte sich vom Ufer ab. Sie musste sich irgendwo unterstellen, wenigstens kurz. Bei der Bushaltestelle vielleicht. Sie ging den Kiesweg entlang, am Stein vorbei, der den »Mittelpunkt Österreichs« markieren sollte, kam zu dem kleinen bunten Brunnen. Regen prasselte auf die türkis schillernde Wasseroberfläche. Jetzt einfach weitergehen, den tragischen Ort verlassen, einfach loslassen, andere, Profis, die traurige Arbeit machen lassen. Sich einmal nicht selbst einmischen.

Aus dem Augenwinkel nahm sie etwas wahr, eine kleine Bewegung, irgendetwas, das anders war als sonst. Sie fuhr herum, aber da war niemand außer ihr. Sie war allein, niemand war auf dieser Seite des Kurparks zu sehen, auch nicht beim Wartehäuschen.

Was war das gewesen? Litt sie jetzt schon unter Einbildungen? Regenwasser rann ihr über die Stirn und in die Augen. Sie blinzelte und trat näher an den Brunnen heran.

Nein! Nicht noch einmal!

Berenike bückte sich, um genauer zu sehen. Da schwamm etwas im türkisblauen Wasser, trieb mal in die eine Richtung, dann in die andere. Etwas Schwarzes, Längliches. Vielleicht so groß wie Berenikes Hand. Und es sah aus wie – nein, nicht schon wieder. Berenike schloss die Augen. Öffnete sie wieder. Was da schwamm, sah aus wie eine kleine Puppe. Eine nasse, etwas aufgelöste Puppe. Eine Puppe ganz in Schwarz.

Berenike streckte die Hand danach aus, berührte die Wasseroberfläche, zuckte doch wieder zurück. Gänsehaut kroch ihre Arme hoch bis in den Nacken. Eine Puppe in Schwarz, wer hatte so was? Etwas Unheimliches ging von ihr aus. Berenike wich zurück. Trat wieder näher heran. Eine eigenartige Faszination ging von dem Gegenstand im Brunnen aus. Sie suchte nach einem kleinen Ast und schubste das schwarze Ding damit.

Nein! Nicht auch noch …!

»Na, was gefunden?«

Berenike fuhr zusammen. Mara war hinter ihr aufgetaucht.

»Wo kommst *du* denn her?«

»Die Kollegen haben uns verständigt. Wegen des Unfalls.«

»Ihr geht schon wieder von einem Unfall aus?« Berenike starrte das schwarze Etwas im Brunnen an und dann wieder die Polizistin.

»Im Moment ist es ein Unfall, Berenike. Solange wir keine gegenteilige Information erhalten. Das müsstest du schon wissen, nach deinen vielen sogenannten Ermittlungen.«

»Auch wenn im Umkreis dieser Menschen immer seltsame Dinge vor sich gehen und rätselhafte Gegenstände gefunden werden, dann ist es immer noch ein Unfall?«

»Was meinst du?«

»Das hier zum Beispiel.« Berenike deutete mit dem Ast in ihrer Hand auf den schwimmenden schwarzen Gegenstand. »Ist es nicht sonderbar, dass hier schon wieder jemand eine Puppe gebastelt hat?«

»Tatsächlich?« Mara bückte sich jetzt auch über den Brunnenrand und stützte sich mit beiden Händen ab.

»Ja. Schau her, das Gesicht der Puppe sieht aus wie Karl Haindl, der gerade in der Traun vermisst wird. Diese Puppe hat genauso eine Narbe auf der Wange, wie er sie hat.«

»Was willst du damit sagen, Berenike?«

»Dass das unheimlich ist. Ein seltsamer Zufall. Wer macht so was?«

»Die Menschen dürfen machen, was sie wollen, Berenike. Verrückte gibt's genug.«

»Ja, in Wien vielleicht, aber hier? Bei uns in Aussee?«

»Überall, Berenike. Und sie dürfen tun und lassen, was sie wollen, solange sie keinem schaden.«

»Solange sie keinem schaden – das ist genau die Frage.«

»Berenike, ich muss weiter. Lass uns einfach unsre Arbeit machen, hm? Denk an Jonas.«

»Beruf dich nicht immer auf Jonas, der ist nicht da. Und ich kann nicht mit ansehen, dass ihr so was als Unfälle abtut. Ist Karl Haindl endlich gefunden worden?«

»Ja. Er ist tot. Seine Leiche wurde zerschunden nahe einer Stromschnelle angespült.«

»Scheiße.«

Berenike griff nun doch nach der schwarzen Puppe, ohne von Mara davon abgehalten zu werden. Sie nahm sie in die Hand, alles an ihr widerstrebte der Berührung damit, ihr ganzer Körper sperrte sich dagegen. Sie wollte das Püppchen herausnehmen, doch irgendwo hatte sich etwas verheddert. Da, um den Hals, da war ja das Hindernis. Ein Drahtstück hatte sich darum geschlungen. Jetzt sah sie auch, dass dieses sich mit dem Abfluss des Brunnens verhakt hatte. Berenike löste vorsichtig den Draht. Endlich konnte sie die Puppe richtig in die Hand nehmen. Karls Gesicht mit der aufgemalten Narbe starrte sie an. Sie drückte das Püppchen, wand es aus. Wasser tropfte auf den Boden. Die Figur war so dünn wie Berenikes Handgelenk. Eine schlampig genähte Stoffpuppe. Wieder arbeitete etwas in Berenikes Kopf, aber sie bekam es noch nicht zu fassen. Sie starrte den Draht um den Hals der schwarzen Figur an. Er lag wie eine Schlinge darum herum, als wäre die Puppe erdrosselt worden. Unheimlich. Wer machte so was?

»Na, genügt dir das als Grund, eine Ermittlung aufzunehmen?«, fragte sie hitzig und hielt Mara die Puppe unter die Nase. »Immerhin ist das der zweite seltsame Todesfall bei den Gegnern des Bauprojekts an der Mooswiese.«

»Ich richte mich nach Beweisen, Berenike. Wenn es Grund für eine polizeiliche Untersuchung gibt, wird sie stattfinden.«

22

Jonas sollte hier sein. Dann wäre alles ganz anders.

Oder auch nicht.

Er wollte auch immer, dass sich Berenike raushielt. Das hatte zu Anfang ihrer Beziehung zu einigen Konflikten geführt. Aber mit der Zeit hatte er erkannt, dass Berenike mit den Leuten und den Gegebenheiten im Ausseerland vertrauter war als er oder seine Kollegen aus Graz. Somit erfuhr sie mitunter Dinge, die ihm keiner verraten würde.

Berenike hielt ihr Gesicht in den Regen. Jetzt war sie sowieso schon komplett durchnässt, jetzt war es egal. Die nasse Puppe lag immer noch in ihrer Hand. Mitleid wallte in ihr hoch. Mitleid mit Karl Haindl, mit Gustav Erdinger. Beide waren tot. Und beide hatten sich gegen das Bauprojekt auf der Mooswiese engagiert. Aber das hatten vermutlich 90 Prozent der Altausseer getan. Und ziemlich viele Bad Ausseer, so wie Max.

Sie strich über die feuchte Puppe, als könnte sie damit etwas ändern. Sie dachte an ihre Masseurin Anniko. Sie musste endlich mit ihr sprechen. Mit klammen Fingern fischte sie ihr Mobiltelefon aus der Tasche und wählte. Die Bewegungen fühlten sich so ungelenk an, als wäre sie ein altes Mütterchen. Jetzt wäre ein warmes Getränk himmlisch gewesen, aber wer dachte auch an eine Thermoskanne mit Tee, wenn eigentlich Sommer war!

Egal. Gut, dass Anniko den Anruf annahm und versprach, auf Berenike zu warten.

Auch in Bad Ischl fiel Regen. Viel Regen. Auf den nassen Straßen drängten sich ratlose Touristen mit Schirmen vor Geschäften, Cafés und Konditoreien oder dem Stadtmuseum. Von den Bergen war nichts zu sehen vor lauter Wolken.

Dankbar, ins Trockene zu kommen, betrat Berenike das Gebäude, in dem Annikos Praxis lag. Der Duft nach Zirbenöl hieß sie wie so oft willkommen, doch das dunkle Gebilde an Annikos Tür ließ Berenike erneut innehalten. Sie hielt die nasse Puppe neben den Kranz. Alles ziemlich ähnlich. Der Draht am Hals der Puppe kratzte bei einer ungestümen Bewegung über ihre Haut. Ein kleiner Blutstropfen bildete sich. Nicht der Rede wert.

Die Tür ging auf, ohne dass Berenike geklingelt hätte. Anniko war wie immer ganz in Schwarz gekleidet, die langen, dunklen Haare hatte sie hochgesteckt. Berenike kniff die Augen zusammen. War Anniko am Ende Gustavs geheimnisvolle Freundin?

»Komm rein, ich habe Tee für uns gemacht!«, lud die Masseurin Berenike ein.

»Danke, gern. Das ist heute sehr willkommen.«

»Nimm Platz.« Anniko deutete auf eine Sitzecke. Der Raum war abgedunkelt, die schwarzen Vorhänge vor dem Fenster zugezogen. Der Regen war nur zu hören, nicht mehr zu sehen. Kerzen brannten auf dem Tisch und tauchten den Raum in ein seltsames Zwielicht, da kein elektrisches Licht brannte.

Anniko schenkte zwei violette Porzellantassen voll. »Das ist Bergkräuter-Tee von der Frau, von der ich mein Zirbenöl beziehe. Ich habe Ingwer dazugegeben, damit uns warm wird. Hab ich von dir gelernt.« Das Kerzenlicht ließ Annikos Gesicht noch dunkler und hagerer erscheinen, als es war.

»Das ist schön.« Berenike griff nach der Tasse, wärmte ihre Hände daran und schnupperte. Ein bisschen Zimt war wohl auch dabei. Sie nahm vorsichtig einen ersten Schluck. Schön heiß.

»Wie geht es dir?«, fragte Anniko. »Was macht dein Rücken?«

»Dem geht es besser, danke. Ich muss mir bald wieder einen Termin bei dir ausmachen, damit das auch so bleibt.« Sie lächelte der Masseurin zu. Sie spürte, wie die Wärme von ihrem Körper wieder Besitz nahm. »Aber deswegen bin ich nicht hier. Ich brauche deine Hilfe bei etwas anderem.« Sie legte die schwarze, feuchte Puppe auf den Tisch. Die Drahtschlinge hing immer noch um ihren Hals. »Sagt dir das was?«

»Was ist das?« Anniko zuckte zusammen, ihre schmalen, dunklen Augenbrauen kräuselten sich.

»Das wollte ich dich fragen.« Berenike beobachtete Anniko abwartend. Ihr Blick war noch dunkler, als hätte sich eine Wolkenwand davorgeschoben. Sie beugte sich vor und wich dann ruckartig mit dem Oberkörper zurück.

»Kenne ich nicht.« Annikos Blick war immer noch auf die Puppe geheftet. »Wieso fragst du gerade mich?«

»Du hast mir einmal ein ähnliches Püppchen gegeben, dem ich meine Sorgen oder so anvertrauen sollte.«

»Das habe ich, ja. Aber was hat das damit zu tun?« Anniko streckte die Hand nach der schwarzen Figur aus, berührte sie aber nicht. In der Luft fuhr ihr Zeigefinger darüber entlang, als würde sie sie streicheln. Über dem Draht verharrte sie.

»Kommt sie dir nicht bekannt vor?«

»Nein. Sie ist … ganz anders als die, die ich verwende. Die ganze Machart, die Farbgestaltung. Ich habe meine Püppchen von einer mexikanischen Kaffee-Kommune. ›Sorgenpüppchen‹ nennt man sie dort. Aber das hier …« Sie zupfte sachte an dem Draht, der um den Hals der Puppe geschlungen war, und ließ los, als hätte sie sich verbrannt. »Damit will ich nichts zu tun haben«, keuchte Anniko.

»Was ist los?«

»Das ist schwarze Magie. Jemand, der Menschen Böses will, hat sie hergestellt.«

»Wie unheimlich.« Berenike schluckte.

»Jemand, der einem anderen schaden will, hat dieses … dieses Ding hier so präpariert. So wie Voodoo. Normalerweise nimmt man dazu etwas vom Opfer – Haare zum Beispiel. – Wo hast du es her?«

»Aus einem Brunnen. Es war mit diesem Draht darin fixiert.«

»Ist jemand erdrosselt worden?«

»Erdrosselt? Wieso fragst du das?«

»Ja. Erdrosselt. Erwürgt. Gestorben. Ist jemand so gestorben?«

»Ich … ich weiß es nicht.« Berenike schnürte es plötzlich die Luft ab, als hätte sie selbst den Draht um ihren Hals. »Es ist jemand verstorben, das schon. Aber es war … es war ein Unfall in der Traun.«

»Bist du sicher?« Annikos Augen glühten jetzt so heiß, als könnte darin jemand verbrennen.

»Wessen soll ich sicher sein? Dass jemand tot ist?«

»Dass es ein Unfalltod war.«

»Nein. Nein, ganz und gar nicht. Im Gegenteil. Ich finde das auch unheimlich.«

»Das hier«, Annikos Hand bewegte sich in der Luft über der schwarzen, erdrosselten Puppe, »das hier ist böser Zauber. Damit will ich nichts zu tun haben. Bitte nimm das weg.«

»Ich verstehe nicht, Anniko.«

»Berenike, man mag mich manchmal Hexe nennen. Doch das, was ich mache, ist weiße Magie. Meine Rituale schaden niemandem. Sie wollen helfen und unterstützen, nicht töten.«

»Deshalb hast du mir auch vor einer Weile diese Puppe mitgegeben. Hat zwar bei mir nichts genutzt«, Berenike verzog einen Mundwinkel zu einem schwachen Grinsen, »aber ich verstehe langsam, was du meinst.«

»Das ist schön. Was wir weißen Hexen ablehnen, ist Zerstörung jeder Art. Wir wollen niemanden beeinflussen. Wir wollen aufbauen, nicht kaputt machen. Wenn man eigennützige Wünsche hat und anderen schaden will, ist es schwarze Magie.«

Berenike schluckte.

»Das hier«, fuhr Anniko fort, »ist ein Todeszauber. Sag mir, ist die Figur jemandem nachempfunden? Erinnert ihr Aussehen an irgendwen?«

»Ja. An den Karl Haindl, der heute in der Traun gekentert ist. Er hatte so eine Narbe im Gesicht.« Berenike griff nach ihrer Tasse. Der Tee war kalt. So kalt, wie ihr zumute war.

»Jemand hat ihm also den Tod gewünscht. Es genügt, wenn er davon weiß, Berenike.«

»Genügt – wofür?«

»Dass er stirbt. Auch wenn es offiziell wie ein Unfall aussieht. Wenn er selbst glaubt, dass er sterben muss, kann er deswegen sterben.«

Berenike stellte die Tasse ab. Ihre Hände zitterten so sehr, dass sie die Untertasse nicht richtig traf. Das Porzellan klirrte. »Du meinst …?«

»Ich meine, dass niemand Hand an das Opfer anlegen muss. Es erledigt das ganz von allein. Wenn es genügend Angst hat, stirbt es. Es wird unachtsam und hat zum Beispiel einen Unfall.«

»Das ist …« Berenike schüttelte sich. »Das ist wirklich unheimlich.« Helena hatte recht. Sie erinnerte sich an die andere, die lebensgroße Puppe, die Gustav dargestellt hatte. Ob sie den echten Gustav genauso erschreckt hatte, dass er selbst verunfallt war? Aber er hatte so getan, als wäre alles kein Problem.

Sie sah Anniko an, deren Blick auf die schwarze Puppe

gerichtet war. Ob es klug war, der Masseurin von all dem zu erzählen?

Berenike schluckte, Schauder rannen ihr den Rücken hinunter. »Vielleicht ist diese Frage zu viel verlangt, aber … kennst du jemanden, der solche schwarze Magie ausübt?«

»Man erzählt sich, dass am Traunsee Leute solche Rituale durchführen. Angeblich junge Menschen. Sie gruppieren sich um eine Frau, die lange in Afrika gelebt hat. Vielleicht sind es nur Spinner. Ich habe mal über ein paar Ecken gehört, dass eine Frau wegen ihres Mannes diese Leute aufsuchen wollte. Sie hatte Angst vor einer Nebenbuhlerin. Die sollte ausgeschaltet werden.«

»Ich dachte, das gibt's nur im Märchen.«

»Hast du eine Ahnung, Berenike! Es gibt nichts, was es nicht gibt. Wenn du mich fragst, lag das Problem bei der Frau, nicht bei einer Nebenbuhlerin. Sie war so unangenehm herrschsüchtig, dass man sich gefragt hat, wieso der Mann überhaupt noch bei ihr bleibt.«

»Wie unheimlich. Das ist doch das Gegenteil von Liebe.«

»So ist es, ja. Menschen wollen Besitz von einem anderen ergreifen und der Unerwünschte soll am besten sterben. Der Konkurrent im Geschäft, der Nebenbuhler um die Liebe oder der Mann, der einen verletzt und verlassen hat. Da gibt es viele Wünsche bei den Menschen. Viele, viele dunkle Wünsche, die man normalerweise nicht laut ausspricht. Aber Menschen haben sie.«

»Und was haben sie für diese Frau gemacht? Wie soll diese schwarze Magie ausgesehen haben?«

»Das, äh …«, Anniko machte eine lange Pause und starrte in ihre Tasse. »Das weiß ich leider nicht. Oder besser, zum Glück weiß ich das nicht.«

»Wo genau sollen diese Magier agieren?«

»Sie hat was von Traunkirchen erwähnt. Die alte Kapelle kam irgendwie in ihrer Erzählung vor, aber ich weiß nicht mehr, in welchem Zusammenhang. Mehr kann ich dir dazu nicht sagen. Wenn ich dir einen Rat geben darf – halte dich fern von solchen Mächten. Wenn man nicht damit umgehen kann, geht die Sache nach hinten los.«

»Wie meinst du das?«

»Dann schadet man sich selbst, nicht der Person, der man eigentlich schaden will.«

»Das habe ich nicht vor.«

»Gut so. So, und nun werde ich ein Ritual durchführen, sobald du diese Puppe weggebracht hast. Ich muss die guten Geister anrufen zum Schutz gegen diesen bösen Zauber. Stehe Frau Holda mir bei.«

»Frau Holda?«, fragte Berenike.

»Auch als Frau Holle bekannt. Sie ist ein guter Geist.« Anniko lächelte. »Manche nennen sie auch Göttin.«

»Aha.« Berenikes Blick wanderte über die Gegenstände in Annikos Praxis. Alles wie immer. Kerzen, dunkle Vorhänge, die Massageliege, der Tisch mit dem Tee. Aber heute sah sie das alles in einem anderen Licht. Einem dunklen, feindlichen Licht. Auch wenn Anniko noch so sehr darauf beharrte, nur hilfreiche Rituale auszuführen …

»Du solltest dich auch reinigen, sobald du dieses Ding losgeworden bist«, sagte Anniko.

»Okay.« Berenike verabschiedete sich und wandte sich zum Gehen. An der Tür hörte sie Anniko etwas murmeln.

23

Das Haustor fiel mit einem Knall hinter Berenike zu. Draußen blieb sie unter dem schützenden Vordach stehen und starrte die verstaubte Auslage des Souvenirgeschäftes an. Wie harmlos doch der Kaiser Franz Josef wirkte und Kaiserin Sisi ebenso. Oder das grauhaarige Paar, das gerade in grauen Regenparkas vorbeispazierte. Der Regen fiel unbeirrt herab. Nebel und Wolken wallten über allem und kochten eine riesige graue Suppe. Und irgendwo darin verborgen spielte jemand ein dunkles, tödliches Spiel.

Berenike rieb sich schaudernd über die Arme.

Rituale am Traunsee.

Dunkle Magie.

Schadenszauber.

Geheimnisvolle Symbole.

Und dann die Burschen vor der HAK mit ihren Bomberjacken und ihren einheitlichen Haarschnitten, als wäre seit der Existenz der Hitlerjungen kein Tag vergangen … oder als wären sie wiedergeboren.

Ein neuer Schauder rann Berenike über den Rücken.

Konnte das eine mit dem anderen zu tun haben? Die Naziburschen und die dunkle Magie? Schon einmal war Berenike mit brauner Esoterik konfrontiert gewesen, in ihrem ersten Mordfall. Nachdenklich trat sie von einem Fuß auf den anderen. Am besten wäre, sie könnte gleich weiter ermitteln am Traunsee. Berenike sah zum Himmel.

Grau in Grau, ein Einerlei an Grau. Nein, die Ermittlung am Traunsee musste ein bisschen warten, bis der Regen nicht mehr so intensiv war. Erst einmal zurück fahren und sehen, wie die Situation in Altaussee war, was sich dort weiter entwickelt hatte.

Der Regen prasselte unverdrossen aufs Autodach. Links und rechts der Fahrbahn lockte dunkel der dichte Wald, ein grünes Labyrinth. Einmal hatte sie da irgendwo eine Leiche im Bärlauch gefunden. Berenike rann schon wieder ein Schauer den Rücken runter. Sie überlegte, ob sie die Heizung aufdrehen sollte. Aber im Hochsommer? Lachhaft. Oder? Die kurze Strecke würde sie es schaffen. Und dann einen heißen Tee in ihrem Salon trinken.

Endlich war sie aus dem Wald draußen und erreichte Bad Aussee. Jetzt nur noch die Kurven hoch nach Altaussee, dann würde sie sich umziehen und aufwärmen können. Einmal zur Ruhe kommen, die Informationen sortieren und …

Der Scheibenwischer surrte monoton. Der Regen prasselte. Aber halt, da vor ihr war etwas. Jemand wedelte mit irgendwas herum. Sie stoppte und ließ das Seitenfenster runter.

»Hier geht's nicht weiter«, sagte ein uniformierter Polizist in völlig durchnässter Uniform. Berenike versuchte, an ihm vorbeizulinsen. Sie erkannte eine der Traunbrücken.

»Warum denn, was ist los?«, fragte sie und sah den Beamten fragend an. Ein junger Bursch, noch nicht lange hier im Dienst, sie kannte ihn nur vom Sehen.

»Tatortabsperrung, tut mir leid. Fahren Sie bitte die Umleitung.« Auch einer, der andere siezte.

Sie nickte. »Verstehe. Geht es um den Kajakunfall?«

Jetzt war es an ihm, zu nicken. »Unfall oder was auch immer.«

Ach was. Sah sogar die Polizei keinen Unfall mehr?

»Danke.« Sie fuhr wie befohlen, parkte ein Stück weiter vorn, stieg aus und ging den kurzen Weg zurück zur Traun. Da war ja der ganze übliche Zirkus: Tatortmitarbeiter am Ufer, ein Stück flussabwärts stand ein weiteres Grüppchen beisammen. Wie zufällig schlenderte Berenike dorthin, als würde man bei diesem Mistwetter einen Spaziergang machen. Ihre Zähne klapperten vor Kälte, mutwillig presste sie sie aufeinander.

Ein hochgewachsener Mann in dunkelblauer Hose und ebensolchem Pulli stand über etwas gebeugt im Gras, umringt von vier uniformierten Polizisten. Von Doktor Jauernig war nichts zu sehen.

Schließlich hatte Berenike die Menschenansammlung erreicht. Sie stellte sich neben Schaulustige, nahe genug, um hoffentlich mithören zu können, aber weit genug entfernt, um nicht weggewiesen zu werden.

»… sieht wie eine Strangulationsmarke aus«, sagte der blau Gekleidete gerade.

Einer der Uniformierten, ein grauhaariger dicklicher Kerl, der an Inspektor Kain erinnerte, es aber zum Glück nicht war, stöhnte. »Sag nicht, Peter, es war ein Tötungsdelikt.«

»Muss es nicht sein. Er kann auch bei seinem Unfall irgendwo blöd hängen geblieben sein.«

»Entschuldigt bitte.« Berenike trat an die Männer heran. »Ich habe da etwas gefunden, was vielleicht einen Hinweis geben kann.« Sie nahm die schwarze Puppe heraus und hielt sie den Polizisten unter die Nase. »Hier, der Draht um den Hals, das erinnert an den Toten, oder?«

Die Ermittler verstummten und blickten sie an.

»Und wo stammt das Ding her?«, fragte schließlich einer.

»Aus dem Brunnen im Kurpark.«

»Aha.«

Jetzt starrten sie alle die Puppe an, aber keiner rührte einen Finger.

»Ich habe mit einer Bekannten gesprochen. Die sagt, so was ist Hexerei.«

»Wie bitte?«

»Böser Zauber. Schadenszauber. Wenn man dran glaubt, wenn man Angst davor hat, verflucht worden zu sein, dann …«

»Was ist dann?«

»Dann kann man wirklich dran sterben.«

Die Uniformierten sahen sich an. Die Mundwinkel zuckten. Sie waren belustigt. Wäre ihr selbst vor Kurzem ja auch noch so gegangen. Vor dem Gespräch mit Anniko. Mittlerweile fand sie die Ausführungen unheimlich, aber nicht unwahrscheinlich. Angst war ein großer Einfluss. Ein sehr großer …

Der blau gewandete Mann, den sie Peter genannt hatten, nickte nachdenklich. »So ähnlich muss der Tote hier erdrosselt worden sein. Ob er sich selbst erdrosselt hat bei einem Unfall oder ob jemand nachgeholfen hat, kann ich natürlich jetzt nicht sagen.«

»Geh bitte, wieso ist denn diesmal nicht Jauernig gekommen!«, stöhnte der Grauhaarige. »Bei dem ist alles einfach und …«

»… und das hier wäre ein Unfall. So hätten Sie's gern, ja?« Der Mann namens Peter sah den Grauhaarigen misstrauisch an.

»Was ist, wollt ihr das Ding jetzt?«, fragte Berenike in Richtung der Polizisten.

»Vermutlich haben tausend Hände das Ding angegrabscht, ja?«, fragte einer von ihnen. »Da sind sicher alle Fingerabdrücke weg.«

»Die halten sich eh nicht im Wasser«, sagte Berenike unwillig.

Der Beamte griff mit einer langsamen Bewegung in seine Uniformjacke und holte eine Plastikhülle hervor. »Na, geben's halt her.«

Wieder vermisste Berenike Jonas. Er hätte nie so reagiert. Er nahm alles ernst, was zur Klärung eines Falles beitragen konnte, mochte es sich zunächst noch so ungewöhnlich anhören.

Die schwarze Puppe wanderte in die durchsichtige Plastikhülle. Der Polizist schrieb etwas auf die Folie und legte sie in den Dienstwagen.

»Und er hier kommt mit zur Obduktion«, sagte der Mann namens Peter. »Jetzt erst recht.«

24

Zu Hause.

Berenike wartete auf das kleine Klacken, mit dem die Haustür ins Schloss fiel, ehe sie nach oben in ihre Wohnung ging. Auf jeder Stufe sah sie sich um. Ein Teil von ihr fand sich selbst lächerlich, der andere Teil war ganz und gar nicht dieser Meinung. Man konnte nicht vorsichtig genug sein. Ihr war, als würde ihr ein Schatten folgen, der nie da war, wenn sie sich umdrehte. Hatte Anniko recht? War sie auch … was eigentlich … verzaubert worden?

Ihr Körper war nach diesem ereignisreichen Tag so müde, dass sie das Gefühl hatte, die Stufen würden sich endlos nach oben ziehen, als würden sie sich ständig vermehren. In der Wohnung achtete sie darauf, alle Schlösser zu versperren, stellte die Taschen ab, schlüpfte aus den Schuhen. Mit langsamen Bewegungen bereitete sie sich eine Tasse Abendtee zu. Sie mischte Lavendel, Lindenblüte und etwas Fichtenwipferln, die sie selbst gesammelt hatte. Mit dem duftenden Getränk ging sie ins Schlafzimmer und stellte es auf das Nachtkästchen. Eine oberflächliche Katzenwäsche musste für heute reichen. Todmüde sank sie auf ihr Bett. Die Katzen folgten und machten es sich rund um sie bequem.

Miss Molly Marple neben Berenikes Polster, die beiden alten Kater auf der anderen Bettseite. Der leeren Bettseite. Sie waren immer noch Berenikes einzige Gesellschaft. Gosh, wie sie Jonas vermisste!

Die Sehnsucht nach ihm, nach seinen Berührungen stieg ins Unermessliche. Sich so an einen Menschen hängen, das wäre ihr früher nie passiert. Früher, in Wien, als Eventmanagerin, war das kein Thema gewesen. Wie sich die Zeiten änderten!

Sie kuschelte sich unter ihre Decke und nahm einen Schluck Tee. Es war schön, sich so nach jemandem zu sehnen. Schön und schmerzhaft. Seit sie gefürchtet hatte, Jonas verloren zu haben, seit sie sich wieder gefunden hatten, war ihre Beziehung völlig anders. Es war fast wie Magie, dass sie sich überhaupt wieder gefunden hatten.

Berenikes Gedanken wanderten zu den Ereignissen des Tages. Die Erkenntnisse bei der Bäckerin Nelly und von der HAK. Der Tote in der Traun, die Puppe mit der Schlinge um den Hals. Vor ihrem inneren Auge verschwammen die Dinge, mischten sich, schlangen sich ineinander. Das Schlangenmuster auf Kathrins Stoff. Die Masken darauf. Das dahintreibende, fahrerlose Kajak, die reißenden Wasser der Traun und immer wieder die Vorstellung von Karls totem Körper, nachdem der Fluss ihn zerstört hatte. Und über all dem Annikos Worte: Schwarze Magie.

Berenike nahm einen weiteren Schluck Tee, ließ die Wärme wirken, wie sie vom Hals in den Magen rann und sich ausbreitete. Trotzdem blieb ihr die Gänsehaut, das Kribbeln im Nacken. Das dunkle Gefühl nahender Gefahr. Widerstrebend stand sie noch einmal auf, ging kontrollierend durch alle Räume. Alles war wie immer. Die Tür war versperrt, alle Fenster geschlossen, sogar die Läden davorgelegt. Das Katzentürchen zum Balkon war der einzige offene Weg nach draußen.

Berenike legte sich wieder nieder. Auch heute war sie kaum in ihrem Salon gewesen, hatte abermals die ganze Arbeit Tiffany überlassen. Sie würde sich bei ihr bedanken, mit einem Bonus vielleicht. Jetzt, wo die Geschäfte wieder gut liefen.

Berenike nahm einen letzten Schluck Tee, drehte das Licht ab und kuschelte sich in die Decke. Miss Marple schnarchte leise neben ihr. Berenike strich über ihr weiches Fell und wurde mit einem sachten Schnurren belohnt. Diese Sehnsucht nach Berührung!

Berenike drehte sich im Bett herum. Als säße ein Alp auf ihrer Brust, so schlecht bekam sie Luft. Jetzt, wo sie der Müdigkeit endlich nachgeben könnte, war vom ersehnten Schlaf keine Spur. Von der Straße fiel das fahle Licht einer Straßenlaterne ins Zimmer, zeichnete Muster an die Decke, die an die Schlangen und Masken auf Kathrins Stoff erinnerten. Erneut begann etwas in Berenikes Kopf zu arbeiten, aber es entglitt ihr immer wieder.

Ein Krachen ließ Berenike hochschrecken. Was war das gewesen? Etwas bewegte sich scharrend, dann klackte es auf dem Parkettboden. Sie lauschte angespannt. Ein Plumps. Das war ihr Bett! Berenike machte Licht und blinzelte. Kater Watson war aufs Bett gesprungen und machte es sich gerade in aller Ruhe bequem.

Berenike drückte den Lichtschalter wieder aus und drehte sich auf die andere Seite. Ihr Herz wollte sich gar nicht beruhigen. Es pochte heftig gegen die Rippen, als wolle es fliehen. Ja, fliehen. Irgendwo anders hin. Unter die Sonne, sich in einen Liegestuhl legen, in den Himmel schauen und träumen. Und an nichts denken. Sie meinte direkt, die Hand von Jonas in ihrer zu spüren …

Ein Knall ließ sie hochfahren. Himmel, was war das wieder? Sie musste doch eingenickt sein. Vor ihren Augen tanzten Fratzen, sie zwinkerte dagegen an. Irgendein Traumgespinst, sie bekam es nicht zu fassen. Berenike lauschte in die Dunkelheit. Die Schatten im Zimmer bewegten sich. Miss Molly Marples Kopf zeichnete sich gegen den Kopfpolster ab. Auch die anderen beiden Kater waren als dunkelgraue Umrisse auf dem Bett zu erkennen. Watson schnarchte leise.

Konnte sie das Schnarchen geweckt haben? Berenike starrte die Schatten an der Decke an. Da! Ein Scharren! Berenike hielt den Atem an. Jetzt war es wieder still. Dann ein Klopfen. Ihr Herz? Nein, das kam von der Tür. Wer mochte das sein? Wie spät war es überhaupt? Sie stand so leise wie möglich auf und tappte, ohne Licht zu machen, zur Tür. Sah durch den Spion. Ein unrasiertes Gesicht, Müdigkeit im Blick, eine große rote Reisetasche.

»Jonas! Du bist wieder da!« Mit fahrigen Fingern drehte sie den Schlüssel im Schloss, riss die Tür auf. »Ich … ich hab schon geglaubt, du kommst nicht mehr zurück.«

Er nahm sie wortlos in die Arme. Sein Bart kratzte, aber er war wieder da. War wieder da und bei ihr und alles war gut.

»Du hast mich erschreckt«, sagte sie nach einer Weile und zog ihn endlich herein.

»Tut mir leid, Nike.«

Sie konnte nicht aufhören, ihn zu berühren. Jonas-Haut, Jonas-Geruch, seine Stimme, seine Knochen und Muskeln unter ihren Fingern, seine Hand an ihrer Wange, in ihren Haaren, seine Lippen an der Stelle am Hals, an der seine Berührung sie wehrlos machte.

»Ich hatte solche Sehnsucht«, sagte er und küsste sie, als würde er sie in sich hineinsaugen wollen. Und sie, sie küsste zurück, gierig, verlangend. Jede Zelle ihres Körpers schien ihm entgegenzuwachsen, als wäre sie ohne ihn am Verdursten. Das Herzklopfen von vorher, als sie erschrocken war, mischte sich mit neuer Aufregung. Seine Hand lag warm und fordernd in ihrem Rücken. Mit dem ganzen Körper drückte er sich an sie.

Die Katzen strichen um ihrer beider Beine, miauten protestierend.

»Ihr seid mir großartige Wächter!«, rief Berenike und löste sich widerwillig von Jonas.

»Wieso?«, sagte Jonas und bückte sich zu den Tieren, um sie zu streicheln, ließ aber Berenikes Hand nicht los. »Ja, ich gebe es zu, nach euch habe ich mich auch gesehnt«, sagte er lachend. »Ich habe es nicht mehr ausgehalten, Nike. Ich hab den erstbesten Flug gebucht, den es gab. Und vom Flughafen bin ich gleich hierher durchgefahren, ich hab mir gedacht, am frühen Morgen ist es vielleicht … Aber nein, ich hab dich aufgeweckt.«

»Das allein ist es nicht.«

»Ich wollte dich überraschen.« Er guckte sie an. Seine Augen waren dunkel. Verlangend und fragend zugleich. So unsicher hatte sie ihn früher nicht erlebt. Früher – bevor sie fast auseinandergerissen worden wären. Ihr Herz begann wieder heftig zu klopfen. Sie fasste nach seiner Hand und legte sie auf ihr Herz, als wolle sie ihn nie wieder los lassen.

»Das war sehr blöd von mir, was, Nike?« Sein Blick wanderte flackernd über ihr Gesicht, suchte etwas in ihren Augen.

»Gar nicht blöd. Ich bin nur so erschrocken, weil …« Sie zog ihn ins Schlafzimmer, schloss die Tür. »Ach, das erzähl ich dir später. Nein, Katzen, diesmal müsst ihr mal draußen bleiben.«

*

Später lagen sie Haut an Haut da. Kein Blatt Papier hätte zwischen sie gepasst. Seelengefährten, was hätten sie ohne einander nur anfangen können. Ein Schauder lief Berenike über den Rücken bei der Erinnerung an die blöde Geschichte mit dem Verhör vor ein paar Monaten. Wie sie Jonas zum Teufel geschickt hatte. Und er gegangen war. Er wäre fast draufgegangen. Und sie selbst auch bald danach.

»Jonas, es war so gut, dass du mir bis nach Prag gefolgt bist.«

»Ich bin so froh, Nike«, sagte er heiser und drückte sie noch enger an sich. »Ich konnte nicht anders. Obwohl du deine Freiheit bewahren sollst. Du hast ein Recht darauf.«

Sie nickte. »Ich glaub, eine Freiheit ohne dich will ich nicht. Nicht mehr.«

Die Strahlen der Morgensonne leckten über die Möbel. Nur in den Ecken schien noch die Erinnerung an die Nacht zu sitzen, an die Dunkelheit.

Berenike erzählte Jonas nun, was in der letzten Zeit vorgefallen war. Das seltsame Bauprojekt auf der Mooswiese, der Widerstand der Ausseer, die zwei Todesfälle. »Beide Opfer waren bei Aktionen gegen das Bauprojekt aktiv und beide sind angeblich verunfallt, glaubt Mara. Aber in beiden Fällen sind unheimliche Puppen aufgetaucht. Einmal eine lebensgroße Kopie von Gustav, stell dir vor! Sie hatte eine Nadel im Herz.«

Jonas streichelte über Berenikes Schultern. »Da gruselt's einen ja!«

»Es kommt noch ärger. Die zweite Puppe sah dem zweiten Todesopfer ähnlich. Und sie trug eine Schlinge um den Hals.«

Jonas schüttelte den Kopf. »Scheußlich.«

»Meine Masseurin hält die Puppen für schwarze Magie. Todeszauber.«

»Ich würd mich vermutlich auch zu Tode erschrecken.«

»Ich auch. Aber der Gustav, der war ganz cool, als er seine Puppe gesehen hat. Der hat sich gar nicht erschrocken. Mara will trotz allem nicht glauben, dass das keine natürlichen Todesfälle sind.«

»Im Moment ist sie nicht meine Kollegin, weil meine Auszeit noch nicht endet.« Jonas seufzte. »Aber ich werde der Sache einmal informell nachgehen. Nachher.«

»Ich muss auch endlich los und in meinen Salon. Ich war in letzter Zeit viel zu selten dort.«

»Ich habe so gar keine Lust, wieder zu arbeiten«, murmelte Jonas und streichelte über Berenikes Rücken.

»Gar nicht?«

»Wenn ich an all die Akten denke, den ständigen Papierkram, das ist und bleibt ein Kampf gegen Windmühlen.« Er seufzte tief. »Dafür bin ich nicht Polizist geworden.«

»Dann solltest du überlegen, ob du deinen Job überhaupt weitermachen willst.«

Noch ein Seufzer. »Du hast recht, Nike. Aber mit über 40 … Was soll ich sonst machen? Außer den klischeehaften Privatdetektiv geben, der bei der Polizei rausgeflogen ist?«

»Ich hab auch einen Neustart gewagt, hier in Aussee. Und das Eventmanagement aufgegeben. Wenn ich heute dran denke, frag ich mich, wie ich es dort überhaupt so lange ausgehalten hab.«

»Du schaffst so was, Nike. Und mit einer Leidenschaft wie bei dir für Tee ist das was anderes.«

»Ich hab auch nicht von Anfang an gewusst, was ich Neues machen will, Jonas.«

Jonas nickte. »Du hast ja recht.«

Still lagen sie da. Keiner von ihnen bewegte sich. Nicht einmal die Katzen waren zu hören. Nur der Wecker tickte die Zeit herunter, wie es alle Wecker dieser Welt taten. Zeit bis zum Ende, bis man ihn nie mehr hören würde.

»Also los jetzt«, sagte sie schließlich und rührte sich nicht.

»Ja. Gleich.«

Keiner bewegte sich. Und es konnte sich niemand beschweren, ihr Handy war aus, herfahren würde vermutlich keiner …

»Autsch!« Kater Watson war auf ihr gelandet – und hatte sie wieder als Absprungrampe verwendet. Miss Marple stupste sie mit der Nase an die Wange.

»Okay, ich geb auf.« Berenike setzte sich auf, rieb sich die Augen und schwang die Beine aus dem Bett. Von draußen miaute es jetzt vorwurfsvoll. Das war wohl der andere Kater. Als Erstes eine Dusche, dann ein schönes Frühstück und endlich in den Salon. Berenike öffnete die Balkontür. Kühle, frische Luft drang herein. Irgendwas klapperte, was nicht klappern sollte.

Ein feuchtes Fellknäuel schoss laut schreiend an ihr vorbei ins Innere.

»Wieso bist du nicht durch die Katzenklapp-?«, Berenike stockte mitten im Satz und sah auf den Boden vor der Tür. Da lag etwas. Etwas Längliches, Schwarzes. Auf dem hellen Parkett. Musste in der Katzenklappe gesteckt haben. Sie bückte sich, wollte danach greifen und zuckte zurück. Ein kleiner, piepsiger Schrei löste sich aus ihrer Kehle.

»Was ist denn?«, fragte Jonas und setzte sich auf. Wie lebendig er aussah, ganz anders als in den letzten Monaten. Lebendig und zufrieden, seine dunklen Augen leuchteten, sein Gesicht war entspannt, die dunklen Ringe waren fast verschwunden.

»D-da liegt etwas.« Sie war sonst nicht leicht zu erschrecken. Mäuse, Spinnen – kein Problem. Aber das hier, das war …

Jonas stand auf und kam ums Bett herum zu ihr. »Haben die Katzen etwas reingeschleppt?«, fragte er und fuhr sich faul und entspannt durch die Haare. »Dabei kann man nicht sagen, dass sie hier Hunger leiden müssten.« Er runzelte die Stirn und bückte sich. »Sieht aber nicht aus wie eine Maus.«

»Nein.«

»Auch nicht wie ein Maulwurf. Das ist ja …« Er stutzte. »Eine Puppe? Wieso liegt in deiner Balkontür im ersten Stock eine Puppe?« Verwirrt blickte er Berenike an.

»Schau sie genauer an.«

»Sie trägt einen Kimono wie du … Aber … was soll das?«

»Und sie hat ein Pflaster über dem Mund.«

»Holy Shit.«

»Ich habe Angst, Jonas. Ich habe richtig Angst.«

25

»Scheiße, wer macht so was?« Jonas stand noch immer nackt da und starrte die neue Puppe an. Es gab ein schabendes Geräusch, als er sich über seine Bartstoppeln strich.

»Jemand, der mich zum Schweigen bringen will. Für immer. So wie die anderen.« Berenike rang um Fassung. Obwohl die Sonne hereinschien, fror sie. »Die Vorstellung, dass jemand auf meinen Balkon klettern und das hier dalassen konnte, und wir haben nichts davon bemerkt, das ist unheimlich.«

»Wir waren halt beschäftigt.« Jonas verzog einen Mundwinkel zu einem halben Grinsen. Er straffte sich und nahm Berenike in die Arme. »Nun gut, nach allem, was du mir über die Toten erzählt hast, kommt die Puppe in die Spurensicherung. Dann werde ich mich halt in den Dienst begeben.« Jonas streckte sich noch einmal und seufzte melancholisch. »Ich würde viel lieber mit all dem nichts zu tun haben und hierbleiben.« Er verließ den Raum und kam gleich darauf mit einer Plastiktüte zurück. Sorgsam packte er die gefundene Puppe hinein und verschloss sie. »Bitte, sei auf jeden Fall vorsichtig, Nike.«

»Natürlich.« Sie gab sich einen Ruck und streckte den Rücken durch. »Aber ich lasse mich auch nicht einschüchtern. Von so einem … einem Scheiß.«

Jonas legte ihr beide Hände auf die Arme. »Das ist auch gut so. Das eine schließt das andere ja nicht aus.«

*

Nach einer Dusche und einem schnellen Frühstück verließen sie endlich das Haus. Jonas trug dunkelblaue Jeans, ein ebensolches Poloshirt, nur die Dunkelheit im Gesicht hatte er sich wegrasiert, auch wenn es nicht die ganze war. Etwas davon saß in seinem Blick, mit dem er sich fast unbemerkt umsah.

Frau Gasperl rumorte gerade im Garten und kehrte lose Blätter zusammen.

»Guten Morgen!«, grüßte Berenike laut, denn ihre ältere Vermieterin hörte mittlerweile schlecht.

»Morgen!« Frau Gasperl hob grüßend eine Hand, in der anderen hielt sie den Rechen. »Oh, der Herr Inspektor ist zurück, da müssen wir endlich keine Angst mehr haben. Jetzt kann man sich wieder richtig sicher fühlen.«

Jonas lächelte leicht. »Ich tue mein Bestes, Frau Gasperl.«

»Ist Ihnen letzte Nacht irgendwas Ungewöhnliches aufgefallen?«, fragte Berenike und dachte an das unheimliche Fundstück, das sie selbst darstellen sollte.

Frau Gasperl kam mit kleinen Schritten näher. »Gibt's wieder was zu ermitteln?«, fragte sie mit einem verschmitzten Grinsen und stellte den Rechen zur Seite.

Berenike zuckte wie beiläufig mit den Achseln. »Ah, ich frag nur so. Sie sperren doch immer abends alle Türen ab? Auch die zum Schuppen?«

»Dirndl, immer noch so misstrauisch? Bei uns g'schieht do' nix.«

»Also ist Ihnen nichts aufgefallen letzte Nacht? Oder gegen Morgen?«

Frau Gasperl schüttelte den Kopf. »Hier is nix. Was habt ihr denn?«

Na gut.

Die alte Frau richtete sich gerade auf. »Wobei, da fällt mir was ein …«

»Ja?«

»Neulich hat jemand geklingelt, ganz komisch war das. Draußen stand eine Frau, sehr dunkelhäutig.«

Berenike wechselte einen schnellen Blick mit Jonas.

»Eigentlich sehr hübsch hat die ausgesehen. Aber irgendwas war komisch an ihr. Sie hat sich so neugierig nach allen Seiten umgesehen.«

»Womöglich eine Trickdiebin, Frau Gasperl«, sagte Jonas. »Seien Sie wirklich vorsichtig und lassen Sie niemanden ins Haus, wenn Sie ihn nicht kennen.«

»Die Frau hab ich mein Lebetag noch nicht gesehen. Außerdem ist mein Hirn noch intakt.« Sie klopfte mit einem verschmitzten Grinsen an ihre Stirn. »Nicht so wie beim Franz drüben, als der schon dement war. Dem haben sie das Haus ausgeräumt, nachdem ihm so ein glutäugiges Mädl schön'tan hat.«

»Manchmal spionieren solche hübsche Frauen aus, ob es was zu stehlen gibt, Frau Gasperl. Die echten Diebe kommen dann später. Also, Misstrauen ist angebracht.« Jonas nickte bekräftigend.

Frau Gasperl nahm ihren Rechen auf. »Ich bin froh, dass Sie wieder hier sind, Herr Inspektor.«

»Wiedersehen, Frau Gasperl.«

»Schönen Tag!« Die alte Frau lächelte ihnen zu.

Jonas nahm Berenikes Hand. Gemeinsam gingen sie zu ihrem Auto wie ein ganz normales Paar.

*

»Alles in Ordnung, Chefica!«, wurde Berenike von Kellnerin Tiffany fröhlich begrüßt, die gerade das Bild von Sherlock Holmes mit dem Staubwedel bearbeitete.

»Hör auf, mich so zu nennen.«

»Aye, aye, Chefica.«

»Tiffany!« Berenike stemmte die Hände in die Hüften und bemühte sich um einen strengen Blick. Die Queen an der Wand schien ihr zuzunicken.

»Jaja. Du, Berenike, ich habe mit meinem Vater gesprochen. Er könnte nächste Woche vorbeikommen wegen deines Teegartens.«

»Danke, das ist fantastisch.« Berenike blätterte den großen Kalender auf. »Dienstag oder Mittwoch wäre wunderbar, da haben wir wenig Termine.«

»Sag ich ihm, Che-« Tiffany schlug sich theatralisch auf den Mund. »Berenike.« Das kam sanft, aber mit einer Prise Schalk in Tiffanys dunklen Augen.

Berenike lächelte. Alles fiel leichter, seit sie wusste,

Jonas war wieder da. Er würde die Ermittlung in die bewährten Hände nehmen. Er würde nichts im Sand verlaufen lassen, was dort nicht sein sollte.

Schwungvoll begann sie ihr Tagewerk. Heute zog sie sich einen Shalwar Kameez in zwei Grüntönen an. Grün wie Gustavs Paragleiter. Aber darum musste sie sich jetzt nicht kümmern. Armer Jonas, so hatte er sich seine Rückkehr in den Polizeidienst sicher nicht vorgestellt.

Trotzdem sah sie jedem neu eintretenden Gast ins Gesicht, als könnte sie etwas daran ablesen. Seine Gesinnung zum Beispiel. Ansonsten gingen die Dinge ihren gemächlichen Gang. Gäste kamen und gingen, Berenike bereitete Speisen und Getränke zu, Tiffany servierte, ihr Vater plante. Teelieferungen mussten überlegt, Geschirr abgewaschen werden. Alles war wie immer. Fast alles. Wie konnte die Welt rundherum weitermachen, als ob nichts wäre? Wie konnte nach so einem … einem Todesfluch alles so weitergehen wie bisher?

Wieder war ihr, als würde ihr ein Schatten folgen. Hatte man sie jetzt auch verhext? So ein Blödsinn!

In einem ruhigen Moment blätterte Berenike durch den Kalender. Tischreservierungen, eine Geburtstagsfeier, die Buchpräsentation von ›Pessoas Erben‹ mit Teeverkostung. Einkäufe mussten getätigt werden, Details mit dem Veranstalter besprochen werden.

… Wenn ich bis dahin noch lebe …

Sie wollte den Kalender zuschlagen, da fiel ihr Blick auf eine weitere Eintragung: Gustavs Begräbnis.

»Das ist ja heute, oder?«, fragte Berenike aufgeschreckt in Tiffanys Richtung.

»Was?«, rief Tiffany und eilte mit einem Tablett voll

leerer Tassen vorbei. Sie stellte es ab und beugte sich neben Berenike über den Kalender.

»Die Beerdigung.«

»Wie? Wessen Beerdigung?«

»Gustavs.«

»Der mit dem Paragleiter verunglückt ist?«

»Ja.« Wenn es wirklich ein Unfall war ... Berenike glaubte immer noch nicht daran.

»Klar, die ist heute. Geht hier am Land schneller als in der Stadt.«

»Hm«, machte Berenike.

»Der Leichenschmaus ist hier bei uns. Alles ist schon vorbereitet.«

»Oh.« Berenike blätterte die Kalenderseiten vor, wieder zurück, stützte den Kopf in die Hände und starrte den Eintrag mit der Beerdigung an. Sie konnte sich nicht daran erinnern, den Eintrag gemacht zu haben. Sie dachte nach, kam aber zu keinem Ergebnis. Alles ging durcheinander in ihrem Kopf. Sie seufzte.

»Sag mal, stimmt irgendwas nicht, Berenike?«

»Was, wieso?« Berenike blickte Tiffany an.

»Du hast gestöhnt.«

»Ach.« Berenike riss sich von dem Kalender los und klappte ihn zu. »Das war nur so, ist einfach alles grad ein bisschen viel.«

»Das glaub ich dir sofort. Aber es ist alles bereit, du brauchst dir keinen Kopf zu machen, Berenike. Ich hab alles unter Kontrolle, Susi kommt nachher.«

Ein Pärchen betrat das Lokal, setzte sich an einen Tisch in der Ecke. Tiffany warf Berenike einen schrägen Blick zu und eilte zu den neuen Gästen.

»Dann geh ich nachher zum Friedhof«, kündigte Berenike an, als Tiffany zurück zur Theke kam, und sah an sich herunter. »Ich bin zwar nicht ganz passend angezogen für so einen Anlass, aber das kann man jetzt nicht mehr ändern.«

Sie dachte an die Puppe an ihrer Balkontür. Und an die Warnung von Jonas. Doch bei einem Begräbnis würden viele Leute anwesend sein. Es würde doch niemand wagen, vor aller Augen …?

26

Schmiedeeiserne und hölzerne Kreuze streckten sich in den grauen Himmel. Die Sonne spitzte nur mehr ab und zu hervor, erleuchtete hier eine metallene Spitze, brachte dort einen schwarz polierten Stein zum Glänzen. Der kleine Altausseer Friedhof war voller Menschen. Der Begräbniszug erreichte gerade das Grab. Gustavs Ehefrau Susana stand ganz vorne, das Gesicht von einem schwarzen Tuch verhüllt, als wären sie hier bei einem Society-Event und sie ein Filmstar. Zwei grauhaarige Männer in Schwarz stützten sie, während der Pfarrer das Weihrauchgefäß schwenkte. Weiter hinten stand ein Grüppchen bunt und alternativ gekleideter Leute beisammen, vielleicht Bekannte Gustavs von seinen früheren Weltreisen.

Berenike entdeckte Max am anderen Ende bei der Friedhofsmauer. Er und Helena schienen in ein Gespräch mit ein paar Leuten von der Autorengruppe ›Pessoas Erben‹ vertieft. Stefan stand etwas abseits daneben, mit einer verschlossenen Miene, als wäre er nur zufällig hier. Sicher ging ihm die Sache nahe, nachdem seine Liebste vor gar nicht so langer Zeit auf so brutale Weise hatte sterben müssen.

»Eine Schand, dass jemand so aus dem Leben scheiden muss«, sagte der alte Bertl neben Berenike.

»Er war noch so jung!«, fügte der drahtige Fischer Johann an.

»Dass es so weit hat kommen können«, murmelte ein jüngerer Mann neben ihm, ein Arbeiter aus dem Salzberg.

Ariane tauchte auf, diesmal ohne Kamera, sie grüßte Berenike verhalten und kam näher.

»Gibt es was Neues zu -« *dem Bauprojekt*, hätte Berenike fast gesagt, biss sich aber rechtzeitig auf die Lippen. Zu viele Zuhörer hier, zu viele Menschen, von denen sie nicht wusste, wo sie standen, auf wessen Seite sie standen. Was für ein Mist, dass sie immer noch keine Ahnung hatte, sie stand genauso blöd da wie am Anfang. Keiner kannte den Bauherrn, niemand den wahren Eigentümer des Grundstücks. Das Thema war in den Ereignissen der letzten Tage komplett untergegangen. Wie in einem kaputten Schnelldurchlauf liefen die Bilder vor Berenikes innerem Auge ab und gerieten durcheinander. Die Reise nach Prag, mit Jonas in England, der Typ im Zug, das Treffen mit Gustav, sein Absturz, Karl Haindls

Kajak-Unfall, die unheimlichen Puppen, Kathrins Stoffsymbole, das Gespräch mit Anniko, die Bäckerin Nelly – und alles wieder von vorne, wie ein Kaleidoskop, das keinen Sinn mehr ergab.

Ein böser Zauber liegt über allem.

»… na, du weißt schon?« Fragend sah sie Ariane an. Der Blick der Journalistin schweifte ernst, fast düster über die Menge.

Ariane schüttelte nur den Kopf und sah Berenike nicht an. Die Musikgruppe spielte eine leise, getragene Abschiedsmelodie. Ungewohnt, die Musiker in gedecktem Grau zu sehen statt in farbenfroher Tracht. Der Pfarrer begann mit der Aussegnung. Die Sonne zog sich zurück, ließ alles grau in grau zurück. Die Berge, den Himmel, die Menschen. Eine dichte Wolkendecke hing jetzt über allem. Drückende Wärme legte sich über alles. Der monotone Sprechgesang des Pfarrers lullte ein, der Weihrauch wurde mehr. Berenike dachte an frühere Begräbnisse. Oma und Opa Roither vor so langer Zeit, eine Großtante. Schlecht war das Wetter immer gewesen, eine Beerdigung bei Sonnenschein lohnte ja kaum. Dazu die Toten der Familie, für die es nie eine Trauerfeier gegeben hatte, weil niemand wusste, wo und wann sie verschieden waren. Menschen, die eines grausamen Todes gestorben waren, ohne dass Berenike je eine Chance gehabt hätte, sie kennenzulernen. Auch sie waren Familie, auch das war ihre Geschichte, ein Stück Heimat – eine Heimat, die sie für immer ohne Heimat sein lassen würde.

Das Totenglöckchen läutete. Ein hoher, klagender Ton. Berenike blickte wieder auf. Immer noch mehr Menschen drängten auf den Friedhof. Überall lagen Kränze und

Buketts mit letzten Grüßen. Touristen in Wanderkleidung guckten durch das schmiedeeiserne Tor, ohne einzutreten, späte Trauergäste schoben sich an ihnen vorbei herein. Berenike drückte sich näher an ein Holzkreuz, auf dem der Name Roither stand, obwohl sie mit niemandem hier in Altaussee verwandt war. Sie wusste, dass es auch ein Grab eines Herrn Lichtenegger gab, und jedes Mal dachte sie dabei an Jonas.

Gustavs Witwe schluchzte laut auf. Die Wolken hingen jetzt so tief, als könnte es jeden Moment regnen. Als gäbe es keine Berge mehr und kein Land dahinter, als gäbe es überhaupt niemanden und nichts mehr außer diesem Friedhof, dem See und den Menschen, die um einen der Ihren trauerten.

Da entstand beim Eingang Unruhe. Die Glocke war verstummt, der Gesang brach ab. Alle verharrten, als würden sie auf etwas Unbekanntes warten. Das Weihrauchgefäß pendelte in den Händen des Pfarrers hin und her, die einzige Bewegung weit und breit.

In die Stille hinein sagte jemand, dessen Stimme Berenike erst nach einem Moment als die von Jonas erkannte: »Die Beerdigung muss bis auf Weiteres unterbleiben. Der Tote kommt zur Untersuchung in die Gerichtsmedizin. Tut mir leid.«

27

Wie bestellt und nicht abgeholt standen die Leute auf den Wegen und zwischen den Gräbern. Ein Rauschen hing in der Luft. Wind war aufgekommen und trieb die Wolken vor sich her, rauschte in den Bäumen. Berenike fror plötzlich in ihrem Shalwar Kameez.

Alle redeten durcheinander.

»Was soll denn das?«, murrte jemand.

»Ist denen das nicht früher eingefallen?«

»Die arme Susi, nicht einmal Abschied nehmen von ihrem Mann lässt man sie. Was ändert der Grund seines Todes denn an der Tatsache, dass er nicht mehr da ist?«

»Er fehlt, ja.«

»Sehr.«

Jemand stolperte über einen Kranz, eine alte Frau stützte sich schwer auf zwei Krücken.

Berenike kämpfte sich gegen den Widerstand der Menschenmenge zu Jonas vor. Der Pfarrer schwenkte immer noch sein Weihrauchgefäß.

»Das können Sie doch nicht machen«, sagte er gerade zu Jonas. Zwei schwarz gekleidete Männer, die Berenike als Mitarbeiter der Ischler Gerichtsmedizin erkannte, hoben den Sarg hoch. Gustavs Witwe stand stumm und zwinkerte heftig. Zu stumm stand sie da. Zu unbewegt.

Jonas sah sehr amtlich drein, wie er den Vorgang beobachtete, ein Blatt Papier in der Hand.

Berenike schob sich an ihn heran. »Was ist denn passiert?«, fragte sie leise.

»Du hast recht gehabt«, wisperte er und stellte sich mit dem Rücken zu den anderen Leuten. »Karl Haindl wurde ermordet, Details lasse ich mal hintangestellt.«

»Ich hab also recht gehabt.«

»Es besteht ein begründeter Verdacht, dass auch Gustav Erdinger keines natürlichen Todes gestorben ist. Deshalb wird seine Leiche jetzt genau untersucht.«

»Wieso ist das bis jetzt nicht geschehen?«

»Es ist eh passiert, aber eben nur die Routineuntersuchungen. Es gab keinen Verdacht auf Mord.«

»Weil Mara mir nicht geglaubt hat. Ich hab gleich gesagt, dass etwas an der Sache nicht koscher ist.«

»Diesmal wird alles gemacht, vertrau mir, Nike. Das ganze Programm, Blutserum, Gifte und so weiter. Auch Mara kann mal ein Fehler passieren, auch sie kann sich irren.« Jonas rieb sich übers Kinn. »Wenn auch selten. Wer weiß, wie lange sie noch bei dem Verein ist.«

»Geht sie weg?«

»Weiß ich nicht. Aber glücklich ist sie auch nicht. Niemand ist bei uns glücklich. Aber egal. Jedenfalls … Auch sie konnte auf den ersten Blick nichts ahnen. Erst seit wir wissen, dass Karl Haindl kurz vor dem Sturz ins Wasser erdrosselt wurde, wird auch der Leichnam von Gustav extra noch einmal untersucht.«

»Also wurde er tatsächlich erdrosselt.« Berenike griff sich an die Kehle, als bekäme sie selbst keine Luft.

»Er hat fast nicht sichtbare Drosselmarken und kein Wasser in der Lunge. Er war schon tot, als er ins Wasser fiel.«

»Das ist ja bizarr.«

»Zum Glück ist Jauernig jetzt abgezogen vom Fall.« Jonas seufzte.

»So schlimm?«

»Jauernig ist ein Säufer, der nur noch an seinen Ruhestand denkt. Der gibt alle Leichen frei, wenn ihnen nicht gerade ein Messer im Rücken steckt.

Du weißt ja, wie es ist, man ist auf das vorhandene Personal angewiesen. Stellen werden eingespart; wenn welche durch Pensionierungen frei werden, werden sie nicht nachbesetzt und so weiter. Der Einzige, der halbwegs was kann, ist der Peter.«

»Du trauerst um Reinhard.«

»Irgendwie schon – fachlich. An ihn kommt nicht so schnell einer heran. Menschlich war es ein Drama.« Jonas seufzte. »Ich mochte ihn bis zu den Ereignissen in Prag durchaus.«

»Du warst schon auch ein bisschen eifersüchtig, weil ich mich gut mit ihm verstanden hab.« Berenike starrte in die Richtung, in der Gustavs Witwe immer noch stand. »Oder?«

Jonas zuckte die Achseln und sah in dieselbe Richtung wie sie.

»Herr Lichtenegger?« Der Sarg mit Gustavs sterblichen Überresten wurde vor dem Tor in ein unauffälliges graues Auto verladen. Einer der Männer schloss die Türen. »Wir wären dann so weit«, sagte der andere zu Jonas.

Donner grollte leise und entfernt. Der Motor des grauen Wagens wurde angelassen. Der Fahrer ließ das Fenster herunter. »Du kennst ja das weitere Prozedere, Jonas.«

»Natürlich. Danke.«

Der graue Wagen fuhr los. Reifen knirschten auf dem Kies. Die Beerdigungsgäste traten von einem Bein auf das andere. Niemand wusste so recht, wohin mit sich.

Gustavs Witwe Susana seufzte auf. Sie zog die Schultern hoch und ließ sie wieder fallen. »Wenn das so ist«, sagte sie überraschend laut, »der Leichenschmaus bei Berenike ist sowieso bestellt. Also lassen wir das Essen nicht verderben. Wer will, kommt einfach mit. Gustav wird nichts dagegen haben, wenn wir uns stärken.« Sie drehte Berenike ihr Gesicht zu. Es wirkte starr und hart. »Das ist doch in Ordnung für dich?«

»Natürlich, warum auch nicht. Es ist ja alles vorbereitet.«

»Danke, Berenike.«

Endlich kam Leben in die Menge, Bewegung entstand, ein Sog Richtung Friedhofstor setzte ein. Kies knirschte unter den vielen Füßen.

»Was ist mit dir?«, fragte Berenike in Richtung Jonas. »Kommst du auch mit zum, äh, Leichenschmaus, zum Schmaus ohne Leiche?«

»Ich werde …«, Jonas räusperte sich. Wie gut sie das an ihm kannte. »Ja, ich werde kurz mitkommen. Mal sehen, was man sich so erzählt.«

Gemeinsam machten sie sich auf den wenige Minuten kurzen Fußweg vom Friedhof zu Berenikes Salon. Der Wind rauschte in den Bäumen. Hoffentlich klappte alles und die Speisen standen bereit!

Vorne am Parkplatz bei der Kirche fuhr gerade der Postler vor, einer der wenigen Einheimischen, die nicht auf dem verhinderten Begräbnis gewesen waren. Würde er die Post den Vorbeigehenden austeilen, er hätte wohl seine Arbeit für den Tag schnell erledigen können. Stattdessen verschwand er im Hotel an der Ecke.

Berenikes Salon war umgehend bis auf den letzten Platz besetzt. Tiffany, Susi und Berenike rannten hin und her, um die Gäste zu bedienen. Es gab Gurkensandwiches, Sandwiches mit Ei und, ganz un-britisch, ein Pilzgulasch. Jonas trat wie selbstverständlich hinter die Theke und begann, Tee und andere Getränke zuzubereiten. Er passte gut da hin, wie er mit Kannen und Tassen hantierte, konzentriert, ruhig und ohne jede Hektik Bestellungen entgegennahm. Dankbarkeit für diese Unterstützung wallte in Berenike auf. Auch wenn er nur den Anlass nützte, vom Gerede der Leute etwas mitzubekommen, er war da, er war hier bei ihr. Gemeinsam würden sie auch diesen Fall lösen. Sie lächelte ihn an, als sie die nächsten Teetabletts von ihm entgegennahm, und wurde mit einem warmen Leuchten in seinen Augen belohnt.

»Ist das der Assam-Tee für Max? Und der Kräutertee für Helena? Aber ohne Minze?«

»Alles wie bestellt.« Jonas lächelte sie an.

»Ich glaub, zwischen den beiden bahnt sich was an.«

»Gönn es ihnen, Nike.« Sein Blick war verlangend, und wäre das hier keine Trauerveranstaltung gewesen, hätte sie ihn geküsst.

Stattdessen formte sie die Lippen nur zu einem Kuss und nahm die zwei Teetabletts auf. »Ich bin nur überrascht. Sie kennen sich seit Jahr und Tag, aber erst jetzt …«

»So ist das mit der Liebe, meine Liebste.« Jonas zwinkerte ihr zu. »Sie geht seltsame Wege. Man weiß nie, wann und wo sie beginnt. Und schon gar nicht, wie.«

Lächelnd eilte Berenike los. Es kam ihr immer noch wie ein Wunder vor, dass Jonas überhaupt in ihrem Leben aufgetaucht war. Hätte sie nicht ihrem alten Leben den Rücken gekehrt und wäre nicht gleich beim Start hier in Altaussee eine Leiche in ihrem Salon gesessen – sie mochte sich nicht ausmalen, wie es wäre, hätte sie ihn nie getroffen.

Helena hockte wieder nahe neben Max an dem Tisch unterhalb von Sherlock Holmes, ziemlich nahe sogar. Berenike musterte die beiden. Also doch! Ihr Herz wärmte sich, wie schön, zwei ihrer besten Freunde so zu sehen, wie schön, in einem Moment der Trauer auch Anlass zu Freude zu erleben.

»Wohl bekomm's, ihr beiden!«, sagte sie und stellte das Tablett vor sie hin. Es war, als hielte Helena extra Abstand zu Stefan, der an ihrer anderen Seite saß, gemeinsam mit weiteren Mitgliedern der Autorengruppe ›Pessoas Erben‹. Berenike verstand Helena, sie erinnerte sich an das Verhältnis ihrer eigenen Schwester Selene zu Stefan. Was für ein Weiberheld, gut, dass das wieder Geschichte war! Er hatte sich nicht einmal nach dem Überfall um Selene gekümmert. Schöne Art von Liebe! Berenikes Blick flog kurz zu Jonas. Das zwischen ihnen war ganz anders.

Am Nebentisch lachten ein paar Männer auf. Der alte Bertl griff in die Innentasche seiner Jacke und förderte einen Flachmann zutage. »Schnaps«, sagte er und sah Berenike an, »selbst ist der Mann, wenn's bei dir scho' koan gibt.«

»Wie ihr meint«, erwiderte Berenike.

»Mit der Verhinderung des Bauprojekts sind wir auch

noch nicht weitergekommen«, sagte die Astrologin Alma gerade düster. Sepp und Stefan nickten finster.

Da war er wieder, der dunkle Schatten.

»Da steht schon ein Bauzaun auf der Mooswiese.« Max griff nach der Teekanne.

»Auf die bisherige Art kommen wir nicht weiter«, konstatierte Stefan. »Wir brauchen etwas, mit dem wir Aufsehen erregen.«

Die anderen nickten. Am Nebentisch wurde weiter gelacht. Susana Erdinger und ihre Begleiter saßen zum Glück auf der anderen Seite des Raumes.

»Am besten ein Transparent, das wirklich jeder sehen kann«, sinnierte Max.

»Auf der Felswand über der Mooswiese zum Beispiel.«

»Ich klettere hoch und befestige es«, bot Stefan an. »Wenn wir damit nicht in die überregionalen Medien kommen, wie dann?«

»Das würdest du dich trauen?«, fragte Helena. Auch Alma sah fragend drein. Max spielte mit seiner Teetasse und legte einen Arm um Helenas Schultern.

»Ich hab keine Angst vor Puppen«, meinte Stefan. »Und klettern kann ich, wie ihr wisst.«

Am Nebentisch wurde es plötzlich still. Berenike spürte die Blicke in ihrem Rücken. »Wir sprechen später«, sagte sie und ging zurück zur Theke.

28

»Komm, Nike, lass uns gehen. Du hast alles aufgeräumt. Lass uns heimfahren.«

Heim?

»Ich meine, zu dir, in deine Wohnung.« Jonas lehnte an der Theke und räusperte sich. Die Küche lag dunkel hinter ihm. Tatsächlich war der Salon leer, alles war picobello aufgeräumt. Kannen und Teetassen standen aufgereiht im Regal, vorne die aus England, weiter hinten die älteren. Die Küche blitzte vor Sauberkeit, sämtliche auf geheimnisvollen Wegen aufgetauchten Schnapsflaschen waren weggeworfen, alle Sessel ordentlich um die Tische gruppiert. Sogar die Bilder von Miss Marple und Sherlock Holmes waren geradegerückt. Nicht ein Staubflankerl war auf der Theke zu sehen. Es war alles getan, was getan werden konnte. Worauf also noch warten …

Sie sah Jonas an und versank in seinen Augen.

»Es mag meine Wohnung sein, aber es ist auch …« Sie suchte nach Worten, den richtigen Worten. »Es soll auch dein Zuhause sein. Wenn du das möchtest.«

»Ich bin dort zu Hause, wo du bist, Nike.« Seine Stimme klang belegt.

Berenike nahm seine Hand. »Gut, fahren wir.« Sie drehte das letzte noch brennende Licht im Gästebereich ab. Zwielicht kroch von den Fenstern herein, legte sich über die roten Bänke und die Tische, machte die Konturen unscharf.

Sie traten hinaus ins Freie, in die Dunkelheit. Berenike bückte sich, um zuzusperren.

»Du könntest zu mir ziehen«, sagte sie langsam und richtete sich wieder auf. Sie ging vorsichtig über die im Dämmerlicht schlecht sichtbaren Trittsteine zum Auto. »Wenn du sowieso etwas anderes machen willst beruflich … Warum nicht hier in Aussee?«

»Ist es das, was du möchtest, Nike?« Sein Blick war undurchdringlich. Warm, dunkel, geheimnisvoll, als spiegelte er den Himmel.

»Ich kann's mir zwar im Moment noch nicht richtig vorstellen, weil … nun, ich lebe schon so lange allein. Aber … ja, ich glaube, ich fände es gut. Es wäre einen Versuch wert, finde ich.«

»Das klingt aber nicht sehr überzeugt.«

Sie erinnerte sich zu gut an ihre erste gemeinsame Zeit. Damals war ihr alles zu schnell gegangen. Es war zu eng gewesen, zu nahe, zu viele Forderungen. Doch die Ereignisse der letzten Monate hatten alles verändert. Die Brüchigkeit des Lebens, die Angst, ihn zu verlieren. Für immer. Die würde ihr immer bewusst bleiben.

»Ich muss mich erst an den Gedanken gewöhnen, Jonas. Das ja. Aber ich … ich glaube, ich möcht mich gern dran gewöhnen.«

Er lächelte, dass ihr die Knie weich wurden. Wie hatte sie je glauben können, das zwischen ihnen sei vorbei?

»Wir könnten ein Haus oder eine größere Wohnung suchen.« Berenike sah ihn an, wie er im letzten Licht des Tages dastand. »Ich meine …«

»Ich … ich werde drüber nachdenken«, sagte er rau.

Seine Arme legten sich sanft um sie. Berenike lehnte sich an ihn, ließ sich tragen von dieser Nähe ohne Worte, dieser Stille, in der nur sie beide existierten, ihr Atem, ihr Herzschlag.

Ein Knall ließ sie zusammenfahren. Jonas drückte sie noch einmal fest, ließ dann locker und hob lauschend den Kopf.

»Was war das?«

»Ich weiß nicht. Eine Autotür?«

»Vielleicht.« Sie horchten beide gespannt in das Zwielicht, aber jetzt blieb alles still.

»Lass uns fahren.«

»Danke für deine Hilfe heute«, sagte Berenike, als sie im Wagen saßen. »Ohne dich wäre das schwer zu schaffen gewesen heute.«

»Doch, doch, Nike, du hättest das mit Bravour erledigt. Aber ich habe es wirklich gern getan.« Jonas legte eine Hand auf ihr Bein.

»Du machst dich jedenfalls gut hinter der Theke, Jonas.«

»Nun, als Engländer.« Er grinste. »Engländer, Tee, du weißt schon.«

»Fehlt dir noch eine Pfeife, wie dein Vater sie hat.« Sie lachte. »Willst du nicht mein Butler werden?«

»Ich denke drüber nach.« Lässig fuhr er los und nahm die Kurven hinauf zu ihrem Wohnhaus.

»Hast du bei den Gesprächen was Interessantes erfahren?«, fragte Berenike.

»Nicht so wirklich. Dafür war zu viel zu tun.«

»Es war unheimlich, als Stefan von den Puppen sprach. Ich wüsste nicht, dass er das wirklich mitbekommen hat.«

Sie starrte durch die Windschutzscheibe. Nur der Scheinwerfer erhellte ein Stück Straße vor ihnen. Rundum war es dunkel.

»Er war bei den Funden nicht dabei – und ich hab mit niemandem über diese, äh, Figuren gesprochen. Außer mit Mara und mit dir natürlich, Jonas.«

Seine Hand stockte in der Bewegung. »Das ist interessant.«

»Na ja …« Sie suchte sich an den ersten Fund zu erinnern, hinten bei der Mooswiese. »Beim ersten Mal war auch Max dabei und …«

»Schon wieder Max.« Seine Hand glitt von ihr weg.

Kühle streifte ihren Nacken. »Jonas, ich bitte dich, darum geht es jetzt nicht. Also, Max und Helena haben was gesehen, aber die würde ich nie im Leben verdächtigen. Früher mal, ja, aber jetzt, ich kenne die beiden. Aber wieso weiß Stefan von diesen Puppen?«

»Vielleicht hat er von jemand anderem was darüber gehört?«

»Scheiße!« Berenike schlug sich mit einer Hand an die Stirn. »Anniko!«

»Was ist mit ihr?«

»Ich hab mit meiner Masseurin über die Puppen gesprochen. Weil ich dachte, sie könnte mir was dazu sagen. Sie weiß es also auch.«

»Würdest du auch für Stefan die Hand ins Feuer legen, Berenike?«

»Stefan?« Berenike zögerte. »Ich weiß nicht.«

»Und Anniko?«

»Mein Bauch sagt, sie hat nichts damit zu tun. Aber man kann in die Leute nicht reinschauen. Holy Shit, es wissen einfach zu viele Leute von den Puppen. Zumindest von der ersten.«

»Wenn die, die du aufgezählt hast, es weitererzählt haben …«

»… dann weiß es jeder.« Er seufzte. »Verdammt, das hier ist wirklich ein Dorf.«

»Ist es, ja. Glaubst du denn, dass man andere auf diese Weise beeinflussen kann?«, fragte Berenike und starrte hinaus in die schwarze Finsternis, als wäre dort die Antwort. »So wie Anniko gesagt hat? Dass man stirbt, wenn man nur an den Todeszauber glaubt?«

Jonas zuckte die Achseln. »Was weiß man schon. Es gibt Dinge zwischen Himmel und Erde, die kann sich keiner erklären. Als Polizist habe ich gelernt, nichts für unmöglich zu halten, nichts auszuschließen.«

Sie nickte.

»Haben Sie schon eine Idee, Frau Super-Kommissarin Marple?«

»Scherzkeks, Chief Inspector. Aber warte. Da war noch was. Während Stefan von den Puppen sprach, ist es am Nebentisch plötzlich verdächtig ruhig geworden.«

»Und was schließt du daraus, Nike?«

»Ich weiß nicht. Eigentlich gar nichts. Wir haben über dieses Bauprojekt gesprochen und mögliche neue Formen des Protestes. Aber es war, als hätten sie alle gelauscht.« Sie stockte. »Es sind die meisten Altausseer dagegen. Aber eben nicht alle. Denk an die Puppe auf meinem Balkon.«

29

Neuer Morgen. Neues Glück. Gemeinsames Frühstück mit Jonas und den Katzen. Orangenmarmelade, English Breakfast Tea und Sonnenschein.

»Wollen wir zu Fuß hinunter in den Ort gehen?«, schlug Berenike vor, als sie fertig gegessen hatten.

»Wenn du möchtest«, stimmte Jonas zu.

Sie gingen los. Wie schön, einmal die Berge klar umrissen zu sehen, den blauen Himmel zu bewundern. Nur an der Trisselwand spitzten ein paar Wolken, ganz harmlos sahen sie aus – noch. Von da hinten kam oft das Schlechtwetter. Die Luft roch nach Sommer, war aber noch kühl um diese frühe Stunde.

»Kommst du noch kurz mit in den Salon?«, fragte Berenike, als sie nach einer halben Stunde Fußweg bergab fast beim See waren. Der Bootsvermieter werkelte schon, braungebrannte Urlauber kamen des Weges und blieben vor dem Fahrplan des Linienschiffs stehen.

»Ich würde gern, aber ich muss gleich noch …«, sagte Jonas seufzend, als ein Schrei erklang. Ein schriller Schrei, der durch und durch ging. Die Stille danach tat es noch mehr. Gänsehaut kroch über Berenikes Rücken. Er war wie von weiter weg gekommen, der Schrei, gleichzeitig ganz nah, als wäre er in ihr selbst aufgestiegen.

»Ein Todesschrei«, flüsterte sie. »Von wem?« Das Echo hallte immer noch in ihren Ohren nach. Oder doch über dem See? Wasser trug den Schall weiter als sonst.

Sie waren beide stehen geblieben.

»Woher kam das?« Jonas hielt lauschend den Kopf schief.

»Aus Richtung Loser, glaub ich«, überlegte Berenike laut. »Oder von noch weiter hinten.« Sie hielt den Atem an, aber der Schrei war verklungen. Nichts Ungewöhnliches war mehr zu hören. Automotoren brummten entfernt, ein Vogel sang, ein Boot fuhr ab. Eine Familie mit lärmenden Kindern bog um die Ecke.

»Wir müssen nachsehen«, entschied Jonas. »Womöglich braucht jemand Hilfe.« Er war ganz der routinierte Polizeibeamte, der immer wusste, was zu tun war. Sie setzten sich wieder in Bewegung, Jonas schlug einen schnellen Schritt an. Sie ließen die Kirche hinter sich und die letzten Häuser. Autos konnten hier nicht mehr weiterfahren. Wasser gluckerte leise, Wellen schlugen sachte ans Ufer. Enten schnatterten von fern. Sie rannten weiter und weiter, konnten aber niemanden sehen, der in Gefahr gewesen wäre.

Doch da war etwas. Ein Geräusch. Töne, die sonst nicht da waren.

»Jonas? Wart, bleib mal stehen.«

»Was ist?«

Die Enten waren verstummt. Da war immer noch ein Geräusch. Fremd, fern, unvertraut. Schon wieder Gänsehaut.

»Da. Da ist es wieder.« Berenike blickte Jonas an.

»Hört sich an, als stöhne jemand, oder?« Er runzelte die Brauen.

»Ich glaube, ja.«

Er lauschte. Jetzt blieb alles still. Zu still. Der Wald lag dunkel vor ihnen.

»Ich hab Gänsehaut.« Sie rieb sich über die Arme. Der Schatten. Er war ihnen gefolgt.

Jonas nickte. »Ich hab auch ein ungutes Gefühl.« Er hielt den Kopf lauschend in alle Richtungen, aber jetzt war nichts zu hören. Weder Schreie noch Stöhnen. Nur das Dunkle hing in der Luft. Angst und Bedrohung.

»Die Geräusche kamen aus dieser Richtung!« Berenike zeigte auf den Wald. Noch während des Redens stapfte Berenike schon los. Morsche Äste knacksten unter ihren Sohlen. Sie verharrte wieder, lauschte.

Jonas kam ihr nach. »Bist du sicher, dass das Stöhnen wirklich aus dieser Richtung kam? Es könnte auch jemand auf der anderen Seite des Weges die Böschung hinuntergestürzt sein.«

»Glaube ich nicht.« Sie lauschte konzentriert. »Da, hör!« Es war mehr ein Röcheln, immer nur kurz, dann war es wieder weg. Wie bei jemandem, der allmählich die Kraft verlor. Oder das Bewusstsein.

»Shit.« Jonas setzte sich gleichfalls in Bewegung.

Berenike kämpfte sich ihm voran bergauf. Weg war hier keiner mehr. Sie musste vorsichtig einen Fuß vor den anderen setzen. Schneller!, trieb sie sich selbst an.

Aber halt – was, wenn das hier eine Falle war? Egal, das mussten sie riskieren. Es hörte sich ja wirklich an wie jemand, der in Not war und Hilfe brauchte. Dann musste man hin.

Die Baumstämme standen immer dichter. Die Erde war feucht und matschig, fast schon schlammig. Bemooste

Wurzeln wuchsen aus der Erde, stellten sich in den Weg. Berenike rutschte ab, suchte Halt, griff einen Ast, fing sich wieder. Sie kämpfte sich weiter voran, keuchte, ihr wurde immer wärmer.

Sie hörte die Schritte von Jonas hinter sich, dann erneut ein Geräusch, das sie stutzen ließ. Es klang anders als zuvor. Sie verharrte in der Bewegung, drehte sich zu Jonas um. Der Abstand zu ihm war größer geworden. Da, ein Röcheln!

Sie setzte sich wieder in Bewegung, ging so schnell wie möglich weiter, auf das Geräusch zu. Der Wald wurde dichter, die Baumstämme dicker, sie standen auch enger nebeneinander. Das Licht wurde weniger. Die Kronen der Bäume hoch oben standen dicht, sodass kaum Sonne durchkam. Faules Laub und totes Astwerk lagen auf dem Boden, der immer unebener wurde.

Berenike blieb stehen, um sich zu orientieren. Jonas war mittlerweile ein hübsches Stück weit hinter ihr zurück. Hoffentlich ging es ihm wirklich gut, nach der letzten Zeit machte sie sich auf einmal wieder Sorgen. Ihr Herz klopfte bei dem Gedanken. Aber nein, er bog gerade ein paar Zweige zur Seite und ging weiter.

Da – ein Keuchen. Oder Stöhnen. Was auch immer. Hörte sich an, als käme es von links. Berenike bewegte sich darauf zu, das Geräusch war jetzt ganz nah. Sie winkte Jonas und ging weiter. Das Knacken unter ihren Schritten war laut, zu laut, um etwas anderes zu hören. Sie blieb wieder stehen. Da, ein gepresstes Gurgeln, abermals Stöhnen. Jonas war jetzt ziemlich weit zurückgeblieben. Vielleicht war er fündig geworden? Aber das Stöhnen war in ihrer Nähe. Sie eilte weiter, umrundete wildes Buschwerk, dahinter ragte eine Felswand auf. Grau, düster. Zwischen der Wand und den Bäumen kam kaum Licht durch.

Berenike tastete sich vorsichtig weiter voran. Jetzt war nur mehr ein erstickter Laut zu hören, der jedoch nahe, ganz nahe. Dann gar nichts mehr. Sie riss die Augen auf und blickte so konzentriert um sich, dass sie brannten. Äste, Laub, Steine, Bäume, der hoch aufragende Fels. Ein übermannsgroßer grauer Steinbrocken lag vor ihr, wie ein Fundstück aus einem Märchen.

Pass auf!

Sie umrundete ihn, die Hände tasteten sich über rauen Stein, dann über weiches, feuchtes Moos.

»Hilfe!«, erklang eine matte Stimme, doch Berenike hätte nicht sagen können, aus welcher Richtung. Sie drehte sich im Kreis, das Echo schien in der Luft zu hängen.

»Ich bin hier!«, rief sie. »Wo sind Sie?« Sie lauschte angespannt. Und dann verlor sie auf einmal den Boden unter den Füßen und fiel ins Bodenlose.

30

Der Sturz endete genauso plötzlich, wie er begonnen hatte. Ein harter Aufprall, Schmerz im Steißbein, im

Nacken. Stille. Dunkelheit. Absolute Dunkelheit. Sie war abgestürzt, aber wohin und warum? Da war nur der Wald gewesen, die Äste, das Laub … und der Findling.

Berenike zwang die Augen weit auf, dass sie fast einen Krampf davon bekam, doch es war aussichtslos. Vor ihr war nur undurchdringliche Finsternis. Vor ihr, hinter ihr, rechts und links – nichts als Schwarz. Überall. Ein kalter Luftzug strich über ihre Stirn, die nackten Arme. Ihre Hand ertastete kühlen Stein unter sich.

Sie stand vorsichtig auf. Zumindest schien sie sich nichts gebrochen zu haben. Im linken Fuß gab es ihr einen Stich, als sie ihn belastete, unten beim Knöchel, aber sie konnte trotzdem ein paar Schritte machen. Aus welcher Höhe sie wohl abgestürzt war? Schwer zu sagen.

Das Handy! Sie würde damit zumindest ein bisschen leuchten können. Sie tastete danach in der Hosentasche. Ihre Finger waren ungelenk, sie sah nicht, wo sie hingreifen musste, rutschte ab, blieb mit einem Fingernagel an irgendetwas hängen. Endlich hatte sie das Telefon herausgefummelt und drückte darauf. Das schwache blaue Licht kam ihr schöner vor als der strahlendste Luster. Sie drehte sich im Kreis damit, leuchtete in alle Richtungen. Weit reichte der helle Schein nicht, abseits des schmalen Lichtkegels blieb alles in pechschwarzer Dunkelheit verborgen. Der Boden war erdig, keine Wand in Sicht, nur ein schwarzes Nichts rund um sie.

Berenike machte vorsichtig einen Schritt nach dem anderen, immer tastend eine Hand ausgestreckt.

Da – vor ihr war eine Wand. Sie ertastete rauen Stein. Moos. Feuchtigkeit. Und da – da oben war ein winziger Streifen Licht. War sie dort im Boden eingebrochen?

Seltsam. Da war doch nur Wald gewesen, ein Wald voller Erde, Laub und Hölzchen. Und der große graue Findling. Von Höhlen hier hatte sie nie etwas gehört, aber sie hatte auch nicht danach gefragt.

Jonas! Sie musste ihn anrufen. Sie packte das Handy fester, wählte, wartete – nichts. Ein Blick aufs Display – null Empfang. Holy Shit!

Und jetzt?

Jetzt bist du also zum Schweigen gebracht.

Bilder stiegen in ihr auf. Die Puppe an ihrer Balkontür. Das Klebeband um das Gesicht der Puppe. Die Toten. Sie keuchte, bekam nicht genug Luft zum Atmen.

»Jonas!«, rief sie.

Nur das Nichts antwortete.

»Halloooo!!!!«

Sie ließ das Licht des Handys ausgehen. Besser Akkuleistung sparen, damit sie länger hielt. Keine Ahnung, wann sie das Telefon zuletzt aufgeladen hatte. Ratlos tastete sie nach einer Wand und lehnte sich dagegen. Kalt war der Stein, er drückte sich rau in ihren Rücken. Und feucht. Zu feucht. Sie stieß sich wieder ab. Auch ihre Hand war nass. Das Handy begann zu rutschen. Nicht jetzt auch noch das Telefon verlieren! Ihre Finger krampften sich um das Gerät, dass ihr von der Anspannung alles schmerzte. Die Schultern, der Nacken, der Rücken.

»Hilfe!« Sie schrie. Was konnte sie sonst tun? Jonas würde nach ihr suchen, aber wie sollte er sie finden?

Sie keuchte auf. Die kalte Luft tat weh beim Einatmen. Sie zitterte, ihre Zähne schlugen aufeinander. Verdammter Leichtsinn, ohne Pulli herumzulaufen, nur weil es sonnig war!

Sie machte einen weiteren Schritt, der Schmerz im Knöchel loderte fast unerträglich auf. Sie bückte sich, um danach zu tasten. Er griff sich dick an, wie geschwollen. Ein weiteres Keuchen entrang sich ihr. Berenike krümmte sich zusammen. Wie lange war sie überhaupt schon hier?

Sie sank auf den Boden. Ihr Hinterkopf streifte die Wand entlang, der Schmerz davon war irgendwie irreal, als würde er jemand anderem zustoßen. Schatten schienen auf sie zuzukriechen.

Und was, wenn niemand sie fand? Wenn sie hier, in der Dunkelheit, gefangen war, ohne einen Ausweg zu finden? Verhungern oder Verdursten, was ging schneller? Oder würde sie erfrieren? Sie zitterte.

Angst. Das ist nur die Angst! Denk klar! Jonas wird dich suchen! Du musst die Kraft finden, ihn zu rufen!

Sie setzte sich halb auf, als eine brüchige Stimme erklang. »... wer ... endlich ...« Und dann legte sich eine Hand um ihren schmerzenden Knöchel. Berenike schrie auf.

31

Der Alptraum. Berenike zerrte schreiend an ihrem Fuß, um sich loszureißen, doch die Hand umklammerte ihn erbarmungslos. Der Schmerz im Knöchel war so stark, dass ihr Tränen in die Augen schossen. Mit aller Kraft, die sie noch aufbrachte, konnte sie sich endlich befreien. Durch den Schwung fiel sie nach hinten. Sie rappelte sich hoch, holte tief Luft und wich zurück. »Wer ist da?«

A-ah-ha, wimmerte das Echo.

Berenike starrte die Dunkelheit an, die wie pechschwarzer Nebel um sie herum lag. Von wo war die Stimme gekommen? Wo war überhaupt das Handy? Sie tastete am Boden danach, bekam es endlich zu fassen.

»Hallo?«

Allo-o-o.

Als wäre sie in einem Traum gelandet. Einem nebligen Alptraum, in dem es nie eine Lösung gab, in dem man nie das Ziel erreichte und nicht vom Fleck kam.

Ihre Finger flogen über das Handy. Bläuliches Licht. Da! Da lag etwas. Jemand. Ein Häufchen Mensch. Irgendwie verdreht. Sie beugte sich zu der Gestalt, leuchtete sie an. Sie lag halb auf dem Bauch, das Gesicht von Haaren verdeckt. Eine Falle? Berenike wich zurück.

»Wer sind Sie?«, fragte sie, erntete aber nur ein Keuchen. Immerhin, die Person lebte.

»… keine Angst …«, kam es dann.

Die Stimme kannte sie doch. Sie klang wie …

»… keine Angst, aber dann …«

»Stefan?«

Ein Röcheln. »Berenike?«

Sie nickte. »Ja. Bist du verletzt?«

Eine Hand fuhr wieder an ihren Fuß, hielt sie fest. »… bleib … bei mir …«

Sie wollte sich aufs Neue befreien, doch diesmal war die Umklammerung unerbittlich. Sie bekam es wieder mit der Angst zu tun. Hatte sie am Ende gar den Fall geklärt? Verstellte sich Stefan womöglich? Aber als Verletzter?

»Also hast du auch eine Puppe erhalten?«, fragte sie.

Er schüttelte den Kopf.

Sie ging in die Hocke, tastete nach seiner Hand auf ihrem Knöchel. »Lass mich los, Stefan, bitte«, sagte sie eindringlich, legte ihre Hand über seine und zog sie weg. »Ich werde hierbleiben, bis Hilfe kommt.« Endlich spürte sie, wie der Druck um ihren Knöchel nachließ und Stefan sie freigab.

»JONAS!« schrie sie. »HILFE!«

»Was ist passiert, Stefan?«

Sie ließ den Handy-Lichtstrahl über ihn wandern und betrachtete ihn genauer. Das war so gar nicht der lässige Bademeister der Alpentherme, der vor allem weibliche Badegäste mit seinen Massagen verwöhnte. Sein Arm wirkte ungesund verdreht, mit einer Wange lag er auf dem Boden. Wenn sie richtig sah, stand da ein Knochen aus der Schulter. Scheiße, und jetzt?

»… klettern …stürzt …«, murmelte Stefan mit schleppender Stimme.

»Du bist auch abgestürzt, so wie ich?« Als sie den schwachen Lichtstrahl weiterwandern ließ, fielen ihr Seile und Kletterhaken auf, in denen er sich verheddert haben musste. Er bewegte eine Hand, fuhr sich an die Kehle.

»Warst du alleine?«, fragte sie.

Er murmelte irgendetwas Unverständliches. »… das Plaka…« Wieder ein Stöhnen. Stefan drehte sich mühsam um. »… gegen das Bauprojekt …«

Humpelnd machte sie einen Schritt auf Stefan zu. Zum

ersten Mal sah sie sein Gesicht. Es war schmutzig, aufgeschürft. Die Nase wirkte zerschmettert.

»Berenike!« Seine Hand deutete hinter sie.

Sie drehte sich vorsichtig um.

»Vorsicht!« Sein Blick lag flackernd auf irgendetwas hinter ihr. Seine Hand griff nach ihrem Knöchel. »… bitte … weg … da …« Er zog an ihr, ließ dann doch los. »… Gefahr …«

Sie drehte sich ganz um. Was sie im schwachen bläulichen Licht erkennen konnte, ließ sie Hoffnung schöpfen. Ein Seil wurde aus der schmalen Öffnung heruntergelassen. Jonas! Er würde sie hier rausholen!

Dann stockte ihr der Atem. Einen Moment stand sie schockstarr und sah zu, wie das Ding von oben herabkam. Genau dort, wo sie gerade gestanden war. Ein Seil, an dessen Ende eine Schlinge baumelte. Ihr Herzschlag setzte heftig wieder ein. Eine große Schlinge. Gerade so, wie sie bei einem Henker in Verwendung gewesen sein mochte. Und sie fischte nach ihrem Kopf.

So muss es bei Karl Haindl gewesen sein!

Berenike bekam gerade noch mit, wie Stefan sie von der Stelle wegzog, dann wurde ihr schwarz vor Augen.

32

Benommen kam Berenike zu sich. Sie lag auf dem Steinboden.

»Stefan?«

Keine Antwort. Scheiße.

Plötzlich schlug er die Augen auf und setzte sich auf. Er sah sie gerade an, sein Blick wirkte etwas klarer.

»Wo ist dieses Seil?«, stieß sie hervor. Ihre Zähne klapperten beim Sprechen wieder aufeinander. »Wir … wir müssen verdammt aufpassen.«

Er zuckte mit den Achseln.

»Es hätte mich beinahe erwischt, oder?«

Er nickte wortlos.

Holy Shit.

Stefan nickte wieder und fuhr sich mit einer Hand an die Kehle.

»Was ist? Was hast du?«, fragte sie.

Stefan machte ein undefinierbares Geräusch, das wie *IRGS* klang, und griff sich erneut an die Kehle.

»Und warum sagst du nichts?«

»… kann nicht …«, rang er sich ab, es klang sehr gepresst.

»Was hast du?« Sie beugte sich näher zu ihm. Berenike leuchtete ihn mit dem Handy an. Das Licht wurde schwächer, der Akku würde nicht mehr lange halten. Stefan legte eine Hand auf seine Kehle.

»Bist du gewürgt worden?« Ihr Blick traf seinen.

Er sah sie offen an und zuckte die Achseln. »… weiß nicht … abgestürzt …«, würgte er hervor. Sie leuchtete seine Kehle von Nahem an. Irgendetwas war da, etwas wie eine Linie.

»Bullshit.« Sie ließ das Handy sinken. »Und ich hab keinen Empfang auf dem Handy.« Sie spürte wieder die Verzweiflung in sich aufsteigen angesichts der Aussichtslosigkeit ihrer Lage. »HILFE!!!!«, schrie sie wieder, so laut sie konnte. Immer wieder. »Hilfe!«

Sie drehte sich zu Stefan. »Wo sind wir hier überhaupt? In einer Höhle?«

»Mh-m.« Stefan nickte.

Etwas klickerte hinter ihr. Klick-Klack. Sie fuhr herum, konnte aber nichts erkennen. Was war das? Sie stand still, das Licht zu Boden gerichtet.

»Wasser«, würgte Stefan hervor.

»Hab ich nicht. Tut mir leid. Ich habe nichts mit.«

Er deutete mit schwacher Bewegung nach oben.

»Was? Ach so.« Wasser tropfte von oben. Das war das Geräusch. Womöglich regnete es? Holy Shit! Berenike wurde schwummrig vor Augen, sie taumelte. Der Schmerz im Fuß schoss ihren Körper hoch, als könne er bis in ihren Kopf wandern und alle Gedanken lähmen. Es war, als würden Nässe und Dunkelheit näher kriechen, sich wie ein böser Schatten um sie legen, um ihr die Lebenskraft zu rauben.

Wie ein böser Zauber!

Aber so schnell gebe ich nicht auf!

Berenike packte das Handy fester und drückte wieder auf einen Knopf. Das Display gab nur mehr ganz wenig Licht. Verdammter Scheiß! Sie zwinkerte. Irgendwas musste sie doch tun können, um sie beide hier rauszubringen! Sie hielt das Display nahe vor die Augen. Kein Empfang, wie gehabt.

Dann musste sie die Höhle abschreiten, abtasten und nach einem Ausweg suchen! Bei jedem Schritt biss sie die Zähne zusammen, zwang sich weiterzugehen, den Schmerz im Fuß nicht zu beachten. Immer wieder rief sie laut »Hallo!« und »Hilfe!« Dabei kontrollierte sie das Handy, irgendwo musste doch, verdammt noch mal, Empfang sein! Diese Werbefritzen quatschten dauernd von Erreichbarkeit und bestem Netz und das überall, die sollten mal zeigen, dass ein Handy wirklich helfen konnte in der Not!

Nachdenklich blieb sie stehen und starrte die schmale Höhlenöffnung weit oben an. Schwaches Licht drang herunter, Wassertropfen trafen sie im Gesicht.

Sie steckte das Telefon in die Hosentasche, legte beide Hände wie einen Trichter um den Mund, holte tief Luft und schrie, so laut sie konnte: »Hallo!!!! Hilfe!!!! Wir sind hier unten!!« Immer und immer wieder. Mit kurzen Pausen. Ihre Kehle war wie ausgedörrt. Sie versuchte, Regentropfen aufzufangen, aber das war leichter gesagt als getan.

Da! Stimmen! Von oben. Menschen! In der Nähe!

Berenike schöpfte tief Luft und schrie mit aller Kraft nach oben: »Hallo! Hilfe!«

Eine Stimme rief etwas.

»Ich bin hier unten!«, rief sie und fühlte sich klein, hilflos, so weit weg vom Leben da draußen, vom Licht, von der Wärme.

»Hilfe! Ich bin abgestürzt! Hilfe!«

»Nike?«

Schwindel erfasste sie. Wieder das Traumgefühl. Der schwarze Schatten.

»Nike, bist du da unten? Geht es dir gut? Nike?«

»Jonas!« Die Erleichterung machte ihre Beine zu Gummi. Sie suchte nach Halt, fand keinen. »Ich bin hier unten! In einer Höhle! Stefan ist hier, er ist schwer verletzt!« Die Kehle tat ihr weh vom Schreien. »Hol einen Arzt!«, krächzte sie.

»Wie weit geht es da runter?« Seine Stimme klang merkwürdig gedämpft.

»Ziemlich weit. Ich kann es schwer schätzen. Zu wenig Licht. 20 Meter vielleicht?«

Nur das Rauschen des Regens antwortete.

»Jonas?«

Nichts. Außer klopfenden Regentropfen. Das Handy ging ganz aus. Akku leer.

»Ich komme wieder, Nike«, klang es von oben. »Halte durch!«

33

Durchhalten. Leichter gesagt als getan. Durstig, frierend, mit rauer Kehle, Schmerzen und einem Schwerverletzten an der Seite.

Tief durchatmen! Jonas holt dich hier raus.

Die Stille atmete. Die Dunkelheit vibrierte. Die Zeit pulsierte. Sie verlor jedes Gefühl dafür, wie lange es her war, seit Jonas mit ihr gesprochen hatte. Immer wieder drückte sie auf dem Handy herum, aber es half nichts. »Bitte, bitte …!«, murmelte sie beschwörend. Nichts. Kein Saft. Kein Licht.

Ein Stöhnen neben ihr. »Stefan?«

»… hm, hm …«

»Halte durch, Jonas holt Hilfe!« Sie tastete nach seiner Hand und raunte beruhigende Worte. Wie hilflos sie sich fühlte, weil sie nichts für ihn tun konnte. Die Regentropfen klopften überlaut in ihren Ohren. Sie strich mit der rauen Zunge über die trockenen Lippen, schluckte krampfhaft gegen die klebrig-ausgedörrte Kehle an. Kälte und Feuchtigkeit drangen durch ihre Kleidung, drangen ihr durch und durch. Bis ins Herz.

Jonas hat gesagt, er holt dich hier raus!

Sie straffte die Schultern. Durchhalten! Bei Bewusstsein bleiben! Nicht durchhängen lassen! Beschäftige dich mit etwas. Mit dem Fall zum Beispiel!

Was war überhaupt geschehen, wie war es zu dem Absturz gekommen? War sie so dermaßen achtlos durch den Wald gehetzt, dass sie die Gefahr übersehen hatte? Wieso konnte man hier überhaupt abstürzen? Sie lebte schon lange hier, kannte die Wälder, den See, die Berge. War überall schon herumgestrolcht, über alle Wege gegangen, den Höhenweg oben bei der Kerry-Villa und rund um den See. Ungezählte Male. Irgendetwas stimmte da nicht.

»Stefan?« Sie richtete sich auf und verharrte in der Dunkelheit.

Keine Antwort.

»Stefan?«

Und wenn er das Bewusstsein verloren hatte?

Sie spürte die Nässe kaum noch, das Zittern war einer Gleichgültigkeit erzeugenden Starre gewichen. Nur der Schmerz war da, flackernd, böse. Ihm einfach nur entkommen … egal wie. Wenn nur der Schmerz aufhörte, sollte ihr alles recht sein.

»Nike?«

Ein Ruck fuhr durch sie hin. Sie musste doch irgendwie eingedöst sein.

»Jonas?«

»Nike!« Seine Stimme kam von oben. »Wir kommen jetzt da runter.«

»Endlich!«, krächzte sie und blickte hinauf. Ein gleißender Lichtstrahl drang durch den schmalen Spalt, erhellte ihr Umfeld, blendete sie. Stimmen sprachen durcheinander, kurze klare Anweisungen folgten.

»Nike?«

»Hier bin ich!« Sie winkte und ließ Stefans viel zu kühle Hand aus. Mit umständlichen Bewegungen stand sie auf. Alle Knochen waren steif, der ganze Körper wie eingefroren. Der Lichtkegel fuhr über sie hin, dann über Stefan, als wäre das hier eine Bühne.

»Hallo, hier!« Sie winkte hektischer. »Stefan ist bewusstlos!« Der Arm tat weh, aber um das ging es längst nicht mehr. Nur raus hier, weg von der Kälte, der Nässe. Wenn sie nur Stefan rechtzeitig retten würden!

Sie machte ein paar Schritte, Wasser platschte unter ihren Füßen. Sie konnte nicht sagen, ob das Wasser durch ihre Schuhe gedrungen war, sie spürte nichts, alles wirkte gefühllos. Selbst ihre Hand, die tastend über die steinerne Wand glitt.

Über ihr waren wieder Anweisungen zu hören, dann ratschte etwas, der Strahl der Lampe fuhr über Stefan hin.

Auf einmal waren zwei Männer neben ihr, einer davon Jonas, der andere ein hagerer Bergretter, dessen Name ihr nicht einfiel. Beide trugen Stirnlampen und einen Sitzgurt, daran leuchtende Seile, die nach oben hin in der Dunkelheit verschwanden.

»Wie geht es dir, Nike?« Jonas legte die Arme um sie, ohne dass sie sie wirklich spüren konnte.

»Mir geht es einigermaßen, mir ist nur kalt. Um Stefan mache ich mir Sorgen. Er ist bewusstlos und hat schwere Verletzungen«, sagte sie, »er hat sich nicht bewegt. Aber er hat ein wenig gesprochen.«

»In Ordnung, ich kümmere mich sofort um ihn«, versprach der Hagere und kniete sich vor Stefan hin. »In der Zwischenzeit können sie dich raufholen, Berenike.«

»Danke, Dr. Blum«, sagte Jonas.

Jetzt wusste sie es wieder, Erich Blum hieß der Mann, er war der Arzt.

Ihr wurde ein Stoffstück um die Hüften gelegt, Karabiner klickten, dann saß sie in einer Art Sitz, der mit einem Seil von oben verbunden wurde. Sie sah der Sache zu, als wäre sie nur Beobachterin. Oh, interessant, den Boden unter den Füßen zu verlieren. Spannend, wie sie nach oben glitt ohne eigenes Zutun. Wie das Licht näher kam. Ein Ruck, dann war sie oben. Sie war tatsächlich draußen, in der Helle des Tageslichts, und hatte wieder festen Boden unter den Füßen.

Oben stand Florian, ein anderer Bergretter. Er reichte Berenike freundlich lächelnd den Arm.

»Danke, ich kann das allein«, protestierte sie und wollte mit klammen Fingern einen Karabiner lösen. »Ich bin in Ordnung, hört auf, mich wie ein Kleinkind zu behandeln.«

34

Ungelenk und wackelig machte Berenike ein paar humpelnde Schritte. Florian reichte ihr eine Decke.

»Danke.« Sie wickelte sich hinein und setzte sich auf einen Stein, ohne dass sie etwas von Kälte oder Nässe spürte.

Florian reichte ihr einen Becher mit Tee. Sie nahm ihn entgegen und legte dankbar beide Hände darum. Vorsichtig trank sie einen Schluck.

Jonas war nun auch wieder heroben und kramte in irgendwelchen Sachen. Der Regen hatte tatsächlich aufgehört. Von den Bäumen tropfte es ab und zu. Die Berge versteckten sich hinter Regenwolken. Nur der Gipfel der Trisselwand spitzte ein klein wenig zwischen dem grauen Gewaber hervor. Ganz hinten war ein Stück blauer Himmel. Berenike drehte den Rücken in die Richtung. Das

Licht blendete nach der Zeit unten in der Finsternis. Erst langsam kam wieder Gefühl in ihren Körper, ihre Arme, die Beine. Florian tastete ihren Fuß ab.

Berenike zuckte bei der Berührung zusammen.

»Du solltest das besser röntgen lassen«, erklärte er.

»Ach was, wenn was gebrochen wäre, könnt ich nicht damit gehen.« Sie winkte ab.

»Spiel dich lieber nicht damit. Fürs Erste werd ich dir den Fuß bandagieren und am besten solltest du ihn hoch lagern und kühlen.«

Sie nickte dankbar und sah zu, wie ein anderer Retter – Joschi – sich daranmachte, in die Höhle abzusteigen. Sie kannte die meisten von ihnen, kamen sie doch auch zu ihr ins Lokal. Joschi gab den anderen ein Zeichen und verschwand mit langsamen, zielsicheren Bewegungen in der Höhle.

Jonas nahm die Lampe ab. »Nike, willst du nicht nach Hause fahren und dich umziehen? Deine Kleidung ist nass.«

»Bitte, Jonas.« Die Finger fingen zu prickeln an. »Ich kann für mich sorgen, ja?«

Er nickte etwas zweifelnd und hantierte an Seilen und Karabinern. Gebannt blickten alle zu dem von hier wirklich fast nicht sichtbaren Einstieg zu der Höhle.

Berenike stand wieder auf und ging näher heran. Sie blieb hinter Florian stehen und äugte auf den ziemlich schmalen Spalt. Fast unglaublich, dass da tatsächlich ein menschlicher Körper hindurchpasste.

»Ich wusste gar nicht, dass es hier Höhlen gibt«, sagte sie und machte die Fäuste auf und zu.

»Viele gibt's auch nicht«, erklärte Florian. »Ein paar

große Felsen, die sich vor langer, vor sehr langer Zeit gelöst haben, bilden zusammen eine Art Höhle. Du hast einfach Pech gehabt, dass du genau dorthin gestürzt bist.«

Endlich gab es ein Zeichen aus der Höhle, dann wurde Stefan herauftransportiert, auf eine Trage geschnallt, die umständlich durch die Höhlenöffnung manövriert wurde. Die Handgriffe glitten wie ein lautloses, geübtes Räderwerk ineinander. Jonas trat zu ihnen.

»Weiß jemand, was passiert ist?«, fragte Erich und sah dabei Berenike und Jonas an.

»Wir beide«, fing Berenike an und ihre Zähne klapperten wieder, »also Jonas und ich, wir haben Schreie gehört und haben gesucht. Dann bin ich abgestürzt. Stefan lag schon unten. Mehr weiß ich nicht. Er ist Kletterer, aber …«

Erich kontrollierte Stefans Puls, leuchtete ihm in die Augen, besah sich seinen Hals. »Er atmet stabil, aber dass er immer noch bewusstlos ist, gefällt mir gar nicht.« Er zeigte auf Stefans Hals. »Seht her.«

Jonas trat näher. »Ein roter Abdruck am Hals? Ist es das, was ich denke?«

Erich nickte. »Eine Spur wie von einem Seil. Eine Drosselmarke. Er könnte sich beim Sturz in einem seiner Seile verheddert haben.« Erich befühlte nachdenklich Stefans Kletterseile.

Berenike trat zitternd näher und besah sich jetzt ebenfalls Stefans Kehle. Hier heraußen konnte sie die roten Striemen genau sehen. Sie schauderte.

»Genauer kann das nur der Gerichtsmediziner feststellen.« Jonas fischte nach seinem Handy. »Und die Spurensicherung anhand des Seils.« Er seufzte. »So habe ich mir die Rückkehr in den Dienst wirklich nicht vorgestellt.«

»Der Hubschrauber ist schon alarmiert«, erklärte Erich. »Hoffentlich kommt Stefan durch. Es kann jetzt um jede Minute gehen.«

35

Berenike stand neben Jonas und sah zu, wie Stefan in den Hubschrauber verladen wurde. Der Helikopter flog davon, der Motorenlärm wurde leiser und war schließlich nur mehr ein leises, fernes Brummen.

»Ich versteh immer noch nicht, wie das passiert ist.« Vorsichtig ging Berenike zu der Stelle, die in die Tiefe führte. »Merkwürdig, dass ich früher nie was von dieser Höhle bemerkt hab.«

»Dabei bist jo fast schon eine von uns.« Florian zwinkerte ihr zu und wurde dann wieder ernst. »Wie geht's dir jetzt, Berenike?«

»Danke, alles okay.« Sie nickte bestätigend. Sie konnte Hände, Finger und Beine wieder normal bewegen.

Jonas warf ihnen einen Seitenblick zu, blieb aber stumm.

»Sollen wir euch mitnehmen?«, fragte Florian.

»Es geht schon so, denk ich. Wir kommen zurecht«, erklärte Berenike.

Die restlichen Bergretter verabschiedeten sich und gingen.

Jonas und Berenike blieben allein zurück. Wie still es auf einmal war. Jonas legte seine Hände auf ihre Oberarme und zog sie zu sich heran. Endlich war auch wieder Gefühl in ihren Fingerspitzen, als sie seine Wange berührten. Alles wieder spüren, die Nähe, die Wärme, das Leben.

»Schon wieder hätten wir uns fast verloren, Nike«, sagte Jonas rau. »Ich bin froh, dass dir nicht mehr zugestoßen ist. Nicht wie Stefan.«

»Nicht auszudenken.« Sie schauderte. Jonas drückte sie noch fester an sich. Doch das hier war keine Kälte, die man mit Kleidung oder Umarmungen zum Schweigen bringen konnte. »Ich habe schon gedacht, ich muss da unten verrecken.«

»Jetzt ist es ja gut, Nike.« Sein warmer Atem streifte tröstlich ihren Nacken. Ihre Anspannung ließ endlich nach. Selbst der Schmerz im Knöchel wurde leichter, war nur mehr ein fernes Echo. Jonas streichelte ihren Rücken. Fast hätte sie geschnurrt.

»Und jetzt?« Sie drückte sich ein kleines Stück weg von ihm und sah ihm ins Gesicht.

»Jetzt …«, seine Augen wurden dunkel, grimmig zog er die Brauen zusammen. »Jetzt gibt es neue Ermittlungsansätze. Und ich glaube nicht, dass mir das gefällt.«

»Sieht aus, als sollte Stefan das dritte Opfer einer Serie werden.« Sie schauderte schon wieder und drängte sich enger an Jonas.

Er nickte. »Wenn wir nun noch so eine Puppe finden … Wir werden alles absuchen.«

»Ich glaube, die Puppen sollen Warnungen sein. Vielleicht hat Stefan schon früher eine gefunden und das nicht ernst genommen. Er hat ja gesagt, er fürchtet sich nicht vor so was.«

»Auch wahr.« Jonas wiegte sie in seinen Armen. Endlich ließ das Zittern nach.

»Lass uns gehen, Jonas.«

»Bist du sicher, dass du das schaffst?« Zweifel stand in seinem Blick.

»Jonas!«

»Entschuldige. Wir gehen unter einer Bedingung: Du nimmst dir frei für heute und wir tragen in Ruhe alle Erkenntnisse zum Fall zusammen.«

Sie nickte. Zwei Dinge schossen ihr durch den Kopf. Eigentlich drei. »Wir trinken Tee im Salon und dann reden wir, Jonas.«

36

Tiffany schlug die Hände über dem Kopf zusammen, als sie endlich im Teesalon ankamen. Es war doch mühsamer geworden, als Berenike gedacht hatte, Pausen waren wegen des Knöchels immer wieder nötig gewesen. So betrat sie jetzt humpelnd, nass, schmutzig und mit bandagiertem Fuß ihr gut besuchtes Lokal. Jonas schloss die Tür hinter ihnen. Glöckchen klingelten sachte. Alle Anwesenden verstummten und starrten sie wie aus 1000 Augen an.

»Was ist passiert?« Die Kellnerin lief auf sie zu. »Immer, wenn du unterwegs bist, passiert irgendwas.«

»Lieber unter vier Augen«, raunte Berenike und steuerte das kleine Büro an. »Oder sechs Augen.« Sie zwinkerte Jonas zu.

Tiffany folgte ihr. »Warte, ich helf dir«, sagte sie und hielt Berenike einen abgewinkelten Arm hin.

»Tiffany, ich bin nicht invalid, zum Henker!«, wehrte Berenike ab und fing einen genervten Blick von Jonas auf. Sie biss die Zähne zusammen. Endlich waren sie alle drei in dem kleinen Raum, in dem der Schreibtisch ihres Großvaters ein neues Zuhause gefunden hatte. Berenike lehnte die Tür von innen an und setzte sich. Vorsichtig streckte sie den Fuß aus.

»Was ist passiert?«, fragte Tiffany und beugte sich über Berenikes Bein.

»Lass, das wird schon wieder. Nur ein …« Berenike stockte. Wem konnte sie eigentlich trauen? »Nur ein kleiner Unfall.« Ihr Blick streifte Jonas, der fast unmerklich nickte. »Stefan hat es … auch getroffen.«

Tiffany riss die Augen erschrocken auf. »Was denn, euch beide? Ist ihm was passiert?«

»Wissen wir noch nicht. Der Rettungsheli hat ihn mitgenommen.«

»Ach, den haben wir hier auch gehört. Das war das also!« Die Kellnerin schüttelte den Kopf, dass die schwarzen Locken flogen, die sie heute offen trug.

»Du könntest mir aber gern ein wenig Eis bringen für den Fuß«, bat Berenike. »Hab ihn mir verknackst oder so.«

Tiffany nickte und musterte Berenike, dass ihr ein Kribbeln im Nacken aufstieg. Gut, dass sie nicht mehr verraten hatte!

»Und bitte, bring eine Kanne Bergblüten-Tee.« Berenike sah zu Jonas. »Was möchtest du?«

»Dasselbe. Bitte, Tiffany.«

»Brauchst du noch was?«, fragte Tiffany.

»Bitte, ich bin nicht schwer verletzt, okay?« Berenike stöhnte genervt. »Und außerdem ist Jonas hier, er wird mir schon helfen und zusehen, dass ich nicht abkratz.«

»Ist recht«, schnappte Tiffany, warf das Kinn hoch und strebte hinaus. Mit einem Ruck wurde die Tür geschlossen.

»Endlich ist sie weg«, seufzte Berenike.

»Misstraust du ihr?«

»Ich weiß nicht. Aber bei zumindest zwei Todesfällen wurde kurz davor eine geheimnisvolle Frau gesehen. Wenn ich dich erinnern darf: eine dunkle Frau, in den Worten des Forstarbeiters.«

»Das ist aber zugegeben eine sehr vage Beschreibung. Dunkle Haare haben viele. So wie es hier viele schwarze Schafe gibt. Das sagt noch nichts.«

»Nein.« Berenike massierte ihren Knöchel. Er war ziemlich geschwollen, der Fußweg war doch nicht so clever gewesen. »Aber beide Todesopfer ebenso wie Stefan haben sich an vorderster Front gegen das Bauprojekt auf der Mooswiese engagiert.«

Jonas nickte nachdenklich.

»Und ist es nicht merkwürdig, dass Stefan genau dann abstürzt, nachdem er sich da einbringen will?«

Jonas nickte und blickte die sich öffnende Tür an.

Tiffany.

»Und was wär so schlimm, wenn sie das Haus dort bauen?«, fragte die Kellnerin und balancierte ein bunt bestücktes Teetablett herein. Rosa Tassen, eine blaue Kanne, grüne Teller mit Muffins drauf.

Berenikes Blick kreuzte sich mit dem von Jonas.

»Tiffany.« Berenike starrte ihre Kellnerin an, wie sie das Tablett zwischen das Durcheinander von Papieren, Ordnern und Schlüsseln auf den Schreibtisch stellte. »Du überraschst mich. Ich dachte, alle hier sind gegen so ein Monster-Vorhaben. Direkt am See, noch dazu auf Naturschutzgrund.«

»Ja, aber mein Vater ... wenn dort gebaut wird, hätte seine Firma endlich wieder einen Auftrag und er weiter seinen Job.« Tiffany schob einen Papierstapel dahin, einen anderen dorthin, stellte das Tablett um und betrachtete alles prüfend. Sie hob die Kanne hoch. »Er ist doch angewiesen darauf, in seinem Alter, du weißt, wie es ist.«

»Natürlich. Komm, gib mir die Kanne, Tiffany, wir machen das schon.« Berenike nahm sie ihr aus der Hand. »Geht es nur darum? Er wird wieder was finden.« Berenike ließ die Kellnerin nicht aus den Augen.

»Er ist 56, wer soll ihm noch einen Job anbieten, Berenike? Und für die Pension fehlen ihm die Jahre. Auch wenn – na, egal.« Sie wischte sich über die Augen.

»Hast du das Eis für meinen Fuß mitgebracht?«

»Nein. Entschuldige. Kommt gleich.« Tiffany ging, die Tür wurde wieder geschlossen.

»Sie verhält sich merkwürdig, oder?«, fragte Berenike leise. Sie schenkte ihnen ein.

Jonas nickte. »In der Tat. Aber ob sie absichtlich gelauscht hat?«

»Ich weiß auch nicht«, sagte Berenike. »Es ist wirklich blöd, dass wir keine genauere Beschreibung von Gustavs geheimnisvoller Freundin haben.«

»Wenn vor Stefans Unfall auch eine Frau in der Nähe war …«

»Hoffentlich schafft er es.«

»Sah nicht gut aus.«

»Nein. Auch wenn er häufig nervt – das wünscht man keinem.«

»Holy Shit.«

Sie tranken schweigend. Die Bergblüten schmeckten süßlich und angenehm. Beruhigend irgendwie.

»Da war noch etwas in der Höhle.« Berenike zitterte wieder bei der Erinnerung. »Jemand hat eine Schlinge herabgelassen. Wie so ein Henker.«

»Aha.« Jonas nickte nachdenklich. »Aber gesehen habe ich niemanden mehr, bis die Bergretter kamen.«

»Es ist, als würde alles ständig im Nebel verschwinden.« Berenike stellte die Tasse so heftig hin, dass der Tee überschwappte.

»Nein. Wir wissen verdammt noch mal immer noch nichts.« Auch Jonas knallte die Tasse auf die Untertasse. »Nicht einmal, wer hinter dem Bauprojekt steckt. Aber ich hab eine Idee. Ich werde mich bei dieser komischen

Holding als Security-Mitarbeiter bewerben. Die suchen nämlich gerade, hab ich gelesen.«

»Und wie willst du dort nicht auffallen?«

»Och, so manch ein Polizist hat mal einen Nebenjob, vielleicht nicht ganz offiziell, aber in dem Geschäft werden sie schon nicht so genau schauen. Die werden eher noch froh sein, wenn sich einer vom Fach bewirbt. Ich werd das schon deichseln.«

»Na dann viel Glück. Und bitte – komm lebend wieder.«

Jonas nickte ernst. »Du siehst doch nicht wieder einen Schatten um mich oder so?«

»Ich weiß nicht.« Sie spürte etwas, war sich aber nicht sicher. Nicht wie vor Kurzem, als sie ihm das Leben gerettet hatte mit ihrer Ahnung, dass er in Gefahr war.

»Hier wird jedenfalls rücksichtslos gemordet und wenn du mitten ins Getümmel ziehst … du machst dich angreifbar, wenn jemand dich durchschaut.«

»Wollen wir hoffen, dass alles gut geht. Ich pass schon auf. Und zu Tiffany nichts mehr über den Fall, okay?«

Sie nickte. »Ich behalt sie im Auge.«

»Danke.« Jonas nickte und ging zur Tür. Er öffnete und stockte.

Tiffany stand direkt davor. »Berenike? Da draußen sind irgendwelche Leute und ich versteh sie einfach nicht.«

Sie deutete Richtung Salon. Berenike ging ihr nach. Vor der Theke standen ein paar kleingewachsene, dunkelhäutige Leute und redeten lachend durcheinander. Einen von ihnen erkannte Berenike.

»Aber Tiffany!« Berenike lachte auf. »Das sind ja nur die Filmleute aus Indien.«

»Ach so. Hätte mir ja auch jemand sagen können.«

37

Zeitig am Morgen verließ Jonas das Haus. Er trug seine Lederjacke, schwarze Jeans und sah richtig cool aus. Wie so ein Geheimagent. Oder Meisterdetektiv. Oder ein Biker.

Berenike hätte ihn am liebsten festgehalten. Etwas in ihr war wie eine Vorahnung. Aber es war ja sein Job. Stattdessen küssten sie sich, als gäbe es kein Morgen. Berenike ließ ihn endlich los, ließ ihn gehen.

Sie spürte Anspannung und Müdigkeit in jedem Knochen. In ihrem Kopf ging alles durcheinander. Das Verhalten Tiffanys. Dass Stefans Befinden sich nicht gebessert hatte, wie sie von einem Anruf im Spital erfahren hatten. Die Erkenntnisse aus dem Absturz. Und der Gedanke an Jonas, der jetzt in die Höhle des Löwen ziehen mochte. Oder auch nicht.

Still war es in ihrem Wohnzimmer, nachdem die Tür hinter ihm zugefallen war. Zu still. Sogar die Katzen waren nach dem Frühstück ihrer Wege gegangen. Sie war allein.

Vorsichtig betastete Berenike ihren Fuß. Sah besser aus als gestern, die Schwellung war abgeklungen. Der Schmerz war latent vorhanden, aber meine Güte, es gab Schlimmeres.

Sie machte probeweise ein paar Schritte – es ging einigermaßen. Gut, dann raus hier, bevor die Wände auf sie zukommen und sie erdrücken konnten.

Wie in der Höhle … Mit aller Macht schob sie die Bilder der feuchten, dunklen Höhle weg. Stattdessen kamen jetzt die Erinnerungen an die Puppen. Besonders an die an ihrer Balkontür. Ob die Spurensicherung daran schon was gefunden hatte? Irgendeinen Fingerzeig, eine kleine Spur, in welche Richtung ermittelt werden sollte? Das gab es doch nicht, so im Nebel zu stochern! Das war unheimlich. Zauberei. Zwei Tote, ein Schwerverletzter – und keine Hinweise? Keine Spuren? Als könnte sich der Schuldige unsichtbar machen?

Todeszauber.

Annikos Worte fielen ihr wieder ein. Und die Jünger schwarzer Magie, die es am Traunsee geben sollte. Was mochte dahinterstecken? Nur Spinner? Oder doch mehr?

Sie würde es herausfinden. Auch sie wollte ihren Beitrag zur Klärung dieses Falls leisten.

*

Es war fast gespenstisch ruhig in Traunkirchen. Nachdenklich ging Berenike die Uferstraße entlang, auf der nur selten ein Auto vorbeifuhr. Der Knöchel schmerzte nur noch ganz leicht. Es war warm, fast schwül. Einmal mehr ballten sich dunkle Wolken am Himmel und verdeckten die Sonne. Der eine gute Stunde von Aussee entfernte Traunsee war in ein diesiges Licht gehüllt. Er war riesig, viel größer als der Altausseer See und der Blick ging viel weiter.

Und hier sollten also diese Zauberer agieren. Berenike erinnerte sich an Annikos Worte, über die Kräfte der Zerstörung. Wenn man denn daran glaubte. Doch Gedanken konnten mächtig sein.

Zögernden Schrittes erreichte sie an alten Villen und Wiesen vorbei das Ortszentrum. Auch hier Stille. Vor einem alten Greißlerladen wurden Obstkisten sortiert, Enten paddelten im Wasser, ein Schwan flog auf. Auf der Terrasse eines Cafés servierte eine grauhaarige Kellnerin. Selbst die wenigen dort sitzenden Urlauber sprachen nicht.

Eine Kapelle thronte auf einer baumbewachsenen Erhöhung, die sich direkt ins Wasser hineinzuschieben schien. Berenike nahm den Weg um die Erhebung herum. Zwischen rauem Gestein auf der einen Seite und dem See auf der anderen Seite war nur ein schmaler Weg. Hier war überhaupt niemand. Ihre Füße berührten saftiges, weiches Gras. Majestätisch erhob sich am gegenüberliegenden Ufer der Traunstein gegen die Düsternis.

Wo sollte sie mit ihrer Suche beginnen? Ratlos blieb sie an einer Weggabelung hinauf auf den Felsen stehen.

»Na, interessiert am Stein Odins?«, fragte eine dunkle Stimme hinter ihr.

Berenike fuhr herum. Eine schwarz gekleidete Gestalt stand unter den dunklen Nadelbäumen, als wäre sie Teil von ihnen, wäre einer von ihnen, als würde sie unter ihnen leben.

Berenikes Herz klopfte. Sie hatte niemanden gehört, keine Schritte, nichts. Wie Zauberei. Oder einfach weil der Waldboden weich war. Aber dass nicht einmal Holz geknackt hatte … Womöglich hatte die Person sie die ganze Zeit beobachtet. Unheimlich.

»Wieso Odin?«, fragte sie und betrachtete die halb abgewandt dastehende Gestalt.

»Der Fels. Er soll mal früher ›Odins Stein‹ geheißen haben. Heute kennt man ihn als ›Johannesberg‹.« Die Gestalt drehte sich halb zu Berenike. Sie trug eine Art schwarzer Kutte mit einem verschlungenen weißen Muster darauf und sah ein wenig wie ein Priester aus. »Was die Pfaffen halt aus alten Gottheiten gemacht haben.«

Doch kein Pfarrer. Und der Dekor seiner Kleidung erinnerte an Schlangen.

Wie bei Kathrins Stoff.

Berenike nickte nachdenklich. »Ich bin auch kein Freund der großen Glaubensrichtungen.«

Ihr Blick fiel auf den mächtigen Traunstein mit seinem Grau am gegenüberliegenden Seeufer, auf die dunkel bewachsenen Hänge rundum. Nebel zeichnete alles unscharf wie Schatten. Stille hing über allem. Selbst das Wasser lag unbewegt und dunkelgrün da. Es war eine abwartende, unangenehme Stille.

»In diesem Fall …«, die Gestalt lächelte, von ihrem Gesicht war nichts als ein verzogener, schiefer Mund zu sehen. »In diesem Fall ist das hier der passende Ort.«

»Der passende Ort wofür? Oder für wen?«

Sollte es so einfach sein? Sollte sie so schnell fündig werden, ganz von selbst, ohne zu suchen? Oder …

Berenike stockte der Atem.

War es anders herum? Fand man sie? Sie erinnerte sich an die Puppe, die sie dargestellt hatte. Man war ihr auf der Spur. Was war dann Annikos Rolle, die sie hierhergeschickt hatte?

Berenike war plötzlich eiskalt. Kein Mensch weit und breit außer ihr selbst und dieser Gestalt in der Robe. Rundum dichter Wald, feindselige Berge und der tiefe, dunkle See. Bis zu dem Café war es weiter, als ihre Stimme tragen würde.

Die Gestalt schob ihre Kapuze aus dem Gesicht. Ein verwaschenes Antlitz wurde sichtbar, das weder als männlich noch als weiblich zu bezeichnen war. Ein Mund voller schiefer, schwarzer Zähne. Die Augen schielten so sehr, dass eines wie ums Eck starrte, während das andere Berenike fixierte. Sie schauderte. Diese Person wusste irgendwas, das spürte Berenike. Sie wartete auf die Reaktion der Gestalt.

»Angst?«, fragte der Kuttenträger stattdessen lauernd und sein ohnehin schiefer Mund verzog sich noch mehr.

»Nein. Ich suche jemanden, weil …« Sie schluckte. »Weil ich Hilfe benötige … ich … äh … mein Liebster …«

Der Typ in der Kutte – ja, bei näherem Hinsehen hielt sie ihn für einen Mann – zog eine Braue über seinen schiefen Augen hoch. »Soll jemand … entfernt werden?«, fragte er mit einem seltsamen Lächeln und starrte sie an.

Sie dachte noch über ihre Antwort nach, als ein schrilles Läuten erklang.

38

Berenike brauchte einen Moment, bis sie das Geräusch ihrem eigenen Handy zuordnete.

Sie meldete sich. »Max?«

»Feuer!«

»Wie bitte?«

»Die Mooswiese brennt.«

»Was?«

»Seit einer Stunde. Die Hütten, die Bäume, alles. Feuerwehr ist schon vor Ort. Schaut nicht gut aus.«

»Wie konnte das denn passieren?« Aus dem Augenwinkel sah sie, wie die Gestalt in der schwarzen Kutte zwischen den Bäumen verschwand. Ob sie wohl von dort gekommen war?

Berenikes Beine fühlten sich plötzlich schwach an. Sie setzte sich auf eine Bank mit Blick zum See. Enten paddelten vorbei, begannen bei Berenikes Anblick zu schnattern, als wäre es irgendein Urlaubstag.

»Keine Ahnung«, sagte Max.

»Was für eine Scheiße.« Sie verabschiedete sich von Max und legte auf.

Ein verdammtes Feuer – ausgerechnet auf einem Grundstück, das unter Naturschutz stand. Zufällig auf einem, auf dem ein umstrittenes Bauprojekt realisiert werden sollte. Aber wem nützte ein Feuer mitten im Grünen? Wenn ein altes Haus in der Stadt abbrannte, okay, da gab es Verdachtsmomente. Warm abtragen, ein leider bekannter Versuch, einen Neubau durchzusetzen. Aber hier in den Bergen? Was wäre nach einem niedergebrannten Wald anders als zuvor? Außer dass man vor vollendeten Tatsachen stand. Aber der Wald würde nachwachsen, die Natur eroberte sich solche Brandstätten ziemlich rasch zurück. Und überhaupt, es hatte doch geregnet, alles musste feucht sein.

Nachdenklich stand Berenike auf und ging weiter. Ein gewundener, an manchen Stellen zugewucherter Weg führte bergauf. Die Nadelbäume trugen kleine, runde rote Früchte. Berenike musste unwillkürlich an heidnische heilige Haine denken. Interessante Stimmung hier. Eigentlich friedlich, das sachte Lüftchen, der weiche Waldboden. Und dennoch … Sie blickte sich immer wieder um, als wäre da ein Schatten, aber von der dunklen Gestalt war nichts mehr zu sehen. Sie fragte sich, wohin der Typ so schnell verschwunden war. Zwischen den Bäumen herrschte Zwielicht.

Die dumpfe Hitze war immer noch wie mit Händen greifbar, auch wenn es hier in dem Wäldchen etwas kühler war.

Sie kam zu einer Bank, deren Holz ziemlich verwittert aussah. Sie war in Versuchung, sich zu setzen, doch dann ging sie weiter. Einfach weitermachen, so rasch wie möglich. Irgendetwas in ihr wollte nicht hierbleiben. Schnell weiter, und dann etwas zu trinken kaufen im Ort. Ihre Zunge klebte am Gaumen, zu dumm, dass sie nicht an eine Wasserflasche gedacht hatte.

Sie schluckte, lauschte. Da war ein Geräusch. Raschelndes Laub vielleicht. Aber nein, es ging nicht das geringste Lüftchen. Und außerdem waren das hier lauter Nadelbäume. Berenike blieb stehen und verharrte still. Kein Geräusch. Waren das nur ihre eigenen Schritte gewesen? Sie sah wieder die dunkle Gestalt von vorher vor ihrem inneren Auge. Die war womöglich vor ihr auf den Hügel gestiegen. Hatte sie jetzt doch …

Angst?

Unsinn.

Berenike setzte sich wieder in Bewegung.

Plötzlich wieder ein Rascheln, ein Fauchen, dann schoss etwas Schwarzes quer vor ihr über den Weg. Ein Tier? Eine Katze? Das Fauchen passte dazu. Aber was machte eine schwarze Hauskatze im Wald? Berenike blieb wieder stehen und lauschte. Da, ein Kreischen – typisch kämpfende oder sich paarende Katzen. Von wegen, heiliger Hain der alten Kelten!

So billig macht mir keiner Angst!

Sie ging langsam weiter. Der Waldboden war wunderbar weich. Auf einmal blitzte hinter den weniger dicht stehenden Bäumen etwas Helles auf. Etwas Weißes. Eine Hausmauer vielleicht oder die Kapelle. Aber – Berenike blieb stehen – sie war doch noch gar nicht ganz oben auf dem Hügel. Sie nahm ihre Umgebung in Augenschein. Außerdem musste sie etwas vom Weg abgewichen sein. Da, hinter dem dichten Gebüsch bewegte sich etwas. Und es waren keine Katzen. Ein Mensch ging da vor einer weißen Hausmauer hin und her. Und er sang. Besser gesagt, *sie*. Es war eine fast zu liebliche Frauenstimme.

Berenike stutzte. Sie hatte vermutet, dieser sogenannte Odinstein wäre unbewohnt. Sie musste irgendwo anders gelandet sein. Vielleicht waren das alte Gartenhütten oder

Nebengebäude, die zur Kapelle gehörten, ein Geräteschuppen zum Beispiel. Irgendjemand musste sich ja um den Weg kümmern, störende Äste ausschneiden oder vielleicht Gras mähen.

Auf leisen Sohlen schlich Berenike näher. Eine kleine Hütte wurde sichtbar, die Holzwand weiß gestrichen, Lack blätterte ab. Ein Teil der Wand war von dornigen Hecken und Efeu zugewuchert. Große Trauben dunkler Früchte wuchsen an den Zweigen, sahen aus wie Brombeeren. Berenike lief das Wasser im Mund zusammen bei der Vorstellung daran, sie zu pflücken und eine nach der anderen aufzuessen. Vielleicht konnte sie fragen, ob sie ein paar der Früchte haben durfte gegen den Durst?

Angst?

Das Wort schien wieder in der Luft zu schwingen, in diesem spöttischen Tonfall von vorhin.

Und wenn schon. Man wird noch fragen dürfen!

Sie duckte sich unter einigen verwachsenen Büschen hindurch und machte zögernd ein paar Schritte auf die Hütte zu. Vor der Wand stand ein schiefer, verwitterter Holztisch, darauf eine Reihe Gläser. Ein Geruch lag in der Luft, den Berenike nicht recht zuordnen konnte. Offenbar war hier jemand am Marmelade-Einkochen. Auch einen Holunderbusch mit reifen Beeren entdeckte Berenike jetzt. Und das Gewächs da hinten, wo eine Frau in beiger Kleidung, die sie fast wie ein Teil der Natur wirken ließ oder ein Schatten – sie hantierte mit etwas, das war doch …

Berenike stutzte. Etwas blitzte zwischen den Bäumen hervor. Sie kniff die Augen zusammen. Schatten schienen zwischen den Zweigen zu spielen, als ob sich da noch jemand bewegte. Vielleicht nur das Licht, das zwischen den Ästen spielte.

Mit klopfendem Herzen ging Berenike näher heran. Sie spürte, wie nahe sie der Aufklärung des Rätsels war. Berenike machte noch einen Schritt näher. Etwas knackste unter ihren Sohlen. Verdammt!

Das, womit die Frau hantierte, waren Tollkirschen. Und sie wurden reichlich gepflückt. Dazu erklang wieder die eigenartige Melodie.

Die Früchte wanderten in einen auf dem Tisch stehenden Topf. Kam daher der eigenartige Geruch? Berenike wurde flau. Die Hitze, der Durst, zudem flackerte der Schmerz im Fuß wieder auf. Ausgerechnet jetzt! Sie stolperte, verlor das Gleichgewicht, ruderte in der Luft herum, um irgendwo Halt zu finden, griff aber ins Leere. Dann knallte sie der Länge nach hin. Der Schmerz raubte ihr fast das Bewusstsein.

39

Mit Tränen in den Augen kam Berenike wieder zu sich. Schmerz im Fuß, Schmerz in der Nase, am Kiefer, Schmerz fast überall. Sie lag mit dem Gesicht nach unten im Schmutz, irgendetwas Hartes grub sich in ihre

Brust und die Beine hatten sich in irgendwas verheddert. Unwillig wollte sie sich frei strampeln, sie mühte sich ab, kam aber nicht los.

»Angst?«, fragte eine Stimme hinter ihr hämisch. »Oder doch neugierig?« Etwas an den Worten klang vertraut. Bösartig vertraut.

Berenike riss es. Sie fuhr herum, wollte sich aufrichten, doch ihre Beine ließen sich immer noch nicht bewegen. Sie zerrte an dem Widerstand, verrenkte den Hals, um zu sehen, wer hinter ihr stand. Eine Frau, die braunen Haare verdeckten halb ihr Gesicht. Mit dem beigen Kleid verschmolz sie fast mit ihrer Umgebung. Sie stand gebeugt da – oder nein. Das war ja …

»Kathrin?«

»Ja, ich.« Die Stoffdruckerin strich sich die Haare aus dem Gesicht, lächelte und richtete sich auf. Ihr Rundrücken verschwand fast in dem formlosen Kleid. Und – sie hielt etwas in der Hand, was Berenike nicht erkennen konnte.

Berenike strampelte wieder, um ihre Beine zu befreien. Kathrin machte eine abrupte Handbewegung. Schmerz im Knöchel ließ Berenike Tränen in die Augen schießen.

»Hilf mir, bitte, Kathrin. Ich muss mich – irgendwo verfangen haben mit dem Bein.«

»Das denke ich allerdings auch.« Ein schrilles Lachen erklang. »So verfangen sich nämlich zu neugierige Nasen!«

Angst?

Ja, jetzt schon.

»Lass mich aufstehen!« Berenike wollte Kathrin im Blick behalten, obwohl der Nacken von der Überdehnung bereits schmerzte. Sie stützte sich mit den Armen auf dem weichen Waldboden auf. Tannennadeln stachen in ihre Ellbogen.

»Bist du … die, von der ich glaube, dass du es bist?«

»Was glaubst du denn?« Kathrins Stimme war hämisch. Etwas Metallisches blitzte in ihren Händen auf. Der Schmerz im Knöchel wurde noch schlimmer, wenn so eine Steigerung überhaupt möglich war.

»Hör auf damit, bitte.« Berenike versuchte, sich auf den Rücken zu drehen. Es gelang nur halb. Zumindest konnte sie so Kathrin ganz im Blick behalten.

Kopfschütteln.

»Du bist eine Sadistin.«

Ein Lächeln war die Antwort.

Noch ein Ruck. Berenike schrie. Jetzt erkannte sie es. Ihre Beine waren mit einer Drahtschlinge gefesselt. Holy Shit!

Und Kathrin hielt das andere Ende des Drahtes in Händen. Und sie lachte. Sie lachte doch tatsächlich.

»Du denkst, du findest mich? Falsch. I find meine Gegner.«

Das Lachen erzeugte Gänsehaut auf Berenikes Armen. Es gab keine Wahl – sie musste mitspielen, bis sie sich befreien konnte. Ruhig halten, damit sie nicht noch mehr leiden musste. Irgendetwas sagen, schnell!

»Du bist die, äh, die berühmte Magierin?«, stieß Berenike hervor.

Kathrin nickte stolz. »Hast du ein Problem? Mit deinem Liebhaber? Ich könnte es richten.«

Berenike schüttelte den Kopf.

»Teste mich doch mal. Stell mir eine Frage.« Kathrin sprach höhnisch. »Dein Geliebter ist dir nicht sicher?«

»Woher willst du das wissen?«

Schulterzucken. »Meine Macht. Na komm, stelle eine Frage.«

Berenike sah Jonas vor ihrem inneren Auge. Wenn eine Frage diese Frau davon abhielt, ihren tödlichen Plan weiter auszuführen …

»Werde ich …« Berenike stockte. »Werde ich meinen Geliebten behalten?« Einen Menschen als Eigentum besitzen, schöner Witz. Und doch, in Berenike krampfte sich alles zusammen bei der Erinnerung, wie sie Jonas fast verloren hätte vor Kurzem. Sie fror und schwitzte jetzt gleichzeitig.

»Ob dir das gefällt oder nicht – er wird dich und du ihn nicht mehr sehen.«

»Du bist das alles gewesen?«, brachte Berenike krächzend heraus und starrte den in einem plötzlichen Sonnenstrahl glitzernden Draht in Kathrins Händen an.

In Berenikes Kopf arbeitete es. Damit hatte Kathrin wohl ihre Taten begangen. Stefans Halsverletzung, Karl Haindls Erdrosselung. Und bei Gustav, wie war es da abgelaufen?

Neuerlich aufflackernder Schmerz unterbrach jeden anderen Gedanken. Die Sonnenstrahlen wurden mehr und blendeten sie.

»Also? Warst du es? Gustavs Tod und Karl und zum Schluss noch Stefan?«

»Ts.« Kathrin spielte mit überlegener Miene mit dem Draht in ihrer Hand. Etwas schabte über Berenikes Haut.

»Dir kann ich's ja sagen«, sagte Kathrin dann. »Du wirst es nämlich nicht weitererzählen können.« Sie presste die Lippen zusammen und lächelte gleichzeitig. Ihre Gesichtshaut sah aus wie die eines zu lange im Griller gelassenen Brathendls. Die Sonne traf auf die vor der Hüttenwand stehenden Gläser mit dem dunkelroten Inhalt. Und in der Luft war immer noch der gleiche seltsame Geruch.

»Hab ich das nicht gut gemacht?«, fragte Kathrin wie die Hexe aus Hänsel und Gretel.

»Fast wären deine Morde als Unfälle durchgegangen.« Berenike biss die Zähne zusammen, um den Schmerz im Fuß auszublenden. »Meine Gratulation.«

»Sehr raffiniert, nicht wahr?«

»In der Tat.« Wieder ruckelte Kathrin an dem Draht und verzog nachdenklich das Gesicht. »Ich habe alle aus dem Weg geräumt, die in MEINEM Weg standen.«

»Bis auf einen.«

»Den erwisch ich noch.« Das Grinsen ließ Berenike noch mehr schauern.

Los, frag sie weiter aus.

»Wie …«, fuhr Berenike fort und suchte nach einer anderen Position, »wie hast du das alles angestellt? Ich meine, Gustav war ein erfahrener Flieger und blöd war er auch nicht.«

»Jeder Mann ist blöd, wenn er mit dem Schwanz zu denken anfängt.« Die Hexe lachte auf. »Und das tun sie alle irgendwann.«

Oh ja, das taten sie …

»Hast du dich mit ihm an der Mooswiese getroffen?«

Ich muss sie ablenken. Um mich zu befreien.

Berenikes Blick wanderte über die Umgebung und ließ dabei Kathrin nicht aus den Augen. »Ich habe gehört, Gustav hatte eine Geliebte.«

»Wenn du das sagst.« Kathrin wiegte sich aufreizend in den Hüften.

»Hast du das bei allen Opfern gemacht?«

»Gelegentlich habe ich halt ... nachgeholfen.«

»So, das kannst du?«

»Und wie ich das kann.«

»Hat das mit dem Geruch hier zu tun?«

»Keine neugierigen Fragen, meine Liebe.«

»Nenn mich nicht ›meine Liebe‹, du Mörderin.«

»In meiner Macht liegen noch ganz andere Dinge, die sich ein Normalsterblicher nicht vorstellen kann. Meine Fähigkeiten sind den wenigsten gegeben.« Kathrins Blick wurde mitleidig. »Schade, bei dir habe ich eigentlich mehr erwartet, nach allem, was ich über dich weiß.«

Neue Schauer überliefen Berenike. »Was weißt du denn über mich?« Einfach weiterreden! Weiterfragen! So lange sie redet, kann sie nicht töten.

»Oh, einiges.« Wieder das Grinsen. »Von deinem Salon, in dem du durchaus Ungewöhnliches bietest, und über deinen Liebhaber. Lief nicht immer gut in letzter Zeit, was?«

Berenike unterdrückte einen Fluch. Die Angst stach in ihr Herz. »Lass ihn aus dem Spiel!«, stieß sie zwischen zusammengebissenen Zähnen hervor.

»Los, steh auf!«, befahl Kathrin.

Mühsam stemmte Berenike sich auf den Armen hoch, kämpfte sich auf die Knie, stand mühselig auf. Immer noch mit dem Draht an den Füßen gefesselt, wurde sie auf die Hütte zugeführt, sie konnte nur kleine, schmerzhafte Schritte machen. Der Draht scheuerte auf der nackten Haut, dass es zum Wahnsinnigwerden war.

Bei näherem Hinsehen entpuppte sich das Häuschen als noch schlimmere Bruchbude als erwartet. Eine alte Keuschn, das daneben war vermutlich ein ehemaliger Ziegenstall. Oder war er noch in Betrieb, dem Gestank nach zu schließen? Und an der Außenwand hing etwas, das Berenike das Blut in den Adern gefrieren ließ. Etwas, das wie eine Maske aussah. Es erinnerte sie an all die Puppen. Von dieser hier gab es nur das Gesicht. Aber die Maske sah niemandem ähnlich, den Berenike kannte. Auch nur eine geringe Erleichterung.

Sie war gefesselt und nirgends war Hilfe in Sicht. Keine weiteren Spuren von Zivilisation. Ob sie sich überhaupt in der Nähe der Kapelle befanden?

»Denk gar nicht dran«, sagte Kathrin, als könnte sie Berenikes Gedanken lesen. »Wir leben hier auf uns gestellt und sind autark. Wir bauen unsere Nahrungsmittel an, wir haben Wasser vom Bach. Wir sind für uns selbst verantwortlich. Wir brauchen niemanden. Und wer stört, wird vernichtet. Du bist in eine Falle geraten, meine Liebe.«

Kathrin ruckte wieder an dem Draht.

Ablenken! Diese Mörderin unauffällig ablenken! Irgendwie musste sie sich doch befreien können, bevor es zu spät war. Berenike hatte so viele Gefahren überstanden – und jetzt sollte sie wegen einer Irren sterben? Ihr Blick wanderte herum. Die Maske schien sie anzustarren. Berenike starrte zurück.

»Warum hast du das alles getan?«

»Weil ich es kann. Ich sagte doch, keiner stellt sich mir ungestraft in meinen Weg.«

»Bitte hilf mir«, sagte Berenike leise. Sie sah nach unten, auf ihre gefesselten Beine. Die Wunde am Knöchel sah rot und fleischig aus. »Bitte, ich kann nicht weitergehen. Da muss sich was, äh, verheddert haben.«

»Ja?« Ein misstrauischer Blick traf Berenike.

»Ja.« Berenike bemühte sich, ihrer Stimme einen festen Klang zu geben.

»Du hast dich in der ausgelegten Drahtschlinge verheddert, meine Liebe«, kam es hämisch. Trotzdem bückte sich Kathrin und griff mit einer Hand nach Berenikes Fuß. Im selben Moment ballte Berenike die Faust und holte aus.

40

Es knirschte abscheulich, als Berenike den Kopf der Mörderin mit der Faust traf. Fast tat Kathrin ihr leid, wie sie umfiel. Und liegen blieb. Sie sah wieder fast so harmlos aus wie die Kathrin, die sie in ihrem Stoffgeschäft getroffen hatte.

Vorsichtig bückte sich Berenike. Das ging ihr zu einfach, zu schnell. Sie griff nach einer Hand der Mörderin – sie war schlaff. Mit vorsichtigen, langsamen Bewegungen zog Berenike das andere Ende des Drahtes daraus hervor. Noch immer kam keine Gegenwehr.

Berenike bückte sich, um den Draht von ihren eigenen Füßen zu lösen. Ihre Finger zitterten, aber irgendwann hatte sie es geschafft. Sie war frei. Schnell fesselte sie Kathrin mit dem Draht.

Dann bewegte sich Berenike rückwärts zum Wald hin, die Frau auf dem Boden dabei immer im Auge behaltend. Ein letzter Blick, Kathrin lag immer noch an derselben Stelle.

Die Polizei holen! Schnell!

Sie griff in ihre Hosentasche – doch da war nichts. Das Handy war weg. Sie musste es verloren haben unterwegs. Jonas. Dann musste sie persönlich zu ihm. Oder, wenn sie auf dem Weg ein Telefonhäuschen fand, konnte sie den Notruf der Polizei wählen.

So schnell sie mit dem kaputten Fuß konnte, humpelte sie los.

Ob Traunkirchen noch ein Wachzimmer hatte? War ja heute mit den ganzen Sparmaßnahmen nicht mehr sicher. Dann konnte sie sogar persönlich Alarm schlagen.

Sie vernahm ein Rascheln hinter sich, dann knackte etwas. Der Typ in der Kutte! Womöglich war er in der Nähe.

Erst mal in Sicherheit bringen! Schweiß rann Berenike in die Augen, als sie einen Fuß vor den anderen setzte, so rasch sie es vermochte, ohne vor Schmerz umzufallen.

Im Weitergehen prägte sie sich den Weg genau ein. Plötzlich stockte sie. Da glitzerte etwas vor ihr am Waldrand. Vorsichtig tappte sie näher – tatsächlich, Fallen wie für wilde Tiere! Jetzt hätte sie die Fotofunktion vom Handy gut gebrauchen können.

Mühsam kämpfte sie sich weiter, den Weg zurück nach unten. Endlich, da war der Traunsee. Und die Schiffsanlegestelle. Und ein paar Leute. Selten zuvor war sie so froh gewesen, andere Menschen zu sehen.

Berenike humpelte auf das Grüppchen zu. Zwei Männer, drei Frauen. Und ein Kind. Es starrte Berenike an. Ja, sie gab vermutlich einen seltsamen Anblick ab, schmutzig und verletzt wie sie war.

»Entschuldigen Sie bitte«, brachte Berenike hervor. »Ich brauche Hilfe. Können Sie …« Sie schluckte krampfhaft. »Könnten Sie bitte die Polizei rufen? Oder noch besser, mir Ihr Handy kurz leihen?«

Einer der Männer sah sie zweifelnd an.

»Ich bin … überfallen worden. Bitte.« Sie zeigte ihren blutigen Fuß.

»Kann jeder behaupten«, bemerkte der Mann mit typischem Wiener Dialekt.

»Bitte, glauben Sie mir. Ich wollte Sie nicht erschrecken. Es kann sein, dass noch mehr Menschen in Gefahr sind.«

»Ich wähle den Notruf«, sagte der andere Mann. Das Kind durchbohrte sie mit seinem Blick. Wasser glitzerte in der Sonne.

*

Jonas traf diesmal als Erster ein. Berenike erzählte ihm in Stichworten alles. Dazwischen trank sie gierig aus einer Wasserflasche, die er ihr gegeben hatte. Er sah sie nur tadelnd an, sagte aber nichts über ihren Alleingang.

»Bist du okay?«, fragte er schließlich und drückte sie. »Die Rettung wird gleich da sein. Wir warten noch auf die Kollegen. Wie weit ist diese Hütte von hier?«

»Ich weiß nicht genau. Ich habe jedes Zeitgefühl verloren. Die Hitze, der Durst und die Schmerzen, weißt du.«

»Ich verstehe, Nike. Aber du weißt, wie man hinfindet?«

»Ja.« Sie erklärte, so gut sie sich erinnerte, wie sie gehen mussten. »Aber ihr müsst verdammt vorsichtig sein. Sie haben Fallen gelegt. Drahtfallen. Vermutlich am Rand ihres Grundstücks. In eine davon bin ich wohl reingeraten. Und ich habe die Täterin mit dem Draht gefesselt, mit dem sie mir die Falle gestellt hat.« Jetzt, wo sie wusste, wer hinter den Taten steckte, schauderte sie nicht mehr. Komisch.

»Wir werden das alles nachher untersuchen lassen. Von der Spurensicherung und der Gerichtsmedizin.«

»Außerdem gibt es zumindest eine zweite Person, von der ich nicht weiß, wo sie ist.« Sie beschrieb den Dunkelgekleideten.

Blaulicht. Ein Krankenwagen bog um die Ecke. Vor der Schiffsanlegestelle sammelten sich immer mehr Neugierige. Ein paar Touristen schossen wild Fotos mit ihren Kameras, bis eine Funkstreife eintraf und die Leute zurückdrängte.

»Warte bitte hier, Nike, ja?«, bat Jonas.

Sie nickte und setzte sich auf eine Bank am Ufer. Unruhe breitete sich aus. Weitere Streifenpolizisten, ein Kommando der WEGA. Sie sprachen sich ab, Berenike hörte, wie Jonas ihre Wegbeschreibung weitergab. Dann ging ein Teil der Beamten in den Wald. Jonas folgte ihnen als Letzter.

Ariane tauchte auf und stürzte sich auf Berenike. »Was ist los, Berenike? Geht es um die Morde? Hast du eine Spur?«

»Ich möchte dazu nichts sagen«, erwiderte Berenike. »Bitte, mir geht es nicht gut, ich möchte meine Ruhe, Ariane.«

»Es ist wichtig, die Bevölkerung zu informieren«, widersprach Ariane. »Sag mir doch wenigstens das Wichtigste.«

»Vergiss es.« Berenike seufzte. Einer der Streifenpolizisten, den sie vom Sehen kannte, führte die Journalistin weg.

Alle warteten.

Schließlich kamen die Sanitäter mit einer Trage zurück. Eine leblose Gestalt darauf.

Berenike trat näher.

»Ist sie das?«, fragte Jonas.

Sie nickte. »Wie geht es Kathrin?«

»Unsicher. Die Kopfverletzung ist laut Notarzt nicht ganz harmlos. Und dann der Sturz …«

»Es war Notwehr, das weißt du, ja?« Plötzlich zitterte Berenike wieder.

Jonas nickte. »Ich verstehe das, klar. Auch wenn du das vermutlich vor Gericht wirst beweisen müssen.«

41

»Interessant, die Sache mit dem Draht.« Jonas räusperte sich. »Es kann natürlich Zufall sein, aber zur Xorax Holding gehört unter anderem eine Drahtfabrik. Aber da sind noch andere Dinge.«

Er schrieb etwas in sein Notizbuch. »Sobald wir hier fertig sind, möchte ich, dass du kurz mitkommst. Meinst du, du schaffst das?« Aufmerksam sah er sie an, dann auf die Wunde an ihrem Fuß, die ein Sanitäter fachgerecht versorgt hatte.

»Ich bin doch nicht 100, Jonas.« Sie zwinkerte ihm zu. »Wenn du mich zum Auto trägst, wird es schon gehen.«

»Äh, was?« Verwirrt runzelte er die Brauen und steckte sein Notizbuch ein.

»Scherz. Ich kann es allein, mein Schatz.«

Sie sahen zu, wie der Notarzt die Türen des Rettungswagens hinter Kathrin schloss.

»Kommt sie durch?«, fragte Berenike.

Einer der Sanitäter zuckte die Achseln.

»Fahren wir«, sagte der Notarzt schließlich. Alle stiegen ein, die Türen wurden geschlossen und der Wagen raste mit Blaulicht davon.

Jonas besprach sich mit seinen Kollegen. Berenike schnappte etwas auf, dass sie das Areal weiter absuchen sollten, ob es Komplizen gab oder vielleicht sogar Beweise für die Taten. Schließlich führten Beamte den Typen in der schwarzen Robe mit Handschellen ab.

»Er wollte Beweismaterial vernichten«, erklärte einer von ihnen, an Jonas gewandt. Die Männer gingen zu den Autos.

»Du solltest noch deine Zeugenaussage abgeben, Berenike«, erklärte Jonas. »Also offiziell. Sobald du kannst. Alles, was diese Frau gestanden hat.«

»Kathrin. Sie heißt Kathrin.«

»Ja.« Er winkte ihr. »Komm, wir erledigen die andere Sache jetzt, während die Kollegen hier alles auseinandernehmen.«

Sie humpelte hinter Jonas her zu seinem Auto. Es tat doch mehr weh, als sie gedacht hätte. Verdammt! Wieder hatte sie das Gefühl, jemand schliche hinter ihr her. Sie sah sich beständig um, aber da war niemand mehr.

*

Endlich erreichten sie Ischl und das Bürogebäude der Xorax Holding. Die Luft war lau, als sie ausstiegen, geradezu mild. Ein wunderbarer Sommertag. Wenn nicht diese Vorfälle gewesen wären.

»Und du glaubst, hier jemanden anzutreffen?«, fragte Berenike. Zweifelnd stand sie auf dem fast leeren Parkplatz und sah an dem modernen Bürogebäude hoch. Alle Fenster waren geschlossen, vielleicht auch nur wegen einer Klimaanlage.

Berenike humpelte hinter Jonas her zum Eingang. Überraschenderweise ging die Glastür vor ihnen automatisch auf.

Die Portiersloge war leer. Noch seltsamer! Die brauchten ja wirklich Security! Jonas strebte einen mit Marmor belegten Gang entlang. »Falls jemand fragt, zeige ich meinen sogenannten Mitarbeiterausweis«, sagte er leise zu Berenike. »Sie haben mich offiziell als Security eingestellt.«

»Na toll. Dann ist dir das Täuschungsmanöver gelungen.«

Er nickte. »Seien wir lieber leise, sonst bekommt noch

jemand mit, dass ich nicht echt bin. Komm.« Er nahm sie an der Hand.

»Und wer bin ich, falls uns jemand entdeckt?«

»Äh«, Jonas räusperte sich, »ich sage, ich habe was vergessen und meine Freundin mitgenommen.«

»Das willst du als Bewacher sagen – das glauben sie dir ganz sicher einfach so«, sagte sie zweifelnd.

»Verdammt, ich weiß auch, dass es verdächtig ist, vielleicht sogar gefährlich. Aber was anderes fällt mir auf die Schnelle nicht ein. Komm einfach, vorne ist das Büro. Vielleicht haben wir Glück und begegnen niemandem.«

Berenike bemühte sich, möglichst nicht zu humpeln und leise aufzutreten.

»So, hier sind wir.« Jonas stoppte und griff nach der Klinke einer der vielen gleichen grauen Türen. Er öffnete, drinnen war es stockdunkel. Abrupt blieb Jonas stehen, sodass sie in ihn prallte.

»Was ist denn?« Herzklopfen setzte so plötzlich ein, dass sie glaubte, das Herz zerspringe ihr in der Brust. Vorsichtig versuchte sie, an seinem Rücken vorbei etwas zu erkennen.

»Was denn, sag endlich.«

Jonas schloss die Tür, Neonlicht flackerte auf. Zwischen zwei Schreibtischen stand ein kleinerer Tisch. Darauf ein Gebilde, vermutlich aus Pappe, in dessen Mitte eine kleine Figur in einem Kleid platziert war. Wie eine Puppe. Berenike zwinkerte. Gänsehautschauer zogen über ihre Arme.

»Oh.« Mehr brachte sie nicht heraus, während es in ihrem Kopf arbeitete. Sie bemerkte ein kleines Schild vor dem Modell: ›Kulturhaus Im Moos‹.

Berenike sah zu Jonas auf. »Was soll das? Und die Figur? Die erinnert mich doch an was.«

»Mich auch.« Jonas schüttelte den Kopf. »Diese Figur war vorher noch nicht hier. Da stimmt was nicht.«

»Die Figur stellt die Mörderin dar. Schau, hier, Kathrins Haare und das braune Kleid mit Schlangendruck«, fing sie an, als etwas sie am Hinterkopf traf. Sie stürzte in bodenlose Dunkelheit.

42

Ein Knall hallte in Berenikes Ohren nach, immer und immer wieder.

»Nike?«, kam es von irgendwoher.

»Jonas?«

Reine Schwärze vor den Augen. Nicht das Geringste war erkennbar. Nicht schon wieder!

»Nike. Hier bin ich.« Seine Hand berührte ihr Bein. Sie tastete nach ihm. Sie lag auf dem Boden und er neben ihr.

»Was ist geschehen?«, fragte sie.

»Man hat uns niedergeschlagen und eingeschlossen.«

»Holy Shit.«

»Schsch, still.«

Licht flackerte auf. Eine Art kleiner Scheinwerfer tauchte das Modell wie in Bühnenlicht.

»Gefällt Ihnen das Vorhaben?«, fragte eine für einen Mann etwas zu hohe Stimme. Eine Gestalt im schwarzen Anzug stand wie aus dem Nichts herbeigezaubert bei dem Modell. Das Gesicht lag im Dunkel, am Hals glitzerte etwas metallisch auf.

»Sehen Sie, hier wird die Bühne sein und hier drüben das Hotel.« Dünne Finger stachen durch die Luft, zeigten auf das Modell. »Wir werden ein Kulturprogramm planen, das alles bisher Dagewesene in den Schatten stellt.« Die Gestalt drehte sich zur Seite. »Ich habe dafür extra Matthias Bernhold als künftigen Operndirektor engagiert. Aber Sie sagen ja gar nichts. Finden Sie denn das Vorhaben dermaßen schlecht?«

»Lassen Sie uns gehen. Was soll das hier?«, rief Berenike. Der Schädel schien ihr gleich zu platzen und auch der Schmerz im Fuß pulsierte, als wäre die Wunde von vorher wieder aufgebrochen.

Der Mann reagierte nicht auf ihre Forderung.

»Also stecken Sie hinter diesem Bauvorhaben?«, fragte sie.

»Ich muss gestehen, ich habe mich gewundert, wie lange Sie für den Weg hierher gebraucht haben«, bemerkte der Unbekannte, ohne auf ihre Worte einzugehen. Ein Lächeln zeigte sich auf dem Gesicht, von dem nur die linke Seite im fahlen Licht lag. Ein Licht wie abseits der Bühne, Berenike erinnerte sich an ihre Zeit mit der Theatertruppe Olymp während ihres Studiums. Eine bleiche Wange. Eine lange Nase. Er kam ihr bekannt vor …

»Moment«, sagte Berenike, »Sie sind Thomas Ritter, richtig?«

»Diese Aufführung findet ohne Sie statt. Ich warte nur noch auf meine Partnerin und dann kann es losgehen.«

Angst?

Eine knochige Hand griff in dem fahlen Licht nach der Puppe in der Mitte des Pappgebäudes.

Jonas räusperte sich. »Wer ist das?«

»Die beste Sängerin der Welt. Aber ihr Können hat noch niemand anerkennen wollen. Im Duett werden wir jedoch alle Widerstände besiegen.«

»Ihre Sängerin wird nicht mehr kommen, Herr Ritter.« Jonas sprang plötzlich hoch, machte eine schnelle Bewegung auf den Mann zu und riss ihn herum. Jetzt war sein Gesicht ganz im Licht. Es war gezeichnet. Die eine Seite war hübsch – aber die andere!

»Ich liebe Kathrin. Sie hat es verdient, ins rechte Licht gerückt zu werden. Sie hat mir wieder gegeben, was ich verloren hatte.« Wie träumend strich sich der Mann mit seiner schmalen Hand über die verunstaltete Gesichtshälfte. Verbrannte Haut, Narben. »Deshalb muss ich dieses Vorhaben in die Tat umsetzen. Das Kulturhaus muss gebaut werden. Das verstehen Sie doch?« Er war immer leiser geworden, das Letzte kam fast geflüstert.

Liebe, immer wieder ging es darum.

»Wie heißt Ihre Kathrin noch?«, fragte Jonas und klang dabei fast sanft, als würde er den Mann verstehen. Gleichzeitig hielt er ihn mit beiden Händen fest.

»Kathrin Dannberg. Sie hat alles dafür getan, um berühmt zu werden.«

»Und Ihre Rolle dabei?«, fragte Jonas.

»Ich habe das Ganze ausgeheckt. Die Pläne, das Geld habe ich ja. Ich habe den besten Architekten beauftragt. Die Bewilligungen ...«, der Mann lächelte entrückt, »... habe ich erwirkt, sagen wir so.«

»Geschmiert haben Sie alle, geben Sie's zu!«, rief Berenike.

»Wenn Sie es unbedingt so sagen wollen.« Der Mann drehte sich zu ihr. »Wozu kennt man alle Leute? Ich kenne meine Pappenheimer. Für Geld ist jeder zu haben, dafür rückt auch der Forstdirektor eine Genehmigung raus und das Bauamt stimmt dem Vorhaben zu. Alle waren sie für mein Geld zu haben.« Er hielt inne. »Mit vielem habe ich gerechnet, aber nicht damit, dass das Vorhaben so viele Gegner haben würde.«

»Was haben Sie geglaubt!«, schimpfte Berenike. »Dass wir wie Schafe alles hinnehmen?«

Der Mann lächelte nur. »Sie haben gestört.«

Wie nebenbei zog Jonas Handschellen hervor und legte sie dem Missgestalteten um. Der wehrte sich gar nicht. Er stand nur still da, mit entrücktem Blick, als ob er etwas sähe, das nur er sehen konnte.

»Thomas Ritter, Sie sind wegen Verdacht des Mordes und Mordversuchs in mindestens drei Fällen vorläufig festgenommen.«

»Warum?«, fragte Berenike. »Warum mussten zwei oder womöglich drei Menschen sterben?«

Ritter sah sie an, mit sprechendem Blick, doch sein Mund blieb stumm.

43

Der Spätsommer trug schon einen Hauch Herbst mit sich mit seinem goldenen Licht. Fast drei Wochen waren seit den letzten Ereignissen vergangen. Berenikes Salon für Tee und Literatur war an diesem Tag noch besser besucht als sonst. Niemand wollte sich den Lokalaugenschein entgehen lassen, der heute hier seinen Ausgangspunkt nehmen sollte, um mit allen sprechen zu können.

Jonas hielt sich in Berenikes Büro auf. Forstdirektor Alfons Kniefuss war bereits eingetroffen, ebenso Männer der Feuerwehr. Max und Helena, die sich anlächelten. Stefan Radischer saß mit einem Verband um den Hals und abgewinkeltem, eingegipstem Arm am Tisch neben der Theke. Gustavs Witwe knetete ihre Hände, während ihr Blick sich nicht von der Tischplatte löste. Stefan legte in einer plötzlichen, sehr sanften Geste eine Hand über ihre. »Das wird alles wieder«, hörte Berenike ihn leise sagen, »auch wenn wir den Gustav vermissen und niemand ihn ersetzen kann.«

Berenike ging grüßend herum, bis Jonas so weit war. Miss Marple schien ihr von der Wand her zuzuzwinkern.

»Stefan, servus, wie geht es dir denn?«, fragte Berenike.

»Sieht man, oder?« Er grinste schief und deutete auf seinen Verband. »Und selbst?«

»Könnte besser sein, aber auch schlimmer.«

»Ich weiß. Wir hätten nicht gedacht, dass …«

»Sprich es nicht aus. Bitte. Es ist noch einmal gut ausgegangen.«

»Für uns ja«, sagte Stefan leise. »Nicht für die anderen.«

Susana Erdinger weinte leise und wischte sich mit einem Taschentuch über die Augen. »Wenn ich nur meinen Gustav … ihr wisst schon.«

»Ich glaube, die, äh, Freigabe erfolgt bald und dann kannst du ihn begraben.« Berenike musste sich zwingen, die Worte auszusprechen, gerade so, als würde sie Gustavs Tod so endgültig besiegeln.

Endlich trat Jonas aus dem Büro, zwei Streifenpolizisten postierten sich links und rechts. Jonas führte Ritter heraus, der versuchte, seine verunstaltete Gesichtshälfte zu verbergen, was natürlich nicht gelingen konnte. Mara folgte mit Kathrin, die ebenfalls einen Kopfverband trug und leise vor sich hin summte. Die Menschen verstummten.

»Wir sind nun zusammengekommen«, begann Jonas, »um letzte Klarheiten in diesem Mordfall zu beseitigen.«

Jemand lachte.

Jonas räusperte sich. »Oh, ich meine natürlich, Unklarheiten.« Er hustete. »Gut, gehen wir's an. Herr Radischer!«

»Ja? Kannst aber ruhig du und Stefan sagen.«

»Also, Stefan. Bitte, kannst du dich erinnern, ob jemand in deiner Nähe war vor deinem Unfall?«, fragte Jonas.

»Ich bin nicht sicher. Eine Frau wollte sich mit mir treffen. Hat mir eine SMS geschickt. Dass sie was wegen unserer Widerstandsaktivitäten beisteuern könnte. Deshalb bin ich dort hin.«

Kathrin summte wieder, es erinnerte an eine Melodie aus der Fledermaus. »… chacun a son gout …« Jeder nach seinem Geschmack.

»Aber ich kann mich nicht erinnern, ob ich …« Stefan stockte und starrte Kathrin an. »Warte, Jonas, jetzt fällt mir was ein. Jemand hat gesungen. Kurz bevor ich abgestürzt sein muss. Eine schöne Stimme. Eine weibliche Stimme. So wie ihre.« Mit dem Kinn wies er auf Kathrin, die abrupt zu singen aufhörte. »Und ich weiß noch etwas. Sie ist – sie war die Geliebte von Karl.«

»Das darf nicht wahr sein!«, schrie Karls hochschwangere Witwe Reni und sprang auf. Ein Sessel polterte. Beim Eingang entstand Unruhe. Zwei der rumänischen Forstarbeiter standen auf.

»Und heimliches Freindin von Mann, was ist abgestürzt«, sagte einer der beiden, es war der finstere Typ, den sie beim Treffen an der Mooswiese gesehen hatten. Er zeigte auf Kathrin.

»Gustav Erdinger?«

»Ja.«

»Und ich hab diese Frau mit dem da gesehen.« Der andere Arbeiter deutete mit einem schrundigen Finger auf Stefan, dann auf Kathrin.

»Mit mir hat sie nichts!«, stieß Stefan hervor.

»Ich hab Sie aber mit ihr gesehen«, beharrte der eine Arbeiter. »Sie beugte sich über Sie. Ganz wie … na, Sie wissen schon, so unter Männern.«

Einige der Anwesenden verbissen sich ein selbstgefälliges Grinsen. Macho-Welt!

»Vergiss es!«, rief Stefan. »Seit Sylvies grausamem Tod ist alles anders. Mich interessiert keine andere. Glaubt mir einfach mal.«

»Dein Ruf ist halt …«

»… anders.«

»Bitte.« Stefans Stimme klang ehrlich gequält. Berenike musste daran denken, dass er auch mit ihrer Schwester Selene kurz ein Pantscherl gehabt hatte.

»Wenn das so war«, fuhr Stefan fort, »muss ich schon bewusstlos gewesen sein.«

»Was hast du getan, Geliebte?«, rief Ritter und starrte Kathrin an. Die intakte Seite seines Gesichtes zuckte.

»Aber das … das war doch alles für dich. Für uns«, sagte Kathrin langsam. »Ich liebe nur dich. Du hast gesagt …«

»Dass sie wegmüssen, ja. Das habe ich gesagt. Aber nicht, dass …« Ritters Stimme brach.

»… nicht, dass ich mich den Opfern *so* nähern soll?« Kathrin lachte auf. »Wie sonst bringt man einen Mann zu einem verschwiegenen Treffen an einem abgelegenen Ort? Es war so lächerlich einfach. Ihr Männer seid alle gleich. Kennt man einen, kennt man alle.«

»Und unsre – unsere Liebe?«, brachte Ritter hervor.

»Das nennst du Liebe? Wenn du mir dermaßen misstraust? In Wirklichkeit hast du mich benutzt, das erkenne ich jetzt. Um die Widersacher deines Projekts aus dem Weg zu räumen. Und jetzt wirfst du mir meine Methoden vor … Wenn du mir nicht vertraust, was ist das für eine Liebe?«

»Aber ich baue für *dich*, Geliebte.« Ritter strich sich über die Augen. »Du sollst deine Bühne haben, Liebste.«

»Ihre einzige Bühne wird der Gerichtssaal sein«, sagte Jonas. »Für Sie beide.« Er zeigte auf Ritter und Kathrin.

»Es hätte fast funktioniert.« Kathrin lächelte diabolisch. »Fast wären alle Morde als Unfälle durchgegangen.«

»Wir haben aber das Gift in Gustavs Leiche gefunden«, erklärte Jonas. »Gustav hatte eine Digitalisvergiftung. Und eine fast nicht mehr sichtbare Einstichstelle am Nacken. Das Ergebnis war ein täuschend echt aussehender Herzinfarkt. – So, und jetzt zeigen Sie uns, wie Sie das alles getan haben.« Jonas nahm eine vorbereitete Stoffpuppe in Menschengröße. Schon wieder Puppen, die Menschen darstellten. Diesmal im Sinne der Aufklärung, immerhin.

Mit vorbereiteten Streifenwagen ging es an den Ort von Stefans Absturz. Sonne brachte den See zum Glitzern, der Himmel war blau, wie er blauer nicht sein konnte. Ein mildes Lüftchen wehte und die Sicht war klar bis zum Dachstein. Sie standen nahe an der kleinen Öffnung im Boden, durch die auch Berenike abgestürzt war.

»Ich war hier«, sagte die Mörderin leise, nunmehr ohne jede Gegenwehr. Mara war direkt bei ihr, ebenso zwei Streifenbeamte.

»Er kletterte da herum.« Kathrin zeigte auf die Felsen.

»Weil ich das Transparent hissen wollte«, knurrte Stefan. »Ihr wisst schon.«

»Was geschah dann?«, fragte Jonas.

»Dann hab ich mit einer Schlinge …« Jonas reichte ihr ein Stück Draht, sie nahm es und führte vor, wie sie Stefan eine Falle gestellt hatte, sodass er sich mit einem Bein im Draht verfing, das Gleichgewicht verlor und abstürzte.

Jonas nickte. »Die Verletzung am Hals stammt laut Spurensicherung tatsächlich von Stefans eigenem Kletterseil.« Er nickte Stefan zu.

»So weit dazu, Kathrin«, sagte Jonas. »Nun gehen wir die beiden Morde durch. Wie ging es los?«

»Gustav ist wie üblich oben am Loser gestartet«, sagte Kathrin leise.

»Zeigen Sie, was Sie getan haben.« Jonas reichte ihr eine Puppe, dann eine Nadel.

Ohne zu zögern, umarmte sie die Puppe, stach ihr mit der Nadel in den Nacken. »Ich habe ihn umarmt und mit der vergifteten Nadel zugestochen.« Sie piekste der Puppe in den Nacken. »Als er aufgeschrien hat, hab ich gesagt, es war nur eine Wespe. Und er hat es geglaubt. Der Dummkopf. Danach ist er gestartet.«

»Und jetzt zu Karl in seinem Kajak«, bestimmte Jonas. »Demonstrieren Sie, wie Sie hier vorgegangen sind.«

Kathrin schlang den Draht zu einer Schlinge. »Ich habe ihn ebenfalls umarmt, auf der Traunbrücke. Und im letzten Moment, als er in sein Boot stieg, habe ich ihm mit dem Draht …« Sie biss sich auf die Lippen, warf die Schlinge über den Kopf der Puppe und zog zu. »So. – Er kenterte dann, das Schifferl war halt manövrierunfähig.«

»Deshalb waren deine Haare nass an dem Tag, als ich dich besucht habe nach dem vermeintlichen Unfall«, ergänzte Berenike.

Kathrin warf ihr einen undefinierbaren Seitenblick zu.

»Und was war mit dem Feuer auf der Mooswiese?«, rief Max.

»Das?« Ritter lachte auf. »Ist doch praktisch, oder? So ist gleich alles gerodet.«

»Vergessen Sie's«, sagte Jonas. »Sie werden das alles wieder aufforsten. Auch diese Tat wird restlos aufgeklärt werden.« Er wandte sich zu seinen uniformierten Kollegen. »Abführen! Und nachdem wir nun endlich Licht in diese nebulöse Angelegenheit gebracht haben, wünsche ich Ihnen beiden viel Erfolg auf der Anklagebank.«

Wieder entstand Gedränge. Haller, der Käufer des Hotels Alpensonne, schob sich in Berenikes Richtung, zwei dunkelhäutige Männer im Schlepptau.

»Please!«, sagte der eine, den sie schon bei Nellys Bäckerei gesehen hatte.

»Can we«, der andere.

Einige Umstehende wichen zurück. Die Uniformierten legten den Tatverdächtigen neuerlich Handschellen an.

»Frau Roither«, sagte Haller. »Bollywood möchte bei Ihnen im Salon drehen. Eine Liebesszene. Das Happy End.«

»Could you maybe …«, sagte der eine Dunkle.

»Sie wollen, dass Sie mitspielen, Frau Roither.«

»Also bekommen wir doch noch eine Art Bühne.« Berenike lachte. »Na, bei einem Happy End spricht doch nichts dagegen. Was ist, mimst du meinen Butler, Jonas?«

»Wenn Miss Marple dafür ist«, er lächelte, »dann kann ich schwer dagegen sein.«

NACHWORT

Dieses Buch ist ein Roman. Die Handlung und ihre Figuren sind frei erfunden, mögen die Ähnlichkeiten mit lebenden oder toten Personen auch noch so klar erscheinen. Sie gehören zu den Zufällen, die das Leben schreibt.

Ich danke allen, die mir einmal mehr bei meiner schreiberischen »Ermittlungsarbeit« halfen. Ein besonderes Dankeschön geht an Dr. med. Matthias Haselbacher vom Österreichischen Bergrettungsdienst für wichtige Informationen. Auch bei den Kolleginnen, die den »Abschlussbericht« freundlicherweise test gelesen und mich bestärkt haben, bedanke ich mich aufs Herzlichste.

Meiner Lektorin Claudia Senghaas und dem gesamten Team vom Gmeiner-Verlag gebührt ein Extra-Danke für die gemeinsame Arbeit am nunmehr 6. Kriminalfall für Teelady Berenike – manchmal kann ich es kaum glauben, wieviele Fälle wir seit 2009 schon gemeinsam »aufgeklärt« haben.

Besuchen Sie, liebe Leserin und lieber Leser, mich doch auch auf meiner Webseite unter http://www.annibuerkl.at oder folgen Sie mir auf Twitter (SOKOTexteundtee).

Ich freue mich auf Sie!

Ihre Anni Bürkl

Weitere Krimis finden Sie auf den folgenden Seiten und im Internet:

WWW.GMEINER-SPANNUNG.DE

Das Neueste aus der Gmeiner-Bibliothek

Unser Lesermagazin

Bestellen Sie das kostenlose Krimi-Journal in Ihrer Buchhandlung oder unter www.gmeiner-verlag.de

Informieren Sie sich …

www … auf unserer Homepage:
www.gmeiner-verlag.de

@ … über unseren Newsletter:
Melden Sie sich für unseren Newsletter an unter www.gmeiner-verlag.de/newsletter

f … werden Sie Fan auf Facebook:
www.facebook.com/gmeiner.verlag

Mitmachen und gewinnen!

Schicken Sie uns Ihre Meinung zu unseren Büchern per Mail an gewinnspiel@gmeiner-verlag.de und nehmen Sie automatisch an unserem Jahresgewinnspiel mit »mörderisch guten« Preisen teil!